L'attaque

THORARINN GUNNARSSON

Les Chroniques du Chevalier-Dragon
Le Seigneur-Dragon de Mystara
1. L'Écuyer — *J'ai lu* 4734/**4**
2. Le Chevalier — *J'ai lu* 4735/**4**
Le Roi-Dragon de Mystara
1. Le Prince — *J'ai lu* 4797/**4**
2. Le Roi — *J'ai lu* 4798/**4**
Le Mage-Dragon de Mystara
1. L'attaque — *J'ai lu* 4964/**4**
2. L'adieu — *J'ai lu* 4965/**4**

THORARINN GUNNARSSON

Les Chroniques du Chevalier-Dragon

Le Mage-Dragon de Mystara

★

L'attaque

TRADUIT DE L'AMÉRICAIN
PAR FRÉDÉRIQUE LE BOUCHER

ÉDITIONS J'AI LU

*Collection créée et dirigée
par Jacques Sadoul*

Titre original :

DRAGONMAGE OF MYSTARA

U.S., CANADA,
ASIA, PACIFIC & LATIN AMERICA
Wizards of the Coast, Inc.
P.O. Box 707
Renton, WA 98057-0707
+1-206-624-0933

EUROPEAN HEADQUARTERS
Wizards of the Coast, Belgium
P.B. 34
2300 Turnhout
Belgium
+32-14-44-30-44

Visit our website at www.tsr.com

MYSTARA and the TSR logo are trademarks owned by TSR, Inc.
TSR, Inc. is a subsidiary of Wizards of the Coast Inc.
© 1991 TSR, Inc. All rights reserved.

Pour la traduction française :
© Éditions J'ai lu, 1998

L'attaque

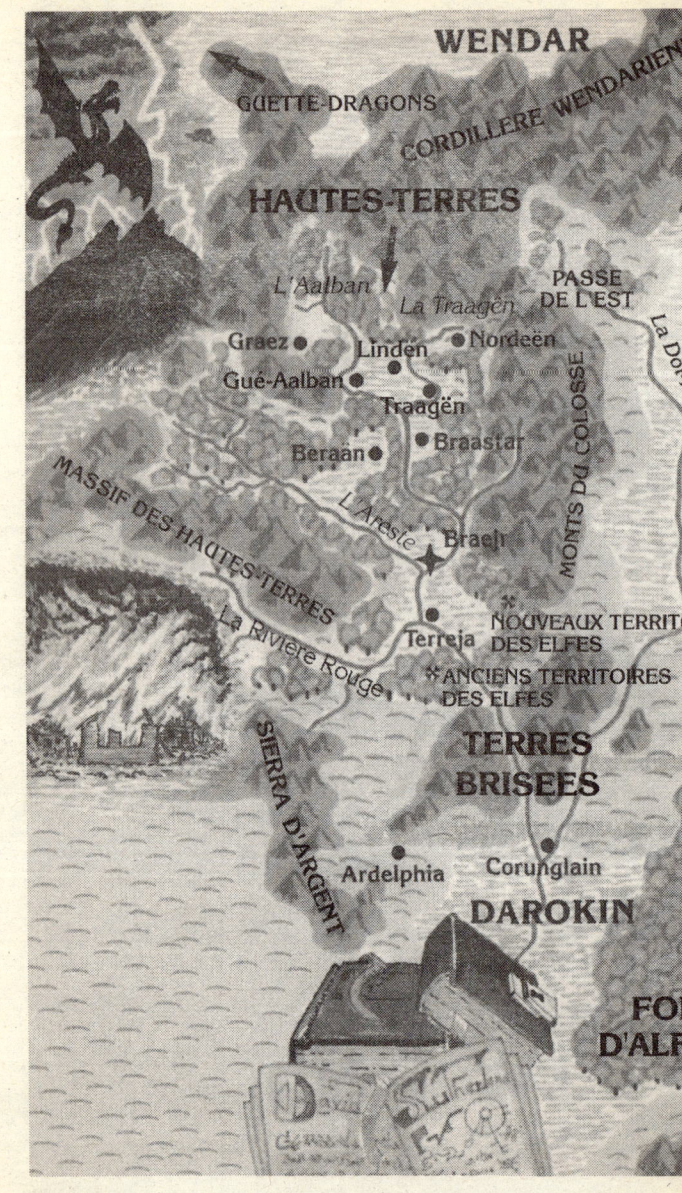

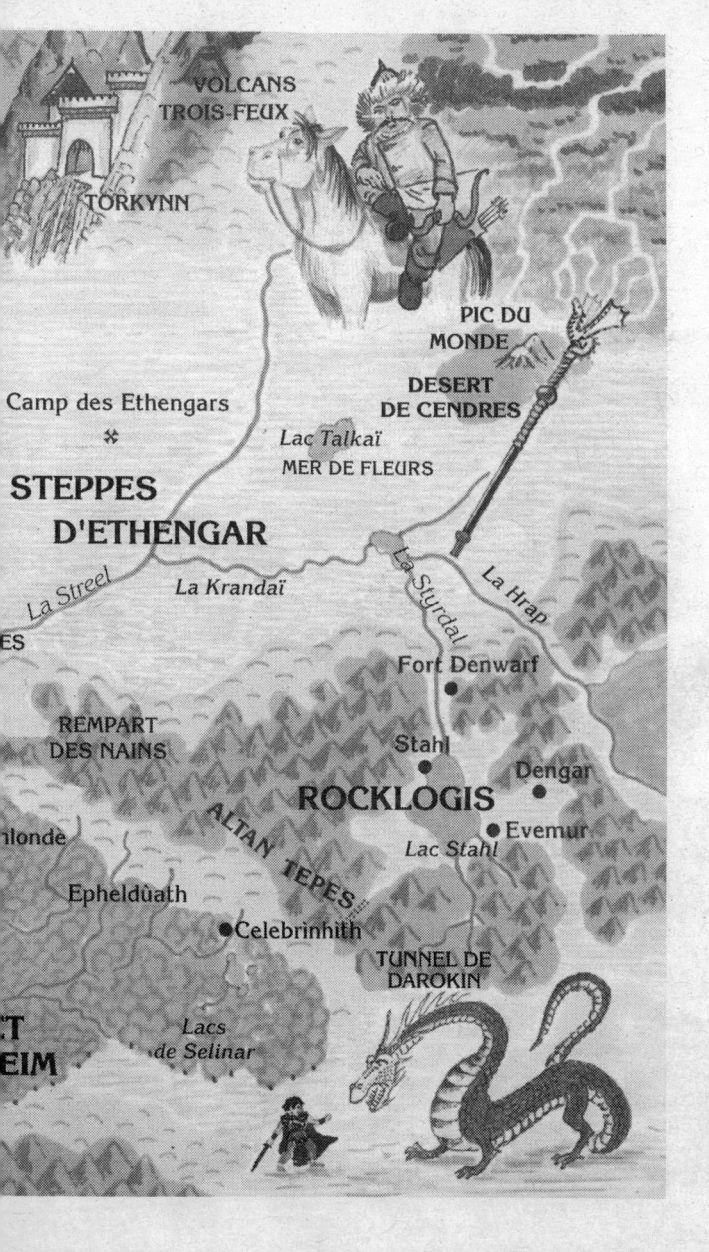

Prologue

Déjà la nuit envahissait places et venelles. Telle une bruine insidieuse et tenace, elle endeuillait chaussées et façades d'un voile moite et funèbre. Les pavés irréguliers n'en étaient que plus traîtres ; la pierre grise des murs et l'ardoise des toits, plus sinistres encore. La douceur printanière avait pourtant chassé l'hiver, mais le jour ne s'attardait guère à cette période de l'année dans les Hautes-Terres et le froid résistait, opiniâtre, profitant de l'obscurité croissante pour mordre les passants attardés.

Debout à sa fenêtre, Alessa Vayledaar regardait les ténèbres engloutir la cité. Elle avait justement choisi cette chambre pour la vue plongeante que lui offraient ses larges croisées, quitte à gravir quelques volées de marches supplémentaires. Là-haut, au faîte de la Résidence des Maîtres, elle dominait toute la capitale : Braejr se prosternait à ses pieds. Elle ne s'était jamais sentie chez elle dans les appartements de Byen Kalestraan — qui lui revenaient pourtant de droit puisqu'elle avait pris sa succession et portait désormais le titre fort convoité de Supérieure de l'Académie. Ces pièces aveugles avaient quelque chose de trop lugubre. Il y régnait une atmosphère caverneuse de tombeau. Et puis, il y avait cette présence inquiétante, aussi. Non pas qu'elle eût peur des fantômes : elle n'allait pas jusqu'à s'imaginer que le vieux mage revenait hanter son antre pour l'en chasser. Non, elle était trop rationnelle pour cela. Cependant, dès qu'elle franchissait le seuil, une sorte de sixième sens l'alertait. Cela ne venait pas vraiment d'elle, en fait. C'était plutôt comme si on essayait d'attirer son attention, comme si on... l'appelait... Mais c'était juste une vague sensation, une impression par trop diffuse pour en tirer des conclusions. Sans doute un effet de son aversion pour Byen Kalestraan, un homme qu'elle avait toujours détesté et dont elle s'était défiée bien avant qu'il n'ait été démasqué. Que sous ses dehors de grand sage, fidèle serviteur de la Couronne, se soit caché un traître assez assoiffé de pouvoir pour assassiner le roi ne l'avait pas le moins du monde étonnée. Sa félonie n'avait jamais fait l'ombre d'un doute pour elle. Quoi qu'il en soit, réelle ou non, cette présence la dérangeait dans son travail et elle avait préféré s'éloigner. Pourtant, même retranchée dans son nouveau fief, elle avait entendu l'appel : une voix ténue, lointaine, indistincte...

Ce soir-là, la voix se montrait particulièrement insistante et plus proche qu'elle ne l'avait jamais été. Alessa faisait de son mieux pour l'ignorer. La calèche qui l'emmènerait chez Solveig Pluie d'Or allait arriver d'un moment à l'autre et elle s'était plongée dans l'étude de son livre de sorts pour tromper son attente. Peine perdue. L'effort exigé pour faire abstraction de l'intruse l'empêchait de se concentrer. Au bout d'un moment, elle dut bien constater qu'elle n'avait rien appris. De guerre lasse, elle renonça et le précieux ouvrage regagna sa cachette habituelle. Mais elle se retrouvait désormais seule avec l'agaçante petite voix et n'en était que plus exaspérée. Certaines nuits, la voix devenait si envahissante qu'elle la suivait jusque dans son sommeil, peuplant ses rêves de visions de dragons, de monstres étranges et d'un désert de poussière balayé par un vent glacé.

Maintenant qu'elle ne la repoussait plus, Alessa lui trouvait décidément une bien singulière intonation. Avant, quelque véhémente qu'elle ait pu parfois se montrer, elle n'avait jamais été qu'un simple écho inintelligible. Elle devenait certes plus forte et plus nette dans les appartements de Kalestraan, mais ne semblait provenir de nulle part en particulier. Pourtant, ce soir-là, Alessa aurait juré qu'elle prononçait son nom et l'invitait à remonter jusqu'à sa source.

A cette perspective, la magicienne eut un instant d'hésitation. Et même beaucoup plus qu'une hésitation, à la vérité : une sorte... d'appréhension. Quelle qu'en soit la signification, cet appel était indubitablement d'origine maléfique, elle en était persuadée. Quelque chose dans la voix elle-même et dans les rêves qu'elle provoquait réveillait en elle une peur oubliée, une peur si ancienne qu'elle n'avait aucune idée de ce qu'elle redoutait vraiment. Tout ce qu'elle savait, c'était que son instinct lui dictait de fuir cette voix à tout prix et même de la détruire, si elle le pouvait. Et pourtant...

Il faut que j'élucide ce mystère, résolut-elle. Cette histoire a assez duré ! Impossible d'ignorer un tel phénomène. Et puis, elle n'allait tout de même pas se laisser impressionner par une misérable petite voix et tolérer qu'elle accomplisse son œuvre malfaisante en toute impunité. Si Kalestraan avait invoqué une créature du Mal ou un pouvoir magique inconnu, demeuré après lui dans l'Académie, il fallait absolument l'identifier et s'en saisir. N'était-elle pas chargée de veiller à la sécurité de l'institution et de ses hôtes ?

Et si cette voix avait un rapport avec la disparition du Collier des Dragons ? Alessa n'avait jamais su de quoi il s'agissait exactement, si ce n'est que cet artefact avait une valeur inestimable pour les dragons. Depuis la mort de son prédécesseur, la jeune femme n'avait cessé de chercher le mystérieux collier et n'avait pas trouvé le moindre indice. Or, découvrir l'endroit où le mage félon l'avait caché devenait de jour en jour plus urgent. Les dragons ne tarderaient pas à revenir dans les Hautes-Terres pour réclamer leur bien et elle préférait ne pas imaginer leur réaction si elle devait leur avouer son échec.

Autant en avoir le cœur net tout de suite, décréta-t-elle. Mieux vaut agir pendant que la voix est encore assez forte pour me conduire jusqu'à sa source. La prudence aurait voulu qu'elle ne se lance pas dans une entreprise aussi hasardeuse sans prendre un minimum de précautions : elle aurait dû se faire assister par un, voire même plusieurs de ses plus éminents confrères. Seul un pyromage chevronné pourrait lui venir en aide si elle tombait sous la coupe d'une puissance maléfique. Elle préférait pourtant ne pas ébruiter la chose tant qu'elle ne savait pas de quoi il retournait. Elle se glissa hors de sa chambre et s'arrêta un instant sur le palier pour s'assurer que personne ne la surprendrait. Aucune des lampes n'était encore allumée et les couloirs de la Résidence des Maîtres paraissaient bien sombres dans la pénombre du crépuscule.

Elle commença de descendre l'escalier à pas de loup et s'immobilisa brusquement sur une marche, un sourire ironique aux lèvres. Allons, Alessa ! se tança-t-elle. A quoi rime cette comédie ? On ne se faufile pas dans l'obscurité comme un voleur quand on est le maître des lieux ! Elle ne s'en arrêta pas moins devant la porte de Kalestraan, passant mentalement en revue tous les pièges magiques dont il aurait pu user pour protéger son antre. En tant que pyromage, Kalestraan pratiquait la magie du feu et ses sorts faisaient tous intervenir cet élément ; dans ce cas, probablement des gerbes de flammes qui jailliraient à la face du curieux malavisé ou quelque éclair éblouissant qui l'aveuglerait assez longtemps pour lui faire passer l'envie de fourrer son nez où il ne fallait pas. Mais Alessa maîtrisait les mêmes pouvoirs que son prédécesseur et son niveau d'expérience égalait presque le sien.

Une fois de plus, elle se rappela à l'ordre : elle ne tentait pas de pénétrer par effraction dans le repaire d'un ennemi mortel. Elle était entrée là de multiples fois, notamment pour enquêter sur le Collier des Dragons. Messire George Kirbey l'avait même aidée à perquisitionner l'appartement et ce voleur patenté était encore plus doué qu'elle pour déceler les pièges ensorcelés et les niches secrètes. Elle n'avait aucune raison de s'alarmer, du moins pas avant qu'elle n'ait identifié l'origine de cette mystérieuse voix. A partir de ce moment-là, en revanche, elle aurait tout intérêt à redoubler de prudence.

Refoulant ses craintes, elle poussa le vantail et pénétra dans l'obscurité en murmurant l'ordre incantatoire qui commandait aux lampes magiques. La porte s'ouvrait sur le cabinet privé de Kalestraan, la pièce dans laquelle il avait eu l'habitude de travailler et de recevoir ses visiteurs. Au fond, une deuxième porte donnait sur un petit réduit, sans utilité apparente. Mais, grâce aux talents de Messire George, Alessa savait désormais qu'elle permettait d'accéder à la bibliothèque secrète de Kalestraan, l'unique cachette qu'elle ait jamais trouvée depuis la mort du pyromage. Elle savait aussi que la voix ne venait pas de là. Elle l'appelait par-delà une troisième porte, nichée entre deux rayonnages du bureau et qui menait à la chambre du défunt Supérieur de l'Académie.

Alessa franchit le seuil, chuchota le mot cabalistique qui donnait vie aux lampes magiques et s'immobilisa un instant pour regarder autour d'elle. La pièce était telle qu'elle l'avait laissée. Elle avait elle-même ordonné que rien n'y soit déplacé afin qu'aucun éventuel indice ne risque d'être effacé. Son inspection terminée, elle focalisa toute son attention sur la voix et se remit en marche, avançant à pas mesurés. Si Kalestraan avait effectivement tendu des pièges pour garantir l'inviolabilité de son domaine, c'était bel et bien ici, dans le saint des saints, qu'il devait avoir posé les plus dangereux et, par là même, les plus insoupçonnables. Après tout, en dépit de son flair légendaire, Messire George n'était sans doute pas infaillible et certains pouvaient lui avoir échappé. Normalement, Kalestraan aurait dû faire en sorte que ses sorts de protection puissent reconnaître son successeur et l'autoriser à partager ses secrets. N'en était-elle pas la légitime héritière, après tout ? D'ailleurs, le fait que la voix l'ait appelée, elle, à l'exclusion de tout autre membre de l'Académie, semblait accréditer cette théorie.

La voix était maintenant plus forte que jamais, si forte qu'elle semblait provenir de partout à la fois. Désorientée, Alessa hésitait. Peut-être était-ce justement cela, le piège : quelque facétie de Kalestraan pour l'entraîner dans une quête futile et vouée à l'échec ? Elle ferma les yeux. Si ses sens pouvaient la tromper, son instinct, lui, saurait bien la guider. Totalement absorbée en elle-même, elle s'efforçait d'écouter de l'intérieur. Il s'agissait de laisser la voix l'attirer à elle sans interférence du monde tangible. Elle eut soudain l'impression que quelque chose sur sa droite... Elle tourna brusquement la tête. Oui, aucun doute possible : la voix venait bien de là. Elle orienta ses pas dans cette direction, maîtrisant à grand-peine le réflexe naturel qui incite à ouvrir les yeux pour regarder où l'on met les pieds. Prends garde ! se disait-elle. La moindre seconde d'inattention peut t'être fatale. Elle plongeait peut-être tout droit dans chausse-trape. Ce risque permanent, cette sensation aiguë d'un danger suspendu au-dessus de sa tête, lui vrillait les nerfs.

Alessa eut un haut-le-corps en sentant tout à coup quelque chose sur sa jambe. Elle comprit aussitôt qu'elle venait de buter contre le lit du pyromage et poussa un soupir de soulagement. Sous le coup de la frayeur, elle n'avait cependant pu s'empêcher d'ouvrir les yeux. Son regard s'était immédiatement posé sur la longue cape à haut col rigide accrochée à une patère près du lit. C'est alors qu'elle constata avec stupeur qu'elle venait de localiser l'origine de la fameuse voix mystère. Sur le pan gauche de la cape, à hauteur de la poitrine, était fixé l'insigne de Byen Kalestraan : une simple broche qui indiquait sa fonction et son rang. La petite pierre sertie de bronze arborait la couleur des pyromages parvenus au plus haut niveau de la Guilde. Par le passé, ce rouge éclatant aurait été celui d'un magnifique rubis. Mais les Flaems avaient englouti une grande partie de leurs richesses dans la terrible guerre qui avait fini par détruire leur propre monde et des siècles d'errance à travers l'univers avaient eu raison du peu qu'ils avaient réussi à sauver du désastre. A l'or s'était substitué le bronze ; à la pierre précieuse, un misérable bout de verroterie et le somptueux joyau n'était plus à présent qu'un colifichet purement symbolique.

Pourtant, ce vulgaire morceau de verre n'était peut-être pas aussi banal qu'il en avait l'air, après tout. N'y avait-il pas là, au centre, une sorte d'éclat flamboyant ? N'était-ce qu'un simple reflet des lampes ? Non, elle ne pouvait se méprendre. Ce rougeoiement intense provenait bien de l'insigne lui-même, tel un charbon ardent attisé par la brise au cœur de la nuit. Un rictus sarcastique étira ses lèvres crispées. Ainsi, loin de le cacher dans quelque recoin bardé de pièges ensorcelés, Kalestraan avait arboré son bien le plus précieux au vu et au su de tout le monde. Il avait même poussé l'audace jusqu'à l'emporter partout où il allait ! Elle possédait elle-même un tel insigne dont elle ne se séparait jamais, mais le sien n'avait assurément aucune valeur, pas plus pour un amateur de pierreries que pour un magicien averti. Elle hésita encore un moment. Un objet magique, quel qu'il soit, n'est jamais laissé à la portée du premier venu, raisonnait-elle. Son propriétaire utilise au moins un sort de protection élémentaire, ne serait-ce que pour décourager les indélicats. A plus forte raison quand il ne s'agit pas d'un objet magique ordinaire... Or, si Byen Kalestraan l'avait jugé digne d'orner sa poitrine, celui-ci ne pouvait qu'être maléfique.

Il n'en demeurait pas moins qu'il lui revenait de droit. Même s'il était ensorcelé, il devait donc la reconnaître et l'accepter. D'un geste vif, elle détacha la broche et la plaça au centre de sa paume, levant la main à hauteur des yeux pour mieux l'examiner. Le cristal réagit instantanément à son contact et la petite lueur se mit à pulser au rythme du sang qui lui battait les tempes. Au même moment, la voix se tut, comme si elle avait été effrayée par sa présence. Pourtant, alors même qu'Alessa se penchait sur le bijou, hésitant à user de ses pouvoirs pour tenter de forcer ses secrets, elle se manifesta de nouveau. Elle était tout à fait différente, à présent. Le ton avait changé : impérieux, tranchant, comme si l'entité qui se cachait derrière elle n'appréciait pas de se retrouver entre des mains étrangères. Elle exigeait de savoir qui avait l'impudence d'oser ainsi l'importuner. Mais avant même qu'Alessa ait pu lui répondre, la voix s'était tue et l'étincelle cramoisie avait disparu.

Voilà qui semble régler le problème, se dit la magicienne. Assez joué avec le feu. Puisque son invisible interlocuteur ne voulait pas lui parler maintenant, elle choisirait elle-même son moment. Elle se faisait fort de lui délier la langue. Mais ce, pas avant de s'être dûment entourée des défenses magiques qui la protégeraient de tout péril éventuel. Pour l'instant, elle jugeait plus prudent de garder la broche sur elle : excellent moyen de s'assurer que la petite voix mystère n'attirerait pas quelqu'un d'autre dans ses filets. Elle l'accrocha au devant de sa robe, imitant, non sans une certaine jubilation, son arrogant prédécesseur qui l'avait ainsi crânement exposée comme un simple bijou de pacotille.

La magicienne quitta la chambre, puis se hâta de regagner ses appartements à l'étage. Tandis qu'elle arpentait les sombres corridors de la Résidence des Maîtres, l'énigme de l'objet magique occupait déjà toutes ses pensées. La question n'était pas tant de savoir comment il était arrivé là, ni dans quel but la voix la poursuivait jusque dans son sommeil, que pourquoi elle avait choisi de se manifester maintenant. Après tout, cela faisait tout de même des mois qu'elle patientait dans l'obscurité de la chambre déserte. Possédait-elle une volonté propre ou ne faisait-elle qu'obéir aux ordres d'un autre ? De quelqu'un qui aurait fini par s'inquiéter de la longue absence de Byen Kalestraan, par exemple... Allons, Alessa ! Pas de conclusion hâtive, se dit la magicienne. Sans doute surestimait-elle ses pouvoirs. Ce n'était peut-être qu'un simple système d'alarme, en fait ; un judicieux mécanisme que Kalestraan avait mis au point pour l'alerter si quelque indiscret venait fouiner dans ses affaires ?

Pourtant, quelle que soit sa véritable fonction, ce bijou n'avait pas attiré son attention sans raison. Peut-être voulait-il l'avertir de quelque chose ? Elle caressait toujours l'espoir qu'il puisse la mener au Collier des Dragons. Si tel était le cas, il lui fallait éclaircir ce mystère au plus vite. Le retour des dragons était probablement imminent. Le temps lui filait déjà entre les doigts.

Quoi qu'il en soit, pour l'instant, elle devrait prendre son mal en patience. Ce ne serait pas encore ce soir-là que sa curiosité serait satisfaite. Dès qu'elle eut regagné sa chambre, elle drapa ses épaules d'un châle — la nuit serait sans doute fraîche au retour —, puis redescendit précipitamment, persuadée que la calèche l'attendait déjà devant la porte. Un Thyatien était arrivé à dos de griffon en fin d'après-midi : Darius Glantri était sans doute venu rendre visite à son hôtesse. Alessa se promettait déjà une excellente soirée. Elle ne devrait cependant pas oublier de se retirer de bonne heure pour laisser à ses amis un peu d'intimité.

Tandis qu'elle prenait place dans la calèche, la jeune femme méditait sur les récents événements qui avaient bouleversé sa vie. L'été précédent, quelques semaines avaient suffi pour faire de la magicienne anonyme qu'elle était alors la Supérieure de l'Académie de Magie du Peuple Flaem et la conseillère de Thelvyn Œil de Renard, alias le Chevalier-Dragon, dernier roi des Hautes-Terres à ce jour. Quand elle avait pris ses éminentes fonctions, elle n'était pas moins dévorée d'ambition que le vieux fourbe qu'elle remplaçait. Elle devait bien reconnaître qu'à l'époque elle avait même autant de viles manigances en tête que lui, si ce n'est plus. Mais, comme son prédécesseur, elle n'avait pas tardé à s'apercevoir que ses plans ne fonctionnaient jamais aussi bien qu'elle l'avait escompté.

Elle n'était pas très fière du rôle qu'elle avait joué dans la cabale montée contre le Chevalier-Dragon. Elle regrettait de l'avoir contraint à abdiquer. Elle se consolait néanmoins en se disant que Thelvyn avait toujours eu l'intention de renoncer au trône dès la fin de la guerre avec les dragons. C'est qu'elle avait beaucoup changé depuis : elle était devenue un membre assidu du Parlement des Hautes-Terres — auguste assemblée qui gouvernait la nation depuis le départ du dernier souverain — et avait œuvré sans relâche pour faire de la Guilde des Mages du Peuple Flaem un cénacle d'honorables sages tout dévoués au respect de la loi et au bien du peuple. Quiconque avait déjà eu affaire à cette clique de comploteurs sournois pouvait mesurer l'ampleur du travail accompli : un véritable tour de force ! Elle avait apporté son soutien inconditionnel à Solveig Pluie d'Or dans l'exercice de ses fonctions de Premier Ministre et s'était même prise d'amitié pour celle qui, ayant fait partie des compagnons de la première heure du Chevalier-Dragon, avait toujours incarné à ses yeux une dangereuse rivale.

La calèche cahotait sur les pavés et Alessa regardait défiler les lumières qui filtraient entre les rideaux tirés ou à travers les persiennes des maisons braejroises. Elle pensait souvent à Thelvyn. Elle avait fini par comprendre l'ultime leçon qu'il avait tenté de lui inculquer avant de quitter les Hautes-Terres. Quand les dragons s'en étaient allés, mettant ainsi un terme au conflit qui les opposait aux Flaems, elle avait cru que le jeune roi avait tout perdu. Elle avait été surprise par son audace quand il avait osé prétendre avoir, au contraire, obtenu une éclatante victoire. Cette revendication lui avait même valu son mépris le plus souverain. Mais, en définitive, il avait sans doute gagné plus encore qu'il ne l'avait imaginé. Elle lui enviait sa toute nouvelle liberté de dragon qui chevauchait le vent et vivait au plus près de la nature en compagnie de sa tendre et sage compagne. En comparaison, sa vie à l'Académie lui paraissait si terne, si insignifiante.

La calèche ralentit pour traverser les beaux

quartiers et franchit le portail du manoir. Solveig habitait une vaste propriété qui avait appartenu au Chevalier-Dragon pendant de longues années, avant qu'il ne vienne s'installer au palais pour assumer ses devoirs de souverain. A peine Alessa posait-elle le pied à terre que des cris stridents s'élevaient de l'imposante bâtisse érigée dans la partie ouest de la cour. Si Kharenndaën savait que son ancien logis sert, à présent, de pension pour griffons ! se dit-elle, une étincelle d'ironie dans les prunelles. J'imagine déjà sa réaction quand elle l'apprendra ! Les habitants du quartier doivent la regretter. Ils ont perdu au change. La paisible prêtresse était sans doute d'un voisinage beaucoup plus agréable que ces bruyants et féroces volatiles.

Taëryn vint l'accueillir à la porte. Elle connaissait bien le garçon pour l'avoir souvent vu à la Cour. Fils de la petite noblesse flaemoise, il avait été envoyé par ses parents à Braejr pour obtenir une charge de page auprès du Roi Jherridan, office qu'il avait également rempli auprès de Thelvyn. Le jeune valet n'était guère ambitieux et n'avait, de toute façon, ni l'instruction ni les capacités nécessaires pour briguer un poste plus important. Mais sa bonne humeur communicative et les efforts incessants qu'il déployait pour se rendre utile faisaient de lui un serviteur dévoué et apprécié. Avec le changement de gouvernement, il avait perdu sa place au palais et Solveig l'avait donc engagé chez elle.

— Bonsoir, Maître Vayledaar, la salua-t-il avec une petite révérence.

Depuis qu'Alessa avait été élevée à la dignité de Supérieure de l'Académie, il avait renoncé à l'appeler par son prénom. Voyant Solveig arriver derrière lui, le jeune garçon sembla hésiter, ne sachant plus quelle attitude adopter par crainte de perturber les retrouvailles des deux amies. Après un court instant de réflexion, il estima plus sage de se retirer et s'éloigna à reculons sur la pointe des pieds. Alessa refréna un fou rire devant tant de civilités.

— Bonsoir, Alessa, fit Solveig.

La jeune fille la dépassait d'une tête. Elle était même si grande qu'elle dominait la plupart des hommes. Outre sa taille, ce qui ne manquait pas d'attirer l'attention — et de forcer l'admiration — dès qu'elle paraissait, c'était l'étincelante blondeur de sa chevelure : une ruisselante cascade d'or à laquelle elle devait d'ailleurs son surnom.

— J'espère que je ne te dérange pas, répondit Alessa. J'ai remarqué la présence d'un griffon dans le vieil entrepôt et j'en ai déduit que le Capitaine Glantri était de passage parmi nous.

Solveig s'effaça pour la laisser entrer.

— Eh bien, tu t'es trompée. Ce n'est qu'un messager envoyé par l'Empereur Cornélius.

— Pas de mauvaises nouvelles, au moins ? demanda la magicienne en tendant son châle à Taëryn qui attendait, au garde-à-vous, dans le vestibule.

— Au contraire. Les choses semblent rentrées dans l'ordre. Plus aucun écho d'éventuelles batailles entre les Alphatiens et les dragons. Tout porte donc à croire qu'ils ont réglé leur différend.

Alessa fronça les sourcils.

— Autant dire que les Alphatiens ont fini par comprendre qu'ils n'avaient pas à s'aventurer sur les terres que les dragons considèrent comme les leurs. J'ai appris qu'ils avaient perdu plus d'un tiers de leur flotte.

— Oui, et ils ne l'ont pas volé. Pourquoi diable se sont-ils entêtés à s'en prendre aux dragons, aussi ? De la folie pure. Ce genre de comportement suicidaire me stupéfie toujours.

— Pas moi. A cet égard, les Alphatiens ne sont pas très différents des Flaems — auxquels ils sont d'ailleurs plus ou moins apparentés. En s'acharnant sur la Nation des Dragons, ils ne font, à leurs yeux, que défendre une juste cause. Convaincus de leur bon droit, ils le sont également de leur supériorité, tout comme les Flaems sont persuadés, contre toute évidence, qu'un jour ou l'autre ils vaincront les Alphatiens.

Les deux jeunes femmes prirent place à table et Alessa attendit en silence que Taëryn dresse le couvert. Chaque fois qu'elle revenait ici, elle repensait à la première soirée qu'elle avait passée dans cette maison avec Thelvyn et ses compagnons. Elle ne se remémorait pas sans honte toutes ces viles manigances auxquelles elle s'était livrée, témoignant en cela d'une rouerie qui faisait honneur à son ordre, pensait-elle à l'époque. A peine en avait-elle franchi le seuil qu'elle s'était empressée de trahir Kalestraan, alors même que le vieux fourbe l'avait envoyée jouer les espionnes auprès de ses hôtes. Solveig n'avait rien changé au décor depuis le départ de Thelvyn. Les souvenirs de la magicienne n'en étaient que plus vifs.

— As-tu reçu des nouvelles de Thelvyn ou de Messire George ? demanda-t-elle d'un ton détaché.

— Pas depuis la dernière fois que tu m'as posé la question, répondit Solveig avec un air un peu trop impassible pour ne pas deviner qu'elle riait sous cape.

Elle se tut tandis que Taëryn plaçait une assiette devant elle.

— Tu ne veux pas me faire croire que Thelvyn te manque, tout de même, reprit-elle, dès que le garçon eut regagné l'office.

— Je me disais simplement qu'il devait avoir une bien piètre opinion de moi après notre dernière conversation et j'avoue que je ne suis pas très fière de l'attitude que j'ai eue vis-à-vis de lui, l'été dernier. J'aimerais bien pouvoir faire amende honorable, à présent. Mais toi, ne regrettes-tu pas de ne pas être partie avec eux ?

— Oh ! ça m'arrive bien de temps en temps. Mais il me suffit de repenser au but de leur expédition. C'est un remède souverain pour guérir mes états d'âme. Je ne suis pas franchement emballée à l'idée de fréquenter des dragons, figure-toi. D'autant plus qu'ils ont toujours eu Thelvyn en grippe et qu'ils mettent tous ses amis dans le même panier. Je serais tout de même curieuse de savoir s'il a déjà réussi à se transformer. Peut-être devra-t-il encore attendre des années avant d'y parvenir, qui sait ? Je me demande quelle tête il aura en dragon... Bah ! Si ça se trouve, il sera plus heureux comme ça.

— Crois-tu que nous le reverrons un jour ?

— Je n'en sais rien. Mais ça ne m'étonnerait pas qu'il revienne faire un petit tour dans les parages. Quelque chose me dit que nous n'avons pas encore vu le bout de cette histoire de dragons. Trop de questions sont demeurées sans réponse pour qu'on en reste là.

Taëryn entra à pas menus, un plateau chargé de verres dans les mains. Il le posa avec mille précautions sur la table et s'empressa de déboucher une bouteille de vin, tâche qu'il accomplissait toujours avec une solennité de prélat. Les deux convives n'auraient pas osé interrompre le cérémonial. Au petit « pop » qui annonçait la réussite de cette périlleuse entreprise, un sourire radieux éclaira la frimousse du garçon, visiblement aux anges.

— J'aimerais bien revoir Kharenndaën, dit-il en remplissant les verres. C'est un très beau dragon, très bien élevé.

— Je me demande si elle restera aussi bien élevée quand elle apprendra qu'on héberge des griffons dans son antre, rétorqua Alessa avec un petit sourire en coin. A propos de griffons, je me disais que Darius Glantri ne devrait plus tarder à te rendre visite. C'est d'ailleurs la raison pour laquelle j'ai cru que le messager arrivé cet après-midi ne pouvait être que lui. Cela fait un bon moment qu'on ne l'a vu.

— Possible, répondit Solveig avec indifférence.

— Qu'en est-il de vous deux ? insista la magicienne. Comment pouvez-vous entretenir une relation suivie s'il se passe des semaines avant qu'il ne traverse la moitié du continent pour te retrouver ? Je sais que Darius saisit la moindre occasion de revenir ici, sous prétexte de délivrer des messages urgents, mais il ne reste guère qu'une nuit avant de repartir. Tu ne m'as jamais raconté comment cela se passait entre vous, mais, s'il se donne tant de mal pour te voir, je suppose que c'est du sérieux. Tu as vécu à Thyatis, non ? N'as-tu jamais songé à y retourner ? A moins que ce ne soit lui qui envisage de s'installer ici...

— Te voilà bien indiscrète, tout à coup.

— Essaierais-tu d'éluder mes questions ?

— Le fait est que je ne sais pas y répondre. Je me suis toujours dit que je retournerais à Thyatis un jour, mais je ne peux pas abandonner mes responsabilités ici. Darius et moi avons tous deux de lourdes charges à assumer dans nos pays respectifs et nous ne pourrons pas nous y soustraire tant que ces temps troublés ne seront pas derrière nous. Et ce n'est pas pour demain, si tu veux mon avis.

— Qu'est-ce qui t'a poussée à quitter Thyatis ?

Comme Solveig ouvrait déjà la bouche pour répondre, la magicienne la musela d'un geste.

— Oh ! je connais l'histoire que les gens racontent : ton cœur de barbare n'aurait pu résister à l'appel de la liberté, dit-on. Je sais que tu as été vendue comme esclave à l'une des plus grandes maisons de Thyatis qui cherchait une fille à présenter dans la haute société. Mais j'ai toujours soupçonné que tu étais partie de Thyatis pour des raisons plus... personnelles...

Solveig fronça les sourcils.

— « Personnelles », c'est le mot. En grandissant, je me suis rendu compte que j'étais éduquée pour correspondre au genre de personne que mes parents adoptifs voulaient faire de moi et, comme je suis une rebelle dans l'âme et que j'ai toujours eu l'esprit de contradiction, j'ai décidé de devenir tout le contraire : on me voulait douce, j'ai décrété que je serais une guerrière et, puisque j'étais censée me comporter en jeune fille rangée et respectable, je me suis mis en tête que je mènerais une vie d'aventurière sans scrupules. Quand j'ai découvert que mon père avait des vues sur un beau parti et me préparait déjà un mariage arrangé, j'ai quitté Thyatis avec la ferme intention de ne pas y remettre les pieds avant d'avoir passé l'âge de porter la fleur d'oranger.

— Et Darius Glantri est arrivé...

— Oui. C'est ça le plus drôle de l'histoire. En ayant tout fait pour ruiner les grandes espérances familiales, je me retrouve finalement avec l'un des hommes les plus influents de l'empire. Mon père lui-même n'aurait pas osé viser si haut. Mais, toi, dis-moi. Parlons un peu de ta vie privée pour changer.

— Je n'en ai pas, soupira Alessa avec amertume. C'est le lot de tout magicien. Je n'ai que mon livre de sorts pour me tenir compagnie.

— Puisque tu te dévoues corps et âme à ton grand art et que tu ne mets jamais le nez dehors, sauf quand tu viens me voir, tu as dû avoir largement le temps de chercher le Collier des Dragons. Avec la fin de l'hiver, les dragons vont probablement débarquer ici d'un moment à l'autre et ils ne manqueront pas de nous demander des comptes. Aux dernières nouvelles, tout ce qu'on savait, c'est que Kalestraan avait commandité le vol. Rien de neuf depuis ?

— Non seulement il a bel et bien volé le collier, mais je suis pratiquement certaine que c'est lui qui l'a caché.

Un large sourire satisfait s'épanouit sur les lèvres de la magicienne.

— Il se trouve justement que j'ai mis la main sur un des petits secrets de Byen Kalestraan, ce soir, poursuivit-elle. J'ignore s'il va me conduire jusqu'au collier, mais c'est le seul indice que j'aie réussi à dénicher depuis des mois. Je vais tout de même avoir besoin d'un certain délai pour résoudre cette énigme avec le minimum de prudence qui s'impose.

— S'ils reviennent, je doute que les dragons se montrent très compréhensifs. Ils ne se contenteront pas de simples excuses, si valables soient-elles. Et n'espère pas qu'ils t'accordent un sursis.

— Crois-tu que Thelvyn accepterait d'intercéder en notre faveur ?

— Même s'il y consentait, ça m'étonnerait qu'il ait acquis assez d'influence sur ses congénères pour les amadouer. Il n'a jamais été très populaire auprès des dragons et je ne sais même pas s'il a trouvé le moyen d'en devenir un lui-même. En admettant que ce soit le cas, je suppose qu'il lui faudra un bon bout de temps avant de rallier les suffrages, de toute façon.

Le conflit avec les dragons s'était achevé sans que rien n'ait semblé vraiment résolu. Quand Markhaën — le Premier Porte-Parole au Parlement des Dragons et, à ce titre, leur chef incontesté — avait révélé devant tous les véritables origines de Thelvyn, lui retirant, par là même, l'estime et le soutien de ses alliés, les dragons s'étaient tout simplement envolés, apparemment satisfaits. Cela ne prouvait pas pour autant qu'ils avaient oublié leurs griefs contre les Flaems. Cependant, ils renonceraient probablement à obtenir réparation s'ils récupéraient leur fameux collier. Comme Alessa avait désormais un petit espoir de le retrouver grâce à la broche ensorcelée, tout n'était pas encore perdu.

La magicienne n'avait d'ailleurs pas d'autre préoccupation en tête lorsqu'elle retourna chez elle, la nuit venue. Plongée dans ses pensées, elle arpentait les sombres couloirs de l'Académie, quand l'étrange voix vint perturber ses réflexions. Elle murmurait de nouveau son appel, trop lointaine encore pour qu'Alessa puisse distinguer les mots, mais trop insistante pour qu'elle parvienne à l'ignorer. Elle s'y efforça pourtant au début, comme elle l'avait souvent fait les semaines précédentes. Après s'être changée, elle tenta de s'absorber dans l'étude de son livre de sorts. Il lui fallait passer plusieurs heures par jour à apprendre et réapprendre par cœur ses incantations. La maîtrise de la magie se payait à ce prix. Elle s'était astreinte depuis des années à cette pratique quotidienne et n'y éprouvait habituellement aucune difficulté.

Mais la voix ne cessait de l'interpeller. Alessa avait posé la broche sur sa table de chevet et s'était interdit d'y accorder la moindre attention. Cependant, une fois de plus, l'appel se fit trop pressant pour ne pas gêner sa concentration. Tous ses efforts demeuraient vains et elle rangea son livre de sorts dans sa cachette pour se saisir du bijou qu'elle fit miroiter sous la lampe éclairant son lutrin.

C'était la première fois qu'elle avait l'occasion de l'inspecter d'aussi près. Elle s'était promis de ne pas y toucher avant de préparer ses sorts de protection, mais, si elle était bien décidée à ne pas user de magie pour lui arracher ses secrets dès maintenant, elle pensait ne pas risquer quoi que ce soit à le regarder. Elle prit tout de même la précaution de le poser sur le lutrin de façon à n'avoir aucun contact physique avec lui pendant qu'elle l'examinait. C'est alors seulement qu'elle remarqua la forme singulière du cristal : bien que n'ayant guère plus de valeur qu'un bout de verroterie quelconque, il avait été soigneusement taillé. Un vrai travail d'orfèvre ! Ce n'était pourtant pas un rubis, elle en était convaincue. S'agirait-il d'une autre gemme qu'elle ne connaissait pas ? Cela semblait peu plausible. L'étude de tous les minéraux faisait partie de l'enseignement élémentaire des magiciens. Fines ou précieuses, les pierres n'avaient aucun mystère pour elle.

Soudain, elle ressentit une sorte d'irrésistible attirance, comme si la broche l'aimantait. Elle recula brusquement dans un réflexe instinctif de crainte irraisonnée. Pourtant, au même moment, elle sut avec une certitude absolue que l'objet magique — ou l'entité qui se cachait derrière lui — n'avait pas voulu la piéger. Il tentait simplement de l'examiner comme elle le faisait elle-même. Il voulait seulement savoir à qui il avait affaire. Cependant, Alessa entendait ne prendre aucun risque. En tant que magicienne de haut niveau, elle n'ignorait rien de ces pièges ensorcelés destinés, non pas à asservir le corps, mais bel et bien l'esprit ou même l'âme.

Pour s'assurer que le bijou demeurerait inoffensif, elle l'emporta dans la pièce voisine, qui lui servait de cabinet de travail, et l'enferma dans le premier tiroir de son bureau. Elle était résolue à ne plus poser les yeux sur lui avant d'avoir fait les recherches nécessaires pour découvrir de quelle sorte d'objet magique il s'agissait et de quelle manière elle pourrait percer son secret avec le maximum de sécurité. Elle retourna dans sa chambre et se coucha, remettant l'entreprise au lendemain.

Cette nuit-là, les rêves revinrent la hanter,

comme ils l'avaient si souvent fait depuis que la petite voix s'était manifestée pour la première fois. Toujours cette même contrée désertique balayée par une bise glacée. Toujours ces tourbillons de sable gris soulevés par le vent comme de gros nuages de cendres. Elle ne percevait ni la morsure du vent ni la piqûre du sable sur sa peau, mais, curieusement, elle avait l'impression que de telles sensations lui avaient été familières. Le rideau de poussière voilait un soleil pâle et atone. Ce lugubre paysage lui rappelait vaguement quelque chose. Mais les souvenirs qu'il ravivait, quoiqu'elle ne pût se les rappeler, lui semblaient de sinistre mémoire. Peut-être l'avait-elle déjà vu dans quelque lointain cauchemar oublié ? La perspective d'y retourner réveillait à elle seule une peur inconnue et diffuse.

De sombres visions peuplaient ce morne décor. Il lui semblait qu'elle les regardait depuis un sommet ou, plutôt, qu'elles défilaient au-dessous d'elle, comme si elle avait été un oiseau contemplant le spectacle du monde. Elle voyait des montagnes, des pics si déchiquetés et si arides que seuls de maigres arbustes torturés parvenaient à s'y accrocher, poussant péniblement leurs branches racornies entre deux rochers éboulés. Des lacs et des mers de sable gris alternaient avec des plaines de pierraille. Soudain, le rideau de cendres s'écarta et de gigantesques forteresses se profilèrent à l'horizon. Elles semblaient aussi vastes que des cités. Au milieu d'un dédale de crêtes acérées et d'éperons inaccessibles, des armées d'esclaves s'échinaient à labourer de rares champs jaunâtres. Il y avait là des races qu'elle ne connaissait pas et des animaux qu'elle n'avait jamais vus.

Les nuages pulvérulents se refermèrent sur elle et elle se retrouva tout à coup dans un lieu inconnu : une sorte de caverne peut-être, ou une pièce creusée à même la roche. Le voile de poussière avait laissé place à des entrelacs d'une brume opaque et froide qui envahissait tout. Elle ne discernait rien et n'entendait rien, mais elle sentait la présence de nombreuses créatures menaçantes autour d'elle. Prise de panique, elle songea à s'enfuir. Mais elle sut immédiatement, sans même avoir besoin de jeter un coup d'œil alentour, qu'il n'y avait aucune issue.

Elle attendit, immobile, le cœur battant. Au bout d'un long moment, de grands yeux luisants apparurent à travers les écharpes vaporeuses, puis des traits et, enfin, d'énormes têtes émergeant du brouillard, avec de longs museaux semblables à ceux des dragons. Ce n'étaient pourtant pas des dragons, car ces créatures ne paraissaient pas douées de vie. On aurait dit des sculptures parées de gemmes ou directement taillées dans la pierre précieuse. Elle ne se souvenait pas en avoir déjà vu de pareilles, ni dans ses rêves, ni au fil des pages de quelque obscur grimoire. Elles n'avaient pas l'air maléfiques, mais Alessa avait la très nette impression qu'elles la considéraient comme un être si inférieur qu'elles l'asserviraient sans plus de scrupules qu'un humain attelant une bête de somme à sa charrue. Elle était certaine de n'avoir jamais rencontré ces créatures, même en songe, et pourtant elles lui semblaient curieusement familières.

Après un court instant, les dragons de gemmes s'enfoncèrent dans l'obscurité. Si puissants soient-ils, elle sentit qu'ils avaient peur. Oh, pas d'elle, bien sûr. Ils étaient terrifiés par quelque chose ou par quelqu'un qu'elle ne voyait pas, quoiqu'il fût là, quelque part, dans les ténèbres. L'angoisse resserra son étreinte et elle fut prise de frissons. Soudain, elle leva les yeux et eut la vision d'une autre créature qui creva fugitivement le rideau de brume avant de disparaître. Elle avait juste entr'aperçu une tête qui, bien que très différente des précédentes, évoquait vaguement, elle aussi, celle d'un dragon. Beaucoup plus large, avec un museau plus court, elle était si gigantesque que le corps auquel elle appartenait devait bien occuper trois ou quatre fois plus d'espace que le plus gros dragon qu'Alessa ait jamais rencontré. Si celle d'un dragon avait toujours quelque chose de digne et de racé, celle-ci était hideuse et lui inspirait une horreur instinctive qui l'emplissait d'effroi. Même lorsqu'elle eut disparu, ses grands yeux menaçants continuèrent à luire comme des braises dans la brume, l'ensorcelant de leur regard pénétrant.

Tout ce qui l'entourait se fondit brusquement dans l'obscurité. Mais le terrible regard ardent demeura longtemps après que la nuit eut englouti le reste. Alessa eut alors l'étrange impression que sa volonté et son esprit étaient en éveil, tandis que son corps restait endormi. Bien qu'elle fût manifestement seule, elle savait qu'il n'en était rien. Cette mystérieuse et formidable entité, à la présence quasi divine, était toujours en contact direct avec elle, en dépit de l'incommensurable distance qui les séparait et dont elle sentait à présent l'immensité, comme si cet être de terreur appartenait à un autre monde. Il prit alors la parole et la magicienne eut un coup au cœur : cette voix était celle qui l'appelait depuis des semaines.

Dors maintenant, murmurait-elle. Et, dans tes rêves, dis-moi qui tu es.

Les mots semblèrent surgir directement de son esprit sans qu'elle ait même besoin d'intervenir consciemment pour formuler sa réponse.

Je suis Alessa Vayledaar, Supérieure de l'Académie de Magie du Peuple Flaem, l'un des pyromages les plus expérimentés des Hautes-Terres depuis la mort du traître Byen Kalestraan et de la plupart de ses complices, l'été dernier. Fille de la petite noblesse flaemoise, j'étudie la pyromagie depuis ma plus tendre enfance et, en dépit de ma jeunesse, je suis parvenue au septième niveau d'expérience. J'ai beaucoup voyagé avant d'entrer à l'Académie et j'aurais déjà repris mes pérégrinations à travers le vaste monde si les récents événements ne m'avaient placée à l'éminente fonction que j'occupe aujourd'hui.

Dors et, dans tes rêves, dis-moi ce qu'il est advenu de Byen Kalestraan.

Ses souvenirs semblaient lui être arrachés à même la mémoire.

Tandis que les Hautes-Terres se préparaient à subir l'invasion des dragons, Kalestraan m'a envoyée servir le Chevalier-Dragon. Ma véritable mission était, en fait, de m'introduire chez lui pour l'espionner. Je savais, à l'époque, que Kalestraan voulait gouverner le royaume et qu'il avait échafaudé un audacieux complot pour s'emparer du pouvoir. Je l'ai dénoncé au Chevalier-Dragon dans l'intention de le supplanter.

» Il était déjà trop tard, car Kalestraan a frappé le soir même où j'avertissais le Chevalier-Dragon de ses manigances. Avec l'aide de ses complices, il a pris d'assaut le palais et assassiné le Roi Jherridan, puis il a attendu que le Chevalier-Dragon tombe dans le piège qu'il lui avait tendu pour supprimer le dernier obstacle lui interdisant encore l'accès au trône. Mais il s'était surestimé ou, du moins, il avait sous-estimé les pouvoirs de son rival. Son plan a échoué. Kalestraan a été vaincu puis tué ; son complot, découvert et son crime, puni.

Dors et, dans tes rêves, dis-moi ce qu'il est advenu du Chevalier-Dragon après la mort de Byen Kalestraan.

Thelvyn Œil de Renard a fini par accepter de succéder au Roi Jherridan, à condition que son règne ne dure qu'aussi longtemps que la guerre avec les dragons ne serait pas terminée. Les dragons ont interprété ce couronnement comme le premier pas vers la construction d'un vaste empire qui aurait mis en péril leur propre suprématie et, craignant que plus rien ne puisse arrêter l'ambition conquérante de leur ennemi honni, ils ont assiégé Braejr. Mais, en définitive, la guerre n'a jamais eu lieu.

Pourquoi ?

Parce que Markhaën, le Premier Porte-Parole au Parlement des Dragons, est trop intelligent pour se lancer dans une bataille contre un adversaire aussi puissant. Il sait que les dragons ne peuvent pas vaincre le Chevalier-Dragon et il a employé d'autres moyens pour l'empêcher de nuire : il a publiquement dévoilé des secrets connus des dragons, et d'eux seuls, et révélé que Thelvyn Œil de Renard, bien qu'il ait été choisi par les Immortels pour devenir le nouveau Chevalier-Dragon, était en réalité un dragon lui-même, un dragon d'or victime d'un sortilège qui le condamnait à son apparence d'emprunt depuis la naissance. Il a également révélé que Thelvyn était un clerc voué au culte du Tout-Puissant, le dieu des dragons. C'est ainsi que les dragons ont remporté la victoire, ou, tout au moins, qu'ils ont mis un terme au conflit. Pour ne pas que le Chevalier-Dragon puisse conquérir le monde, ils se sont assurés qu'il perdrait l'estime et la confiance de toutes les autres races et que, dorénavant, aucune nation ne lui apporterait son soutien.

Dors et, dans tes rêves, dis-moi ce qu'il est advenu du Chevalier-Dragon après sa défaite.

Il a abdiqué et renversé la monarchie au profit d'un gouvernement parlementaire, mettant ainsi un terme aux éternelles rivalités de pouvoir entre le monarque, le Conseil des Ducs et la Guilde des Mages du Peuple Flaem qui ont toujours miné le royaume. Après quoi, il a purement et simplement disparu. Il a quitté les Hautes-Terres en quête du moyen qui lui permettrait de rompre le sortilège dont il était victime et peut-être pour accomplir sa destinée parmi les siens. Seul Messire George Kirbey, le vieux chevalier manchot qui a toujours été son protecteur, est parti avec lui.

La voix se tut un long moment, comme si celui à qui elle appartenait méditait ce qu'il venait d'entendre et modifiait ses plans en conséquence. Alessa attendit dans le silence et l'obscurité. Maintenant que les questions n'envahissaient plus son esprit pour lui extorquer ses souvenirs, elle pouvait réfléchir et, comme elle n'aurait probablement que peu de temps pour le faire, elle ne s'en priva pas. La peur qui s'était emparée d'elle, dès qu'elle était arrivée dans la caverne, avait été étouffée par l'interrogatoire de la mystérieuse entité, mais, à présent, elle décuplait son emprise. La magicienne savait que la volonté qui la dominait était infiniment supérieure à la sienne et qu'elle ne pourrait jamais lui résister. Cette idée la terrorisait. Même son esprit ne lui appartenait plus. L'inconnu pouvait s'approprier sa mémoire, la feuilleter comme un livre pour y puiser les informations qu'il cherchait. Elle avait été ensorcelée. Elle était désormais prisonnière d'une puissance maléfique venue d'un autre monde. Pourrait-elle jamais lui échapper ?

Dors. Tu n'as rien à craindre de moi. Ne crois pas que je veuille te tendre un piège. Si je viens ainsi hanter ton sommeil, c'est que je n'ai aucun autre moyen pour communiquer avec toi à travers l'espace et le temps qui nous séparent.

— Qui êtes-vous ? demanda-t-elle dans son sommeil, nullement apaisée par ces explications.

Peu importe. Tout ce qu'il te faut savoir, pour l'instant, c'est que ton peuple et moi sommes étroitement liés. J'ai secouru les tiens autrefois et les Flaems ont une lourde dette envers moi.

La voix entreprit alors de lui raconter une partie de l'histoire des Flaems dont elle n'avait jamais entendu parler, relatant des événements survenus au cours de leur long exode et évoquant les amis et les ennemis qu'ils s'étaient faits en chemin. Elle lui parla de choses qui lui tenaient à cœur : de la grande ancienneté de son peuple, du pouvoir et de l'influence qu'il avait exercés au cours de son glorieux passé et de la fierté qu'il pouvait à juste titre en tirer. Ne voulait-elle pas lui rendre l'honneur et la puissance qui lui étaient dus ? La réponse allait de soi : les Flaems n'avaient jamais pensé qu'à cela.

Le Peuple Flaem est comme ces majestueux seigneurs de la terre qui puisent leur sève dans la grandeur et la splendeur de leurs profondes racines. On ne peut pas permettre qu'il s'étiole par l'incurie des ignorants. Les Flaems n'ont jamais été faits pour devenir les esclaves des dragons, ni pour être manipulés par le Chevalier-Dragon, pas plus qu'ils n'ont été faits pour servir les vils desseins d'Immortels si bouffis d'orgueil qu'ils en oublient le sort de ceux qu'ils sont censés protéger. Les Flaems ne sont pas et ne peuvent pas demeurer, aux yeux de tous, ce pitoyable ramassis de gens miséreux, méprisés par des nations barbares dans un monde étranger auquel ils n'appartiennent pas et que seul le hasard a placé sur leur route. Les pyromages sont les gardiens de cette noble gent et tu es maintenant leur chef. Tu as une lourde responsabilité à assumer et un rôle déterminant à jouer pour le devenir de ton peuple. N'es-tu pas fière de l'insigne privilège qui t'a été conféré ? Ne te sens-tu pas digne de la noble tâche pour laquelle tu as été choisie ? Qui pourrait, mieux que toi, défendre l'honneur du grand Peuple Flaem ? Qui pourrait brandir plus haut le flambeau de sa puissance pour le guider vers sa glorieuse destinée ? Qui, sinon toi ?

Enfin la vérité se faisait jour ! Plus la voix parlait et plus la magicienne était convaincue de la justesse de ses propos. Comment avait-elle pu demeurer aveugle si longtemps ? Pourquoi le destin des Flaems aurait-il dû reposer entre les mains d'un adolescent attardé, qui ne savait même pas d'où il venait, et qui, de surcroît, sortait des entrailles d'un dragon ? Pourquoi le gouvernement de la nation flaemoise serait-il confié à une ancienne esclave, qui n'était rien de plus qu'une vulgaire guerrière barbare, alors qu'il lui revenait de droit à elle, Flaem de souche, pyromagicienne de haut vol et fille de l'aristocratie ? Comment avait-elle pu se laisser endoctriner par le Chevalier-Dragon et sa bande d'aventuriers ? Hélas ! à présent, elle avait tout perdu : non seulement le pouvoir de régner sur les siens, mais celui de diriger sa vie même. Comment aurait-elle pu reprendre à Solveig la place qu'elle usurpait à la présidence du Parlement, alors que tous l'aduaient, faisant d'elle le champion qui avait sauvé le royaume de l'anarchie, tandis que les pyromages étaient toujours considérés comme une clique de traîtres assoiffés de pouvoir ? Comment aurait-elle pu protéger son peuple des ennemis qui le menaçaient : les arrogants Thyatiens, les maudits Alphatiens et, surtout, les dragons ?

Je peux t'apporter l'aide dont tu as besoin, lui répondit doucement la voix d'un ton rassurant. Je saurai te prodiguer le savoir et les sages conseils qui te permettront de reprendre la place qui t'appartient. Plus tard, je pourvoirai aux renforts nécessaires pour combattre les ennemis des Flaems. Je t'octroierai les pouvoirs magiques et te procurerai les forces armées qui t'assureront la victoire. Mais, pour l'instant, tu dois prendre patience. Byen Kalestraan était un sot. Il était trop pressé de s'emparer du pouvoir pour me prêter une oreille attentive. Il a agi trop vite et trop tôt. Tu sauras ne pas reproduire les mêmes erreurs car, contrairement à ton prédécesseur, tu connais parfaitement les rouages de la politique et, si tu maîtrises admirablement la magie, tu n'ignores pas que c'est une force brute à ne manipuler qu'avec d'infinies précautions.

Au fur et à mesure que la voix s'infiltrait dans

son esprit, Alessa prenait de plus en plus confiance en elle. Quand le silence retomba, elle se sentait déjà capable d'abattre des montagnes. Pourtant, là-bas, au tréfonds de son âme, ténue et ignorée, une autre petite voix hurlait de rage et de désespoir : la voix inaudible de la vérité.

1

Juché sur un gros rocher cerné de pins millénaires, à flanc de montagne, Thelvyn Œil de Renard contemplait l'immensité silencieuse de la forêt. Le jour s'était levé depuis plusieurs heures déjà. Pourtant, le soleil se hissait à peine au-dessus des sommets, derrière lui, et son haleine formait de petits nuages blancs qui tardaient à se dissiper. Il gelait à pierre fendre, mais Thelvyn n'en avait cure. Il se moquait bien de la rigueur du climat : l'air glacé du Grand Nord ne pénétrait pas son épaisse carapace.

Un dragon d'or zébra l'azur cristallin juste au-dessus de lui et il releva brusquement la tête. La majestueuse créature décrivit une large boucle avant de survoler l'étendue sylvestre avec cette grâce qui n'appartenait qu'à elle. Kharenndaën ne chassait pas. Elle volait juste pour le plaisir : son petit exercice matinal quotidien. Thelvyn la suivit des yeux en pensant à tous ces voyages qu'ils avaient faits ensemble. Evidemment, quand ils parcouraient les nuées, à l'époque, ils ne pouvaient voler côte à côte puisqu'il était solidement sanglé à sa selle, mais les choses avaient bien changé ces derniers mois.

Thelvyn s'avança jusqu'au bord du rocher et, d'une vigoureuse poussée des postérieurs, se propulsa dans le ciel avec un dernier coup d'œil furtif au versant qui déjà s'éloignait. Même après tout ce temps, plonger dans le vide lui donnait encore des crampes d'estomac. Il entendit le claquement sec de ses ailes qui prenaient le vent, plaqua ses pattes contre son ventre pour gagner de la vitesse et s'éleva vers les cimes. Si voler n'était pas aussi simple qu'il y paraissait, prendre son essor était bien ce qui exigeait le plus gros effort. Il ne restait plus ensuite qu'à estimer la force et la direction du vent et à ajuster sa cadence en conséquence pour se stabiliser. Une fois lancé, Thelvyn se laissa porter par les courants froids et, peu à peu, la tension qui l'oppressait se relâcha.

Kharenndaën avait fait demi-tour pour le rejoindre. Il la regardait approcher avec une admiration non dissimulée. Il l'avait toujours trouvée d'une resplendissante beauté, mais n'était que plus sensible à ses charmes depuis qu'il était lui-même un dragon. Sa tête fine, son museau effilé, sa taille étroite, ses larges hanches et ses longues pattes musclées lui conféraient une grâce, une élégance même sur lesquelles il ne laissait de s'extasier. Pour lui, c'était là la seule vraie Kharenndaën, quoiqu'il se soit familiarisé avec l'Eldar dont elle empruntait régulièrement l'apparence. Plus grands que les humains, solidement charpentés, la peau cuivrée, les cheveux et les yeux noirs, les Eldars étaient les ancêtres des elfes. Thelvyn connaissait bien ces caractéristiques puisqu'elles avaient été les siennes pendant plus de vingt ans. Par le passé, Kharenndaën lui était également apparue sous les traits de la prêtresse Selliànda, une jeune elfe à chevelure de miel dont il s'était éperdument épris sans avoir jamais fait le rapprochement. Mais Kharenndaën était désormais sa fidèle compagne et les sentiments qu'il éprouvait pour elle n'avaient plus rien d'une amourette d'adolescent.

Elle avait pris place derrière lui et ralenti son allure, comme si elle voulait régler sa vitesse sur la sienne pour voler à sa hauteur. Mais, au moment où il se tournait vers elle, Kharenndaën passa en trombe à ras de son museau, si près qu'il recula précipitamment la tête et battit frénétiquement des ailes pour conserver son assiette. Pour elle, ce n'était qu'un jeu, l'invitation à une compétition amicale, l'occasion de rivaliser d'adresse qui permettrait à son compagnon de prouver sa toute nouvelle maîtrise de la voltige aérienne. Mais Thelvyn estimait, quant à lui, que c'était faire bien peu de cas de son manque d'expérience. Il prit un virage sur l'aile et la suivit aussi vite qu'il put, profitant de son poids et de sa taille pour la dépasser tandis qu'elle plongeait en piqué. Elle ne lui laissa pas cette satisfaction et remonta en flèche pour le désavantager, puis bifurqua brusquement dans une vrille spectaculaire qu'il aurait été bien en peine d'imiter.

Dans les premiers temps, Thelvyn ne goûtait guère ce genre de sport et se montrait même très mauvais perdant. Cependant, un jour qu'il s'en ouvrait en aparté auprès de Markhaën, le frère aîné de Kharenndaën lui avait expliqué que, pour ce qui était de la vitesse du moins, les dragons femelles, plus souples et plus légers, battaient toujours les mâles de la même espèce. Or, la femelle du dragon d'or était le dragon le plus rapide du monde. Depuis, Thelvyn s'était résigné à sa place d'éternel second. Pourtant, ce matin-là, il était bien décidé à se défendre et repoussait ses limites au maximum pour ne pas se laisser distancer. Tout en suivant les évolutions de sa compagne, il se rendait néanmoins compte qu'il avait fait de très nets progrès : les figures qui lui avaient demandé d'énormes efforts auparavant lui devenaient de plus en plus naturelles. Il en tirait une indéniable fierté.

Il commençait à savoir utiliser avec aisance les sortes de petites nageoires qui se trouvaient à la base de sa queue, juste en dessous des ailes, et faisaient office tant de frein que de gouvernail. Il lui suffisait de les déployer pour ralentir sa course ou de s'en servir alternativement pour se diriger. Il avait aussi appris à sentir le vent et savait désormais trouver les courants portants sans avoir vraiment besoin de les chercher. Cet apprentissage avait été particulièrement difficile pour lui car, contrairement aux autres dragons qui découvraient les joies de la voltige dès leur plus tendre enfance, il avait dû tout reprendre de zéro à l'âge adulte. Il lui arrivait encore de rêver qu'il tombait et de se réveiller, tout tremblant d'effroi.

Kharenndaën cessa brusquement ses acrobaties. Elle avait relevé la tête et dressé l'oreille, comme si elle écoutait une voix lointaine. Thelvyn la suivit en vol plané, prenant soin de ne pas trop s'approcher pour ne pas la perturber. Quelques instants plus tard, elle se tourna vers lui.

— Nous sommes appelés, lui dit-elle. Le Tout-Puissant veut me parler. Il a de nouvelles instructions à me donner.

— Te parler ? s'étonna Thelvyn.

Le Tout-Puissant n'avait pas pour habitude de s'adresser directement à ses disciples, fût-ce aux plus éminents d'entre eux. Il ne s'était manifesté qu'à deux reprises en plus d'un quart de siècle, et ce, au cours des dix derniers mois seulement.

— Je m'attendais déjà à recevoir un tel message en rêve, la nuit dernière, précisa Kharenndaën. Mais peu importe. Nous devons regagner Ombrelac au plus vite.

Elle décrivit un large virage, laissant derrière elle les hautes montagnes pour survoler la forêt, en direction du nord. Elle volait à tombeau ouvert mais, s'il n'était pas un champion d'agilité, Thelvyn avait désormais assez d'entraînement pour soutenir la cadence. Il était devenu infatigable sur les vols de longue haleine, pour peu qu'ils soient directs et en terrain découvert. Ombrelac se nichait au creux d'une enclave de verdure, au pied de la Cordillère Wendarienne, dans un endroit connu des dragons et des elfes sous le nom de Bois-Renard, havre secret dissimulé au cœur d'une immense forêt dont les pins millénaires ridiculisaient aisément, par leur taille gigantesque, tous les autres arbres du monde.

Pendant longtemps, Ombrelac avait été le plus important sanctuaire du Tout-Puissant. La Grande Prêtresse Arbenndaël — la propre mère de Thelvyn — l'avait dirigé avant que l'attaque des dragons rebelles ne l'oblige à prendre la fuite quelque vingt ans plus tôt. Ombrelac était resté à l'abandon jusqu'à ce que, l'été précédent, le Tout-Puissant demande à Kharenndaën d'y faire venir Thelvyn. C'était là, dans la clairière sacrée d'Ombrelac, que l'enchantement qui le retenait prisonnier de sa forme d'Eldar depuis la naissance avait été rompu. Depuis lors, tous deux n'avaient plus quitté le sanctuaire où ils vivaient en compagnie de Messire George et d'une vingtaine de clercs dragons revenus sur place pour restaurer le temple et le ramener à la vie. Des clercs elfes les avaient rejoints un peu plus tard. Les tribus primitives du Wendar adoraient aussi bien Terra que le Tout-Puissant, considérés tous deux comme leurs protecteurs divins, et nombre de leurs membres se faisaient prêtres pour servir l'Immortel des dragons. Certains avaient déjà officié à Ombrelac autrefois et s'étaient empressés d'y retourner dès que le temple avait rouvert ses portes.

Le sanctuaire était dissimulé au sein des profondes futaies de Bois-Renard et il n'était pas facile de le localiser. Les dragons possédaient cependant un sens de l'orientation infaillible qui les guidait plus sûrement que leur vue, pourtant perçante. Cet instinct d'origine magique les dirigeait même vers des lieux où ils n'étaient jamais allés auparavant, pour peu qu'on leur en ait fait une fidèle description. Thelvyn n'était encore qu'un novice en la matière et s'en remettait entièrement à sa compagne. Kharenndaën perdit bientôt de l'altitude et tournoya lentement au-dessus de ce qui n'était, vu du ciel, qu'une petite tache noire au cœur de la forêt.

Thelvyn la suivit, une boule d'angoisse dans la gorge. Il fallait plonger en piqué pour atteindre la trouée et l'entreprise lui avait toujours paru extrêmement périlleuse. Il s'était déjà blessé à plusieurs reprises et préférait passer devant pour ne pas risquer de heurter sa compagne s'il perdait le contrôle au cours de sa manœuvre d'atterrissage.

Il abaissa sa queue et déploya ses gouvernails pour freiner sa descente jusqu'à frôler le déséquilibre. Il arrondit alors ses immenses ailes vers l'avant, enfermant autant d'air que possible pour amortir sa chute. La clairière était encore plongée dans une semi-pénombre qui l'empêchait d'utiliser sa vision nocturne. Il ne distingua vraiment le sol que lorsqu'il fut pratiquement arrivé. Alors seulement, il put déterminer l'endroit précis où il allait se poser. Il détendit ses pattes, battit violemment des ailes pour se mettre en position et atterrit lourdement dans un tourbillon d'aiguilles de pin. Quelques secondes plus tard, Kharenndaën se posait tout en douceur, à moins d'un demi-mille sur sa droite.

Elle replia ses ailes, marcha jusqu'à lui et vint frotter son museau contre son poitrail. C'était là une marque d'affection habituelle chez les dragons. Kharenndaën s'était d'ailleurs toujours montrée très affectueuse, même au cours de leurs cinq premières années de cohabitation, quand il ignorait encore qu'elle l'aimait et n'aurait même jamais pu l'imaginer. Avec leur réputation de misanthropes invétérés farouchement jaloux de leur indépendance, il semblait a priori peu probable que les dragons puissent être capables d'un tel attachement. Thelvyn avait été très surpris d'apprendre qu'ils s'embrassaient comme les humains. Mais, aux baisers, ils préféraient nettement les caresses qu'ils se prodiguaient à l'envi en se frottant mutuellement la tête et le cou. L'épaisseur de leur carapace réduisait pourtant notablement leur sensibilité, mais — peut-être justement pour cette raison — les dragons adoraient exprimer leurs sentiments de cette façon et se révélaient d'une tendresse insoupçonnée.

Ils rejoignirent côte à côte l'amphithéâtre naturel au creux duquel se trouvait le temple proprement dit, gigantesque bâtiment de bois et de pierre, adossé au chapelet de collines en demi-cercle qui le protégeait.

En chemin, Thelvyn s'interrogeait sur les motifs qui avaient poussé le Tout-Puissant à vouloir subitement s'adresser de vive voix à sa disciple. Il n'était cependant pas surpris qu'il ait choisi ce moment pour se manifester. Il s'y attendait. Quand il l'avait changé en dragon, le Tout-Puissant lui avait dit qu'il lui donnait jusqu'au prochain printemps pour s'habituer à sa nouvelle vie. Après quoi, il requerrait de nouveau ses services. Le printemps étant arrivé, Thelvyn savait que son mentor ne tarderait pas à lui confier une nouvelle mission. Pendant qu'il accomplissait son rude apprentissage, Kharenndaën et lui avaient jugé plus sage de rester à l'écart du monde et de ses semblables. Cependant, même maintenant, il doutait que les dragons soient prêts à l'accepter parmi eux et la tâche qui l'attendait pour les convaincre de le reconnaître pour roi lui paraissait toujours aussi insurmontable.

Quand ils arrivèrent, deux jeunes dragons et plusieurs clercs elfes s'affairaient dans la cour du sanctuaire. Kharenndaën se dirigea vers les portes grandes ouvertes du temple et s'arrêta sur le seuil pour jeter un coup d'œil à l'intérieur. Quelques dragons s'étaient retirés pour étudier leurs énormes livres d'heures posés sur des lutrins à côté de leurs couches. Messire George leur tenait compagnie, assis dans un large fauteuil devant l'âtre. Il dut sentir la présence de ses compagnons car il se retourna et se leva aussitôt pour les accueillir.

— Nous devons partir immédiatement, lui annonça Kharenndaën. Le Tout-Puissant nous a sommés de comparaître devant Lui.

— Je me demande bien ce qu'Il veut, fit Thelvyn pour répondre au regard interrogateur du vieux chevalier. Le Tout-Puissant ne me parle jamais et ce n'est pas moi qui m'en plaindrais. Cette convocation ne me dit rien qui vaille.

— Vous pouvez venir avec nous ou rester ici, si vous préférez, reprit Kharenndaën. Mais je vous préviens que nous ne reviendrons peut-être pas avant longtemps.

— Si le Tout-Puissant estime qu'il est temps pour Thelvyn de passer à l'action, je suppose que sa première mission sera de retrouver le Collier des Dragons. Vous aurez donc besoin de mes services, argua le vieux chevalier. Serait-ce abuser que de vous demander où nous allons ?

— A Celebrìnhìth, bien sûr, répondit Kharenndaën.

— Bien sûr, répéta Messire George en échangeant un coup d'œil perplexe avec Thelvyn.

Tous trois regagnèrent leurs chambres pour vaquer aux préparatifs du voyage. Thelvyn possédait désormais un harnais de dragon, ensemble de sangles qui permettaient d'accrocher sacoches, fourreaux et tout un attirail guerrier. Il ne l'avait encore jamais porté puisqu'il ne s'était pas éloigné d'Ombrelac plus d'une journée et ne se baladait pas, comme Markhaën, avec un espadon de plus de trente pieds de long sur le dos. Mais il avait tout de même besoin d'emporter quelques petites choses et, notamment, son livre de sorts. Si curieux que cela puisse paraître, l'une des plus grandes difficultés qu'il avait rencontrées pour s'adapter à sa nouvelle vie avait été de renoncer à se vêtir. Il n'avait certes jamais considéré auparavant que les dragons se promenaient nus, mais c'était pourtant bien la sensation qu'il avait lui-même. Dûment harnaché, il se tourna vers sa compagne. A son grand étonnement, elle portait déjà sur le dos la selle qu'il avait utilisée pendant plus de cinq ans pour chevaucher les nuées en tant que Chevalier-Dragon.

— Je peux emmener Messire George, si tu veux, lui proposa-t-il.

— Je n'en doute pas, mais cette selle a été faite sur mesure et je crains que les sangles ne soient trop courtes pour toi. Te sens-tu prêt à entreprendre un aussi long voyage ?

— Je crois que oui. De toute façon, je n'ai pas vraiment le choix. J'ai bien l'impression que, fini ou pas, mon apprentissage doit s'arrêter là.

Kharenndaën affichait une calme assurance. Elle avait pris la situation en main et organisait leur expédition avec méthode et efficacité, comme si elle accomplissait une de ses tâches de prêtresse habituelles. Thelvyn lui en était reconnaissant. Cette apparente sérénité apaisait son angoisse. Le voile serait bientôt levé sur tous les mystères qui l'entouraient, notamment sur les ultimes secrets de ses origines et sur le rôle exact qu'il était censé jouer dans le devenir des dragons. Il espérait que ces révélations ne seraient pas de celles que l'on préférerait avoir toujours ignorées.

Pourquoi l'avait-on choisi pour incarner le mythique Roi-Dragon ? Qu'avait-il de si singulier qu'on l'ait désigné pour assumer une telle responsabilité ? De toutes, c'était, pour lui, l'énigme suprême. Les dragons attendaient la venue de ce sauveur depuis plus de trois mille ans. Selon la

Prophétie, seul cet être de légende pourrait porter le Collier des Dragons, artefact emblématique qui ferait de lui le premier souverain de la Nation des Dragons depuis l'aube des temps. Mais la Prophétie n'expliquait pas pourquoi les dragons auraient besoin d'un roi, alors qu'ils n'en avaient jamais eu auparavant, ni pourquoi ils en auraient besoin maintenant. Elle ne précisait pas davantage ce que ce légendaire monarque était supposé accomplir pour le bonheur de son peuple. D'après ce que Thelvyn croyait savoir, les problèmes des dragons étaient plus ou moins résolus : leur guerre avec Alphatia était à présent terminée et ils avaient remporté la victoire ; quant au Chevalier-Dragon, ils avaient fait en sorte qu'il ne puisse plus jamais leur nuire. Une fois le Collier des Dragons retrouvé, leur existence devrait donc reprendre son cours normal. Or, ils n'avaient même pas à se préoccuper de le chercher puisque c'était à Thelvyn que cette lourde tâche incombait.

Contre toute attente, Thelvyn jugeait les dragons encore plus impressionnants depuis qu'il en était devenu un lui-même. Peut-être était-ce parce que, en changeant de peau, il avait aussi radicalement changé de position vis-à-vis d'eux. Il ne jouissait plus désormais des pouvoirs du Chevalier-Dragon, tant pour se protéger que pour imposer ses vues. Avant, les choses étaient simples : si un dragon lui créait des difficultés, il n'avait qu'à paraître et à dégainer son glaive ensorcelé pour que tout rentre dans l'ordre. Soit l'importun se soumettait, soit il le mettait au défi de le vaincre en combat singulier. Le Chevalier-Dragon étant invulnérable, le choix était vite fait. Quant à ceux qui l'avaient combattu, ils n'étaient plus là pour en témoigner. Il avait débarrassé le continent de quelques dizaines de renégats de cette façon. Mais le Roi-Dragon, lui, n'était pas beaucoup plus puissant que n'importe quel autre dragon. Thelvyn était même désavantagé par son manque d'expérience. Il ne possédait, de surcroît, aucune protection spécifique. Il supposait donc qu'il lui faudrait s'imposer, non pas par la force ou par la crainte, mais par des moyens plus subtils et sans doute beaucoup plus complexes.

Les deux dragons d'or furent bientôt prêts à partir et retournèrent dans la cour pour attendre leur compagnon. Kharenndaën s'entretint brièvement avec les clercs d'Ombrelac, leur recommandant de poursuivre normalement leur office et de veiller sur le sanctuaire en son absence. Thelvyn ne la regardait pas donner ses ordres sans quelques scrupules : s'il était vraiment digne d'être le Roi-Dragon, n'était-ce pas à lui de prendre de telles décisions et de les dicter ? Pourtant, il préférait s'effacer devant sa compagne. Il connaissait si peu les mœurs des dragons. En outre, bien que clerc du Tout-Puissant lui-même, il répugnait à s'immiscer dans les affaires de ceux qui avaient délibérément embrassé la prêtrise — les « vrais clercs », comme il les appelait à part soi — alors qu'il n'avait jamais choisi — et n'était toujours pas tout à fait convaincu — d'en être un.

Messire George les rejoignit quelques instants plus tard. Il sangla ses sacs aux quartiers de sa selle et s'y jucha tant bien que mal en s'aidant de son crochet. Les deux dragons se ramassèrent sur leurs puissantes pattes arrière et s'élancèrent vers le ciel, avec de grands claquements d'ailes, monopolisant toutes leurs forces pour s'élever en une spirale resserrée et sortir de l'étroite trouée cernée de géants ligneux. Quand ils purent enfin admirer la forêt en contrebas et relâcher leurs efforts pour adopter une vitesse de croisière, Thelvyn poussa un gros soupir de soulagement. Ils avaient arrêté leur itinéraire et décidé d'éviter toute région habitée. Ils resteraient donc au-dessus des montagnes d'un bout à l'autre du trajet. Ils suivraient d'abord la Cordillère Wendarienne vers l'est, puis bifurqueraient vers le sud pour survoler les Monts du Colosse et les Terres Brisées et reprendraient la direction de l'est, longeant la partie occidentale des Altan Tepes, entre Rocklogis et Alfheim, jusqu'à destination.

Le vieux chevalier avait souvent parcouru les nuées à dos de dragon et la perspective d'un vol de longue haleine ne l'inquiétait pas outre mesure. Au reste, bien qu'il ne l'ait plus pratiqué depuis plus d'un siècle, l'exercice proprement dit n'avait aucun secret pour lui. Messire George était, en effet, un drakhumain — un petit cousin des dragons, en quelque sorte — et c'était d'ailleurs grâce à cette lointaine parenté qu'il avait pu obtenir le droit d'accompagner Thelvyn dans son exil. Malheureusement, il avait autrefois perdu la main gauche au combat et, son aile ayant été endommagée dans la même proportion, il lui était impossible de voler quand il reprenait sa forme originelle.

Pour les deux dragons d'or, se cantonner dans les montagnes ne présentait pas seulement l'avantage de rester discrets, mais leur permettait également de profiter des courants froids des cimes pour économiser leurs forces. Thelvyn se demandait combien de temps leur prendrait un tel parcours. Autrefois, Kharenndaën accomplissait le voyage de Braejr à Thyatis en une journée. Or, il n'y avait pas deux cités plus éloignées l'une de l'autre à travers tout le continent. La distance qui séparait Ombrelac de Celebrìnhìth était nettement inférieure. Seule, Kharenndaën l'aurait couverte en moins de six ou sept heures. Serait-il capable de rester en vol aussi longtemps ? Rien n'était moins sûr.

Il fut presque surpris quand ils quittèrent la Cordillère Wendarienne pour survoler la Passe de l'Est. La matinée n'était pas encore achevée. Or, il avait suffisamment parcouru la Frontière à cheval pour savoir qu'un tel trajet nécessitait au bas mot trois jours de chevauchée. Son endurance l'étonnait. Kharenndaën insista néanmoins pour qu'il prenne un peu de repos et fit halte, en début d'après-midi, alors qu'ils approchaient de la pointe méridionale des Monts du Colosse. Thelvyn estimait, quant à lui, qu'il aurait pu continuer sans problème ; ce qui ne l'empêcha pas pour autant de goûter ce bref instant de répit. Finalement, le seul qui, d'eux trois, se plaignait des vicissitudes du voyage était encore celui qui l'avait appréhendé le moins : après plus de six mois d'inactivité, Messire George avait perdu l'habitude de rester en selle pendant de longues heures.

— Je suis sûr que je peux rallier Celebrìnhìth d'une seule traite, affirma Thelvyn. Nous devons déjà être à mi-parcours, maintenant, de toute façon.

— Cela vaudrait mieux, parce que le Tout-Puissant nous attend là-bas cette nuit même, lui répondit Kharenndaën.

Ils reprirent rapidement les airs. A peine avaient-ils parcouru un mille que Kharenndaën faisait demi-tour pour rejoindre Thelvyn, le contraignant brusquement à ralentir. Il jeta un rapide coup d'œil circulaire et repéra aussitôt une patrouille de dragons qui fonçait sur eux pour leur couper la route. Vu la vitesse à laquelle ils approchaient, Thelvyn ne tarda pas à les distinguer : six jeunes dragons rouges qui n'étaient pas sans lui rappeler ces petites bandes de rebelles dont les Hautes-Terres avaient enduré les raids incessants quelque six ans plus tôt, alors qu'il venait à peine d'endosser l'armure du Chevalier-Dragon.

— Crois-tu qu'ils vont me reconnaître ? demanda-t-il à sa compagne avec anxiété.

— Je suppose. N'oublie pas qu'un dragon reconnaît toujours ses semblables au premier coup d'œil, quelle que soit sa forme d'emprunt. Il se peut même qu'il y en ait parmi eux qui t'aient vu à Bois-Renard quand tu as recouvré pour la première fois ta véritable apparence. Sans compter que tu as des traits très singuliers et qu'une simple description de toi leur suffirait à t'identifier.

Elle avait raison, bien sûr. Pour un dragon d'or, il avait un museau anormalement fin et allongé et ses grands yeux en amande étaient un peu trop rapprochés. Ce qui lui donnait un faux air de renard tout à fait caractéristique. Même sous la forme d'un dragon, il méritait plus que jamais son surnom.

— Ce sont tous de jeunes rouges, poursuivit Kharenndaën. Cela ne m'étonnerait pas que Jherdar les ait envoyés surveiller discrètement les Hautes-Terres depuis les sommets.

— Il serait peut-être préférable que je m'en charge. En tant que Chevalier-Dragon et Roi-Dragon, je représente une autorité qu'ils sont obligés de respecter, que ça leur plaise ou non. Et puis, tu dois veiller à la sécurité de ton passager.

— Ah ! c'est tout de même rassurant de constater qu'on n'est pas tout à fait oublié ! commenta le vieux chevalier.

Ils rebroussèrent chemin pour se diriger vers la montagne et s'apprêtèrent à rejoindre la plus haute corniche accrochée à flanc de paroi. C'était là une acrobatie à laquelle Thelvyn ne s'était encore jamais essayé, le plus difficile étant de se poser dans un espace aussi restreint, de surcroît barré par une falaise qui interdisait toute manœuvre d'approche indirecte et imposait un atterrissage frontal. Je n'ai pas intérêt à rater mon atterrissage si je ne veux pas perdre la face, se dit-il. Le surplomb était encombré de gros rochers plats qui cascadaient en terrasses. Il repéra le plus élevé et se posa sans encombre. Kharenndaën l'imita, choisissant le niveau juste en dessous, de telle sorte que les jeunes dragons rouges furent contraints de se poser encore plus bas. Ce qui les mettait d'emblée en position d'infériorité.

— Salut à toi, ex-Chevalier-Dragon, l'apostropha le chef de la bande d'un ton narquois.

Piqué au vif par cette provocation à peine voilée, Thelvyn le foudroya du regard, tout en préparant sa riposte. Le mieux serait encore de miser sur leur ignorance pour les impressionner, pensa-t-il. Après tout, ces jeunes impudents ne savaient pas vraiment à qui ils avaient affaire.

— Celui qui t'a dit ça t'a menti, répondit posément Thelvyn. Je suis toujours le Chevalier-Dragon.

Les murmures incertains qui accueillirent cette sortie tendaient à prouver qu'elle leur donnait à réfléchir. Ils n'étaient manifestement plus si sûrs d'eux et hésiteraient à le défier.

— Mais là n'est pas la question, enchaîna Thelvyn, bien décidé à pousser son avantage. Je vois que vous montez la garde à la frontière des Hautes-Terres. Est-ce Jherdar qui vous a confié cette mission ou êtes-vous envoyés par Markhaën sur ordre du Parlement ?

— Nous sommes des dragons rouges et n'avons de comptes à rendre qu'à Jherdar, rétorqua l'autre avec morgue. Mais, pour ce qui est de notre présence ici, Jherdar a bien voulu suivre les conseils du Premier Porte-Parole et c'est à sa demande que nous sillonnons les environs. Ce qui ne veut pas dire que nous obéissions à tous les dragons d'or. Je ne te reconnais donc aucun droit à me commander.

— Je ne t'ai donné aucun ordre, que je sache, répliqua Thelvyn. Nous nous rendons au sanctuaire de Celebrìnhìth pour une affaire qui ne te concerne pas. Mais je te préviens que nous sommes mandatés par le Tout-Puissant Lui-même et que, par sa volonté, tu vas nous laisser passer.

Ulcéré, le chef de la bande releva vivement la

tête et décocha à son adversaire un regard flamboyant de haine, puis il courba le cou, hérissant ses écailles écarlates, tel un énorme chat qui fait le gros dos. Ses comparses l'imitèrent, battant furieusement des ailes, prêts à livrer bataille. Thelvyn se mit alors debout avec une lenteur étudiée et une calme assurance propres à déstabiliser son rival, dressant sa crête souveraine : attitude éminemment menaçante chez les dragons. Pure forfanterie que tout cela, bien sûr. Il savait qu'il n'avait aucune chance de remporter le combat. Il était bien trop inexpérimenté pour défaire six têtes brûlées impatientes d'en découdre. Mais c'était une pratique courante chez les dragons. Ces fieffés hâbleurs réglaient la plupart de leurs différends en intimidant leurs adversaires à grand renfort de poses arrogantes et de coups de bluff. Thelvyn pouvait cependant compter sur sa taille — à cet égard, les dragons d'or étaient avantagés par rapport aux autres espèces — et sur le poids de sa formidable réputation.

Le dragon rouge ne capitula pas tout de suite, mais le fait même qu'il ne se soit pas encore jeté sur lui prouvait qu'il hésitait à s'en prendre au Roi-Dragon. Au bout d'un long moment d'intolérable tension, Thelvyn se ramassa sur ses postérieurs, les ailes à demi déployées, en position d'attaque. Il jouait avec le feu et le savait pertinemment. S'il poussait la provocation trop loin, le dragon rouge risquait de prendre le mors aux dents. Sa fureur ne connaîtrait plus de bornes et, au mépris de la prudence la plus élémentaire, son fougueux adversaire pouvait lui sauter à la gorge, sans plus se soucier ni des conséquences de ses actes, ni même de sa propre sauvegarde. Mais le jeune dragon rouge se détendit progressivement, sans pour autant se départir de son air bravache : il n'aurait pas voulu paraître timoré, ni surtout passer pour un lâche.

— Dans ce cas, il ne me reste plus qu'à vous souhaiter bon voyage, fit-il d'un ton acerbe.

Pour lui, l'affaire semblait entendue et, sans ajouter un mot, il s'élança dans les airs, puis fila vers l'ouest pour reprendre son poste à la frontière des Hautes-Terres, entraînant ses fidèles recrues dans son sillage. Thelvyn attendit qu'ils soient à bonne distance pour pousser un gros soupir de soulagement.

— Tu ne t'en es pas trop mal sorti, on dirait, commenta Messire George. C'est bien la première fois que je te vois impressionner un dragon sans coup férir. Hormis Kharenndaën, évidemment. Mais notre belle amie a ses propres raisons... que la raison ne connaît pas...

— Tout favoritisme mis à part, je dois avouer que je salue la performance, rétorqua Kharenndaën en tordant le cou pour jeter un bref coup d'œil réprobateur au vieux chevalier, avant de se retourner vers Thelvyn. La terreur irraisonnée que le Chevalier-Dragon a toujours inspirée aux dragons semble avoir fait place aux prémices d'un certain respect. Certes, pour l'instant, tu le dois surtout au soutien du Tout-Puissant. Et puis, en prenant ta défense devant tous, Il a également prouvé qu'Il ne les avait pas abandonnés ; ce qui les a immensément rassurés. Sans doute n'ont-ils pas oublié non plus que, durant le conflit qui les a opposés aux Flaems devant Braejr, tu as tout fait pour les épargner.

— Ce qui ne veut pas dire qu'ils soient prêts à m'accepter pour roi, quand bien même je porterais le Collier des Dragons, objecta Thelvyn. Il me faudra d'abord gagner leur estime et je sais que les vétérans comme Jherdar ne seront pas faciles à convaincre.

Ils se remirent en route pour Celebrìnhìth, passant à la frange nord des Terres Brisées, contrée désolée et sauvage qu'ils survolèrent à haute altitude. Ils n'auraient pas osé s'y poser. Les orcs, les gobelins et autres créatures malfaisantes qui l'habitaient n'hésiteraient pas à s'en prendre à deux dragons d'or. Quoique extrêmement belliqueux et d'une rare stupidité, ils n'attaquaient pas systématiquement tous les dragons. Ils s'alliaient même fréquemment aux renégats qui leur faisaient miroiter de fabuleux butins, fruits de leurs incessantes rapines, pour les appâter. En fait, le plus souvent, ils se retrouvaient vite réduits en esclavage et embrigadés dans leurs armées. Les renégats se servaient d'eux pour attaquer villages et fermes isolées à leur profit et défendre leurs antres. Mais, les dragons d'or étant loyaux par nature, Thelvyn et Kharenndaën auraient immédiatement été identifiés comme l'ennemi à abattre.

La nuit tombait déjà quand ils commencèrent à perdre de l'altitude pour survoler la Forêt de Canolbarth, à la frontière nord d'Alfheim. Il faisait déjà trop sombre pour repérer Celebrìnhìth et Thelvyn dut une fois de plus s'en remettre à l'instinct de sa compagne. Kharenndaën connaissait parfaitement les lieux pour y avoir vécu de longues années sous l'apparence de la jeune prêtresse elfe Sellìanda, Supérieure du sanctuaire. Elle n'eut donc aucune peine à localiser leur destination.

Les deux dragons d'or amorcèrent leur descente dans les ténèbres et Thelvyn tendit ses postérieurs pour amortir sa chute. Des lumières surgirent tout à coup de l'obscurité et, quelques instants plus tard, il se posa dans la grande cour du sanctuaire, une sorte d'ermitage rustique au toit de tuiles brunes en forme de feuille. La porte s'ouvrit et plusieurs elfes coururent au-devant des visiteurs afin de les accueillir, prenant soin cependant de garder leurs distances pour laisser le temps aux dragons de replier leurs ailes. Messire George avait déjà sauté à terre et Kharenndaën s'allongea sur l'herbe pour lui permettre de prendre ses sacs.

Celebrìnhìth n'avait pas changé. Le sanctuaire était exactement tel que Thelvyn l'avait vu lorsqu'il l'avait découvert six ans plus tôt. Cet endroit avait toujours occupé une place à part dans sa mémoire et surtout dans son cœur, même s'il n'y était venu qu'une seule fois : c'était ici qu'il avait rencontré Kharenndaën, ou tout au moins Selliànda — puisque, encore fort récemment, il ignorait qu'elles étaient une seule et même personne ; tout comme il avait toujours cru que Celebrìnhìth était une communauté de prêtres elfes voués au culte de Terra. Cependant, aujourd'hui, non seulement il savait que les clercs de Celebrìnhìth vénéraient le Tout-Puissant, mais il découvrait que plusieurs d'entre eux étaient en réalité des dragons changés en elfes par magie. Cette faculté de démasquer ses semblables, quel que soit leur aspect extérieur, lui avait été rendue en même temps que sa véritable apparence et, en dehors de Kharenndaën et de Messire George qu'il voyait toujours tels qu'ils étaient réellement, c'était la première fois qu'il en faisait usage. L'expérience était tout simplement fascinante.

Le seul membre de la communauté que Thelvyn reconnut s'appelait Derrìon, un elfe à part entière. Ce dernier s'approchait de Kharenndaën avec cet empressement qui participe des retrouvailles entre vieilles connaissances. La plus grande des elfes — un dragon, cette fois — surveillait l'assemblée avec une autorité naturelle et une prestance qui la désignaient immédiatement comme la maîtresse des lieux. Thelvyn supposa qu'elle avait remplacé Kharenndaën quand celle-ci avait été obligée de quitter Celebrìnhìth pour servir le Chevalier-Dragon, plus de cinq ans auparavant.

— Ferìal ! s'exclama Kharenndaën avec une joie

manifeste. La dernière fois qu'on m'a parlé de toi, tu étais dans un sanctuaire au sud d'Alfheim.

— Je suis revenue ici depuis ton départ, répondit la Supérieure avant de se tourner vers les autres clercs pour les inciter à s'incliner devant Thelvyn, au grand étonnement de ce dernier. C'est un immense honneur de vous recevoir parmi nous, Roi-Dragon, lui dit-elle avec une profonde révérence.

— Roi-Dragon, c'est vite dit, maugréa Thelvyn. Mais merci quand même de votre chaleureux accueil.

— Que pouvons-nous faire pour vous servir ? demanda Ferìal.

— Le Tout-Puissant nous a convoqués ici pour s'entretenir avec nous, cette nuit, à la source sacrée, expliqua Kharenndaën. Nous devons nous y rendre sans tarder.

— Faites-nous tout de même le plaisir de partager notre frugal dîner, proposa la Supérieure.

Kharenndaën ôta sa selle et changea d'apparence en un éclair pour pénétrer dans l'ermitage. Elle n'opta pas pour la silhouette gracile de Selliànda, mais pour celle, plus grande et plus athlétique, de l'Eldar à laquelle Thelvyn s'était désormais accoutumé. Thelvyn enleva lui aussi son harnais, mais eut ensuite un moment d'hésitation. Il ne s'était jamais métamorphosé de son propre chef. Le charme qui l'avait condamné à son apparence elfique depuis la naissance n'avait été rompu que grâce à l'intervention divine du Tout-Puissant. Serait-il capable d'inverser le processus ? Quand il se décida enfin à sauter le pas, il fut surpris de recouvrer son corps d'Eldar à l'instant même où il en formulait le souhait. Cependant, force lui fut de constater qu'il avait perdu l'habitude de se tenir debout sur ses deux jambes. Bizarrement, cette posture lui paraissait aussi inconfortable qu'il lui avait semblé incongru de se déplacer à quatre pattes la première fois qu'il s'était retrouvé dans la carapace d'un dragon.

— Notre communauté doit vous sembler bien réduite par rapport à ce que vous avez pu voir il y a cinq ou six ans, leur dit Ferìal en les accompagnant vers l'ermitage. Nombre de nos frères dragons sont retournés dans les sanctuaires du Nord, quand ceux-ci ont rouvert leurs portes, l'automne dernier.

— Voulez-vous dire que la majorité des clercs du Tout-Puissant s'étaient réfugiés ici pendant toutes ces années ? s'étonna Thelvyn.

— Oui. Bien que nous ne soyons pas, à proprement parler, tombés en disgrâce pendant l'absence provisoire du Tout-Puissant, cette réclusion volontaire nous a permis d'éluder certaines questions délicates auxquelles il nous était interdit de répondre.

Les visiteurs se virent offrir une nourriture simple et généreuse et de ce fin nectar dont seuls les elfes ont le secret. Ils discutèrent aimablement avec leurs hôtes, puis Messire George fut conduit à sa chambre tandis que Thelvyn et Kharenndaën regagnaient la cour pour se changer en dragons et suivre le sentier forestier qui les mènerait vers la source sacrée. Le petit étang aux eaux cristallines était en tout point conforme au souvenir que Thelvyn en avait gardé. Rien de comparable ici avec la clairière d'Ombrelac : l'endroit était nettement moins vaste et d'autant plus intime. Il lui sembla cependant que l'étrange magie ancestrale qui l'imprégnait et cette présence mystique qui l'habitait étaient beaucoup plus tangibles qu'autrefois. Mais peut-être était-ce lui qui y était devenu plus sensible.

Thelvyn et sa compagne ne s'assirent pas au bord de l'étang, juste à la lisière, comme ils l'avaient fait la première fois. Kharenndaën se dirigeait vers l'autre extrémité, là où les eaux glacées se déversaient dans un petit ruisseau qui se perdait dans la forêt. L'herbe y était plus haute et plus drue. Elle résisterait à la lourde masse des dragons, contrairement à la fragile mousse piquetée de fleurs blanches que Selliànda avait mis tant de soin à préserver en ôtant ses sandales et en invitant Thelvyn à enlever ses bottes... Kharenndaën s'assit sur la rive et Thelvyn prit place près d'elle.

— Je ne pense pas que nous ayons à attendre très longtemps, lui dit-elle.

— Et voilà, murmura Thelvyn, comme s'il se parlait à lui-même. C'est maintenant que tout se joue.

Kharenndaën le dévisagea avec anxiété.

— Es-tu inquiet ?

— Je n'ai pas peur, si c'est ce que tu veux dire. J'ai fini par comprendre qu'on me donnerait toujours les moyens de remplir ma mission. Non, vois-tu, ce sont surtout mes propres impairs qui me préoccupent. Après tout, je ne suis un dragon que depuis six mois et les novices font toujours des erreurs. J'espère seulement que mon inexpérience ne m'en fera pas commettre d'irréparables. Mais ce n'est pas vraiment à ça que je pensais, en fait. Je me disais simplement que, dans quelques instants, la roue du destin allait se remettre à tourner et que je serais pris dans l'engrenage, entraîné par le cours des choses et du temps, sans jamais pouvoir m'arrêter, comme une feuille ballottée au fil de l'eau. Je regrette tellement que nous n'ayons jamais pu nous consacrer l'un à l'autre et vivre, côte à côte, une existence sans histoires.

— Je crains que ce ne soit là le seul de tes vœux que je ne puisse exaucer, répondit une voix qui semblait surgir des ténèbres.

Les deux dragons relevèrent brusquement la tête pour constater que le Tout-Puissant s'était discrètement matérialisé, non loin d'eux. Il n'avait pas adopté la forme de l'impressionnant dragon à trois têtes qu'il prenait parfois, mais s'était incarné sous ce qui devait être sa véritable apparence, celle d'un Grand Ver plein de sagesse, d'une espèce disparue, peut-être celle des ancêtres des dragons d'or. La silhouette spectrale, nimbée d'une imperceptible aura irisée, s'assit sur la rive couverte de mousse, sur leur gauche.

— Je sais que vous avez tous deux maintes questions à me poser, poursuivit-il. Je ne pourrai malheureusement pas vous dire tout ce que vous souhaiteriez savoir. Mais je retrouve chaque jour un peu plus de mes pouvoirs, comme vous pourrez bientôt vous en rendre compte. Pour l'heure, il nous faut procéder par étapes. Un terrible danger menace les dragons, un danger qu'ils ignorent et auquel ils ne pourront survivre que s'ils se liguent pour faire front commun. Toi seul peux obtenir cette union salvatrice, Thelvaën.

— Quand j'ai endossé pour la première fois l'armure du Chevalier-Dragon, il me semble que l'on m'a chargé, entre autres, de les aider à franchir un cap difficile et à régler leurs problèmes, répondit Thelvyn. Or, ces temps troublés me semblent avoir pris fin avec le retour de leur Immortel. Ils ont retrouvé la foi et la plupart des conflits auxquels ils étaient confrontés sont en grande partie résolus.

— Seulement leurs conflits internes, le reprit le Tout-Puissant. L'avenir de ton peuple commence avec toi et tu dois toi-même comprendre tout d'abord ton passé. Tout ce que l'on t'a dit jusqu'alors est vrai. Tu es effectivement Thelvaën, un dragon d'or et l'enfant de la Grande Prêtresse Arbenndaël qui était, elle aussi, un dragon d'or. Ne t'es-tu pas demandé qui pouvait bien être ton père ?

— Nous ne sommes pas parvenus à résoudre cette énigme, intervint Kharenndaën. Nous savons seulement que ce ne peut être aucun des Vénérables de notre espèce, comme Gheradaën ou Lhoranndynn, par exemple. Et nous ne possédons pas le moindre indice qui puisse nous mettre sur la voie.

— Evidemment, fit le Tout-Puissant d'un air détaché, puisque son père n'est pas un dragon d'or. La part prépondérante que j'ai prise à cette affaire, le rôle essentiel que j'y ai joué parlaient pourtant d'eux-mêmes, ce me semble...

Thelvyn fronça les sourcils. Où diantre son divin mentor voulait-il en venir, à la fin ? Si seulement il pouvait cesser de jouer aux devinettes ! A moins que... L'idée qui venait de germer dans son esprit était si abracadabrante qu'il l'avait aussitôt chassée. Non, ridicule !

— Mais si, Thelvaën, reprit le Tout-Puissant, comme s'il connaissait ses plus secrètes pensées, je suis bien ton père.

Cette révélation était si inattendue que Thelvyn n'en mesura même pas les implications sur le moment. Tout ce qu'il savait, pour l'instant, c'est qu'une porte qui lui avait été fermée sa vie durant venait de s'ouvrir et il brûlait de découvrir ce qu'il y avait de l'autre côté. Il réfléchirait plus tard, quand il aurait le temps de méditer calmement tout ce qu'il avait appris et d'en comprendre pleinement le sens. Quant à Kharenndaën, elle était pétrifiée de stupeur, incapable de réagir.

— Mais ce... c'est impossible ! lâcha-t-elle enfin, si troublée par cette révélation qu'elle en oubliait toute déférence. Les Immortels sont très puissants, mais, à ma connaissance, ils ne peuvent intervenir directement sur notre monde ni, moins encore, sur les créatures qui le peuplent. A cet égard, leur marge de manœuvre est extrêmement réduite. Ils se sont d'ailleurs eux-mêmes imposé ces restrictions et se surveillent mutuellement pour qu'aucun ne les enfreigne, de crainte que certains, parmi les plus ambitieux et les plus orgueilleux, ne cherchent à utiliser notre monde à leur profit ou à se l'approprier pour le manipuler à l'envi. En outre, j'avais cru comprendre qu'en dépit de leurs immenses pouvoirs il y avait tout de même des choses qui leur demeuraient inaccessibles, comme engendrer, par exemple.

— C'est exact, acquiesça l'Immortel. Mais il me fallait à tout prix trouver un défenseur qui puisse prendre la tête des dragons pour sauver cette noble race. Et cette nécessité était si impérieuse que nombre de mes pairs décidèrent de m'aider ou, du moins, de ne rien tenter qui puisse m'empêcher de parvenir à mes fins. Mais je vous parlerai de tout cela ultérieurement. Sachez seulement que j'ai expliqué à la Grande Prêtresse Arbenndaël les dangers auxquels les dragons étaient exposés, que je lui ai confié mon secret désir de mettre au monde un champion à nul autre pareil pour les protéger et qu'elle a accepté de le porter en son sein. Cependant, en échange, j'ai dû renoncer pour un temps à la majeure partie de mes pouvoirs et à ma propre Immortalité, de sorte que je suis redevenu un clerc ordinaire, comme la plupart de mes disciples : un simple mortel, en fait.

— Et c'est pour cette raison que Vous n'êtes plus intervenu dans les affaires des dragons ? demanda Kharenndaën, osant lever la tête pour la première fois depuis l'apparition de son dieu. C'est pour cela que pendant plus d'un quart de siècle, nous nous sommes retrouvés livrés à nous-mêmes, privés de guide et rongés de doutes ? C'est pour cela que Vous nous avez abandonnés ?

— Je sais que ces vingt-cinq dernières années ont été une pénible épreuve pour les dragons et j'avais conscience qu'il en serait ainsi quand j'ai pris ma décision. C'est aussi pourquoi je n'ai pu secourir ta mère, Thelvaën, quand elle a été poursuivie par les dragons rebelles. A ce moment-là, j'ai compris que tu serais plus en sécurité si tu étais élevé à l'écart des dragons et plus encore si les dragons n'avaient même pas connaissance de ton existence. Depuis, j'ai dû demeurer dans mon Plan Extérieur afin de recouvrer peu à peu mes forces et mes pouvoirs perdus. Je ne suis pas encore tout à fait rétabli et je dois admettre que tu n'es pas aussi bien préparé qu'il le faudrait, mais nous sommes pris par le temps.

Thelvyn le regardait fixement, avec une sorte d'hébétude incrédule.

— J'ai au moins obtenu une réponse à l'une des questions qui m'ont toujours taraudé : pourquoi moi ? Maintenant, je sais.

— Oui, tu sais, répéta le Tout-Puissant avec gravité. Tu sais que tu as été créé dans un seul but : aider les dragons à traverser la période la plus périlleuse de leur histoire et leur montrer la voie qui leur permettra d'accéder à plus de sagesse et de clairvoyance. Inutile de dire que tu es bien davantage qu'un dragon ordinaire ou qu'un simple clerc. De par ton héritage, tu es intrinsèquement plus intelligent et plus puissant que tes semblables et donc taillé pour la lourde tâche qui t'a été confiée. Mais, déjà déstabilisés par ma subite disparition, les dragons n'ont pas compris la Prophétie et ont cru que tu étais envoyé pour les asservir.

Thelvyn poussa un soupir à fendre l'âme.

— Je suis né pour obéir, si je comprends bien. Ça ne me laisse pas vraiment le choix, n'est-ce pas ?

— Tu as toujours eu le choix, Thelvaën, protesta le Tout-Puissant. Tu n'es ni mon esclave, ni l'instrument de ma volonté. Tu es mon fils, et cela signifie autant pour moi que pour n'importe quel autre dragon, crois-moi. Un fils n'est jamais obligé de se conformer aux désirs de son père. Mais tu accompliras mieux ta tâche si tu l'acceptes pleinement, de ton propre chef. Or, cette tâche, Thelvaën, exigera beaucoup de nous deux. Acceptes-tu cette responsabilité ?

— Bien sûr ! répondit Thelvyn sans la moindre hésitation.

— Voici donc la mission que je te confie : pour les dragons, la guerre n'est pas encore finie. Elle ne fait même que commencer. Des forces colossales se sont mobilisées contre eux et ils risquent d'être détruits si tu ne les rallies pas à ta cause. A cette fin, tu dois absolument retrouver le Collier des Dragons.

— Je le ferai, dit Thelvyn, tandis que, déjà, le Tout-Puissant se fondait dans la nuit.

2

Thelvyn se réveilla de fort méchante humeur. Décidément, il avait de plus en plus de mal à assumer son ancienne identité. Certes, il avait dormi dans un vrai lit sous sa forme d'Eldar pendant plus de vingt ans et, même s'il en avait perdu l'habitude au cours des six derniers mois, il était coutumier du fait. Mais c'était la première fois qu'il passait la nuit dans ces conditions avec sa compagne. Et assurément la dernière. Le moins que l'on puisse dire, c'est que le résultat n'avait pas été à la hauteur de ses espérances. Le petit sourire goguenard de Messire George, quand il le vit apparaître sous le porche avec sa mine de papier mâché, ne fit assurément rien pour arranger les choses. Sentant déjà poindre l'incident diplomatique, Kharenndaën s'empressa de couper court à tout commentaire en lui annonçant de but en blanc que Thelvyn était le fils du Tout-Puissant. Le vieux chevalier s'en laissa tomber sur sa chaise, muet de stupeur.

— Thelvyn ressemble-t-il à son père ? demanda-t-il enfin, avec une expression de secrète satisfaction amusée.

— En fait, il ressemble surtout à sa mère, répondit Kharenndaën en s'efforçant de garder son sérieux. Le Tout-Puissant appartient à une espèce de dragons depuis longtemps éteinte.

— Eh bien, j'espère qu'il a tout de même hérité

d'une partie de ses dons, parce qu'il va en avoir bien besoin pour retrouver le Collier des Dragons.

— D'autant plus que c'est la première mission que le Tout-Puissant lui a confiée, comme vous l'aviez d'ailleurs deviné.

— Le problème, c'est que nous ne sommes guère plus avancés, maintenant, que nous ne l'étions, l'an dernier, quand nous avons quitté Braejr. Le Tout-Puissant n'aurait pas émis quelques suggestions, avec un peu de chance ?

— Bien sûr que non ! grommela Thelvyn. Je ne sais pas si c'est parce qu'il ne peut pas ou parce qu'il ne veut pas nous aider, mais il est clair que nous devrons nous débrouiller sans lui.

— Tout de même, s'insurgea Messire George, tu es son fils !

— Je m'imagine assez mal lui faire du chantage affectif, si c'est ce que vous voulez dire, rétorqua Thelvyn, acerbe. Ça m'étonnerait que le dieu des dragons se laisse amadouer, comme un père magnanime, par son fils prodige. Et je me vois tout aussi mal user de cette relation filiale pour obtenir des appuis. Il serait même préférable qu'elle demeure un secret entre nous. Du moins, pour le moment. De toute façon, à supposer que nous puissions obtenir le soutien des dragons, je ne pense pas qu'ils aient découvert grand-chose de neuf sur le sujet.

— Non, probablement pas, acquiesça Kharenndaën. Nous pouvons seulement présumer qu'au moins un dragon a été impliqué dans ce vol puisque la situation et l'existence même de Brise-Bise ne sont théoriquement connues que des dragons. C'est pourquoi j'ai toujours soupçonné les renégats. Seul un dragon pouvait avoir entendu parler du collier et savoir où le trouver. Seul un dragon aurait été capable de s'emparer d'une tonne d'or et de joyaux au nez et à la barbe du Parlement tout entier.

— Nous savons tout de même que Kalestraan a commandité ce vol, lui fit remarquer Messire George, et qu'il était en cheville avec une bande de dragons noirs, ceux-là mêmes qui ont attaqué Thelvyn et Solveig, la nuit du bal de l'ambassadeur. Nous pouvons donc aisément en déduire que ce sont eux qui ont dérobé le collier. Je me suis souvent demandé si les dragons ne pourraient pas les identifier.

— Pas sans obtenir un minimum d'indices, répondit Kharenndaën. Les dragons loyaux ne frayent pas avec les renégats. Ils ignorent tout de leurs bandes, tant combien elles sont et où elles se cachent que le nom de leurs chefs et le nombre de leurs recrues. En outre, en admettant que nous trouvions les voleurs, rien ne prouve qu'ils sachent ce que Kalestraan a fait du collier.

— Il n'en demeure pas moins que c'est la seule piste que nous ayons, insista Thelvyn. Si les dragons n'ont toujours pas la moindre idée quant à l'identité des voleurs, peut-être serait-il temps de retourner à Braejr. Solveig et Alessa Vayledaar ont eu plus de six mois pour mener leur enquête. Il se peut qu'elles aient découvert quelque chose. Ça me paraît un excellent point de départ, qu'en dites-vous ?

Kharenndaën semblait dubitative.

— Retourner à Braejr ? Après ce qui s'est passé ? Je crois que nous ne serions pas vraiment les bienvenus.

— Où est le problème ? fit Messire George en haussant les épaules. Si nous nous rendons directement chez Solveig à une heure où nous sommes quasiment sûrs de la trouver, je ne vois pas ce que nous risquons.

Braejr n'étant guère qu'à quelques heures de vol, les trois compagnons devraient patienter jusqu'en milieu d'après-midi pour partir, s'ils ne voulaient pas arriver à destination avant la nuit tombée.

Thelvyn ne s'était pas attendu à revoir si tôt sa patrie d'adoption. A dire vrai, il n'avait même jamais eu l'intention d'y remettre les pieds. Mais, à la réflexion, qu'avait-il à craindre ? Il n'avait pas été chassé de Braejr. Il était parti de son propre chef. A sa connaissance, il n'existait aucun décret lui interdisant de franchir les frontières des Hautes-Terres. Certes, la discrétion s'imposait, ne serait-ce que pour éviter d'attirer l'attention des pyromages qui ne se réjouiraient vraisemblablement pas de le voir revenir. Alessa Vayledaar, encore moins que les autres. Pourtant, s'ils voulaient éviter la colère des dragons et leurs prévisibles représailles, les pyromages avaient tout intérêt à se montrer coopératifs avec le Chevalier-Dragon.

Bien qu'il ait tendance à l'oublier, Thelvyn avait tout de même été Roi des Hautes-Terres, fût-ce pour quelques brèves semaines seulement. Mais les circonstances de son règne avaient été si dramatiques qu'il s'était davantage comporté en général qu'en souverain. Au reste, en prenant la tête du royaume, il n'avait fait qu'assumer les responsabilités que lui dictait son devoir de Chevalier-Dragon. Tout cela lui semblait bien loin à présent, presque comme si cela s'était passé dans une autre vie. En un sens, ce n'était pas tout à fait faux puisque, à l'époque, il n'était pas encore un dragon.

Le printemps s'était bel et bien installé dans les Hautes-Terres. Dans la campagne braejroise, l'herbe ondulait sous la brise nocturne. Les déprédations des dragons n'avaient laissé aucune séquelle : les granges et les fermes incendiées par leur souffle dévastateur avaient été reconstruites ; les clôtures arrachées, réparées et les troupeaux décimés, remplacés. La cité elle-même n'avait pas beaucoup souffert, exception faite de cette nuit de terreur où les dragons l'avaient pilonnée de ballots enflammés.

Vu du ciel, à cette heure de la nuit, Braejr ressemblait à un labyrinthe déroulant son dédale de rues et de venelles grisâtres à travers un indiscernable agrégat de formes géométriques noires. Une fois de plus, Thelvyn dut se laisser guider par sa compagne. Les deux dragons survolèrent la cité aussi vite et aussi discrètement que possible, espérant se poser avant de se faire repérer. Thelvyn détestait ces approches à l'aveuglette et la manœuvre était d'autant plus difficile qu'elle devait être exécutée rapidement. Il commençait à se sentir complètement perdu quand il distingua les contours caractéristiques du manoir et surtout de l'entrepôt, à l'autre extrémité de la cour pavée. Kharenndaën atterrit souplement juste derrière le portail, tandis que Thelvyn se posait en catastrophe à côté de l'imposante bâtisse.

Ils n'avaient pas encore eu le temps de replier leurs ailes que déjà d'étranges bruits leur parvenaient de l'édifice : des hurlements de bête sauvage déchaînée, qui commençaient comme un rugissement pour s'achever par le cri rauque d'un oiseau de proie. Kharenndaën laissa descendre Messire George, puis se ramassa sur elle-même, tel un fauve prêt à bondir, et foudroya les massifs vantaux de bois d'un regard assassin. Subitement consciente du ridicule de la scène, elle se détourna et marcha vers la maison au pas de charge. Thelvyn la suivit, espérant que, s'ils s'éloignaient suffisamment, l'animal finirait par se calmer.

Au même moment, la porte d'entrée s'ouvrit et une lumière dorée inonda les marches et le perron. Taëryn sortit, s'immobilisa sur le seuil et s'effaça pour laisser passer sa maîtresse. Fidèle à ses habitudes, Solveig ne portait guère qu'une de ces affriolantes tuniques blanches qui ne cachaient rien de ses longues jambes fuselées. Elle reconnut aussitôt Kharenndaën et aida Messire George à récupérer ses sacs sanglés aux quartiers de sa selle. Quant à Thelvyn, elle ne l'approcha pas, coulant vers cet énorme dragon d'or qu'elle n'avait jamais vu un regard méfiant. Il se débattait fébrilement avec son harnais qui l'empêchait de se métamorphoser : probablement l'unique solution pour calmer la bête furieuse qui s'égosillait toujours à l'autre bout de la cour.

— Que fait ce griffon dans mon antre ? s'insurgea Kharenndaën, qui était à peine parvenue à se contenir le temps d'ôter sa selle.

— Ce n'est plus « ton » antre, Kharenndaën, répondit Solveig d'un air imperturbable. L'Empereur Cornélius m'envoie de nombreux messagers et j'utilise l'entrepôt pour y enfermer leurs griffons.

Ce bref échange avait permis à Thelvyn de se libérer de ses entraves et il ne perdit pas un instant pour se changer en Eldar.

— Je me demandais si c'était toi, fit la guerrière, qui avait assisté à la stupéfiante métamorphose sans un battement de cils. Alors, comme ça, tu as fini par découvrir le moyen de te transformer en dragon...

— Depuis un bon moment déjà, acquiesça Thelvyn. Mais nous ferions mieux de discuter de tout ça à l'intérieur. Je ne sais pas si nous sommes parvenus à passer inaperçus et je ne voudrais pas qu'un visiteur impromptu découvre des dragons dans ta cour, ni, à plus forte raison, le Chevalier-Dragon, en l'occurrence.

Après que Kharenndaën eut pris, elle aussi, l'apparence d'une Eldar, Solveig guida ses invités jusqu'au salon, là où ils s'étaient si souvent réunis par le passé, puis envoya Taëryn leur préparer un en-cas avant de monter dans sa chambre pour se changer. Thelvyn s'étonna de ces civilités si peu en accord avec son caractère bien trempé de barbare. Peut-être s'était-elle assagie depuis qu'elle gouvernait un Etat ?

— Je présume que vous êtes là pour le collier, leur dit-elle, quand elle les rejoignit quelques instants plus tard. Les dragons seraient-ils impatients de le récupérer ?

— Probablement, lui répondit Thelvyn. Mais nous ne sommes pas ici à leur demande. Nous sommes venus parce que le Tout-Puissant m'a ordonné de le retrouver. Le Roi-Dragon en aura besoin pour se présenter devant ses sujets.

— Ah ! parce que le Roi-Dragon est déjà arrivé ? s'étonna Solveig en essayant de se remémorer les légendes qu'elle avait entendu raconter à ce sujet l'été précédent.

Elle fronça les sourcils en voyant le verre d'eau-de-vie que le vieux chevalier lui glissait dans la main, se cala dans son fauteuil et lorgna Thelvyn d'un air matois.

— C'est toi, le Roi-Dragon, hein ? lâcha-t-elle finalement. J'aurais dû m'en douter dès le début.

— Je sais maintenant pourquoi j'ai été choisi pour défendre la cause des dragons, déclara Thelvyn avec un hochement de tête affirmatif. Mais j'ignore toujours ce que le Tout-Puissant attend exactement de moi. Je présume toutefois que ce ne sera pas vraiment une sinécure...

Solveig haussa les épaules.

— Je savais bien qu'on finirait tôt ou tard par avoir des ennuis.

— Dans ce cas, tu sais sans doute pourquoi nous sommes ici, intervint Messire George. Si tu ne peux pas nous dire où se cache le collier, il ne nous restera plus qu'à étrangler tous les renégats pour leur faire avouer lesquels d'entre eux étaient à la solde de Kalestraan.

— Je ne peux rien vous promettre, mais je ne pense pas que vous deviez en arriver là, déclara la guerrière avant de tremper ses lèvres dans son verre. (Elle fit une grimace dégoûtée.) J'ai dîné avec Alessa Vayledaar il y a quelques jours, et elle a fait allusion à certains indices qu'elle aurait découverts pour percer à jour les secrets de Kalestraan. Je n'ai pas cherché à savoir de quoi il s'agissait au juste, mais je peux la convoquer ici, demain, à la première heure, si vous voulez.

— Alessa ? fit Thelvyn d'un ton soupçonneux. La dernière fois que je lui ai parlé, c'était pour la dissuader de s'emparer du pouvoir après mon départ.

— Eh bien, je ne sais pas ce que tu lui as dit, mais apparemment, ça a marché, affirma Solveig. Elle a vraiment changé, tu sais. A vrai dire, elle est même devenue mon plus farouche partisan depuis la fin de la guerre. Ça fait même un moment qu'elle me casse les oreilles en me demandant de tes nouvelles et en soupirant après une occasion de se racheter. De toute façon, tu n'as pas vraiment le choix. C'est la seule piste que je puisse t'indiquer.

Thelvyn se rembrunit et réfléchit un moment en silence.

— Soit. Mais certains secrets doivent rester entre nous. Il est hors de question qu'elle sache que je suis le Roi-Dragon.

— Si tu y tiens... soupira la jeune fille d'un ton peu convaincu. Mais je ne vois vraiment pas pourquoi.

Thelvyn lui adressa un petit sourire narquois.

— Il y a tant de choses que tu ignores encore, ma chère Solveig.

Solveig décida de prendre le problème à bras-le-corps dès le lendemain matin. Elle se rendit tout d'abord au palais. Suivant l'exemple de Kalestraan, elle avait placé ses propres espions au sein de l'Académie. Elle n'était pas très fière de faire surveiller ainsi sa nouvelle amie, mais, lorsqu'elle avait pris ses fonctions de Premier Ministre au

Parlement du Peuple Flaem, elle avait d'excellentes raisons pour soupçonner l'ambitieuse magicienne : Alessa aurait fort bien pu utiliser la Radiance pour s'emparer du pouvoir. Il n'était pas exclu non plus qu'elle réussisse à trouver le Collier des Dragons et qu'elle le garde pour servir ses propres intérêts.

A la vérité, les espions de Solveig n'avaient rien découvert de très intéressant, ni de vraiment compromettant : comme Alessa l'avait dit elle-même, les seuls contacts qu'aient eus les dragons et les pyromages se limitaient à ceux que Kalestraan et ses complices entretenaient avec une petite bande de dragons noirs renégats, de fieffés opportunistes qui s'étaient fait fort de profiter de la guerre en jouant sur les deux tableaux. En revanche, la loyauté d'Alessa Vayledaar à son égard ne faisait aucun doute. Ce qui était rassurant à plus d'un titre et notamment parce que les plus gros problèmes auxquels avaient été confrontés les précédents dirigeants des Hautes-Terres résultaient tous du climat de suspicion générale qui régnait autour d'eux : ils n'avaient jamais pu faire confiance à personne, surtout pas à leurs propres courtisans et autres conseillers bien intentionnés.

Quand Solveig rentra chez elle, en fin d'après-midi, elle était accompagnée d'Alessa. Thelvyn appréhendait ses retrouvailles avec la magicienne. Il ne pouvait pas oublier qu'elle s'était introduite chez lui pour l'espionner, qu'elle avait tenté de le séduire pour satisfaire ses ambitions personnelles, qu'elle s'était bien gardée de lui révéler les informations qu'elle détenait sur les manigances de Kalestraan tout en l'avertissant néanmoins du danger pour mieux le tromper — et, ce faisant, l'envoyer à la mort —, pour enfin monter une véritable cabale contre lui et le discréditer aux yeux de tous ses sujets et de ses plus fidèles alliés. Comment aurait-il pu, après cela, ne pas se défier d'une telle experte en duplicité ? Solveig n'avait pas prévenu la magicienne, et quand, passant la porte du salon, Alessa découvrit la présence de Thelvyn et de ses compagnons, elle se figea sur le seuil, stupéfaite. Ne sachant manifestement quelle attitude adopter, elle demeura immobile et les dévisagea en silence, tout en triturant nerveusement la broche qu'elle portait agrafée sur le devant de sa robe à haut col rigide, uniforme commun à tous les pyromages de l'Académie.

— Mon cher Thelvyn ! s'exclama-t-elle enfin en s'avançant dans la pièce d'un pas exagérément assuré, pour s'asseoir en face de lui. Je ne pensais pas vous revoir un jour.

— Solveig m'a dit que vous vous étiez acheté une conduite, répliqua Thelvyn sans sourciller. C'est le moment d'en faire la preuve en m'apportant votre aide. Je dois impérativement retrouver le Collier des Dragons, et ce, dans les plus brefs délais. Vous avez trouvé une nouvelle piste, paraît-il ?

— Retrouver le collier est le plus sûr moyen d'empêcher les dragons d'attaquer les Hautes-Terres. J'ai donc tout intérêt à vous prêter mon concours, ne serait-ce que pour ne pas risquer de finir brûlée vive, argua la magicienne. Mais ce que j'ai découvert n'a rien d'une révélation. Ne vous attendez pas que je vous donne la clef du mystère. Ce n'est qu'une simple indication. Fort vague, au demeurant.

— Si vague soit-elle, elle sera la bienvenue. D'autant que, pour l'instant, nous sommes dans une impasse. Si nous n'obtenons pas de nouvel élément pour débloquer la situation, je ne vois pas ce que nous pourrons faire.

— A part cuisiner tous les renégats d'un bout à l'autre du continent, si tant est qu'on puisse les dénicher, intervint Messire George avant d'avaler avec délices une petite gorgée d'eau-de-vie. Diantre ! Vous ne pouvez pas imaginer combien le goût de ce nectar m'a manqué !

— J'espère que vous n'en serez pas réduits à cela, répondit Alessa en regardant obstinément le mur, comme si elle méditait quelque dilemme. (Elle fronça les sourcils.) Malheureusement, le collier n'est pas à Braejr et, de toute évidence, il n'est même pas dans les Hautes-Terres. Les pyromages craignaient trop la fureur des dragons pour le conserver à l'intérieur de nos frontières. Et, apparemment, ils ont jugé plus sage de ne pas le rapatrier, même après la fin du conflit. Ce n'est pourtant pas l'envie de l'examiner de plus près qui devait leur manquer.

— Et, bien évidemment, tous ceux qui connaissaient le secret de sa cachette sont morts ou ont disparu sans laisser de trace, enchaîna Thelvyn. C'est bien là le problème. Il faut à tout prix que je retrouve au moins l'un des conspirateurs : soit un des pyromages qui se sont enfuis après l'attentat, soit un des renégats dont Kalestraan s'était assuré les services.

— Je ne suis pas parvenue à savoir où les complices de Kalestraan s'étaient exilés, soupira Alessa. Ils ont probablement quitté le royaume dès qu'ils ont appris la mort de leur mentor. Cependant... ajouta-t-elle d'un ton pensif, il se pourrait que je sois en mesure de vous fournir certaines informations quant aux renégats impliqués dans cette machination... Tout ce que je sais, c'est que ce sont des dragons noirs et que leur chef est un roi renégat qui porte un anneau d'or à l'oreille droite.

A ces mots, Kharenndaën sursauta et releva vivement la tête.

— Un anneau d'or ? Voilà qui pourrait bien nous mener tout droit aux coupables. Les dragons ne portent jamais de semblables ornements. Une telle excentricité ne passe assurément pas inaperçue. Ceux qui ont déjà rencontré le roi renégat dont vous parlez se souviendront forcément d'un détail aussi insolite.

— Encore faudrait-il pouvoir les interroger, insinua Alessa en se tournant vers la prêtresse pour la dévisager avec insistance.

Kharenndaën s'était assise à l'écart, dans le coin le plus sombre de la pièce. Alessa ne l'avait jamais vue, ni sous sa forme d'Eldar, ni sous son apparence de dragon d'or. Elle avait seulement rencontré Selliànda et ne pouvait pas faire le rapprochement entre la frêle jeune fille elfe à la chevelure de miel et la sculpturale Eldar à la crinière de jais. Cependant, cette dernière ressemblait beaucoup à Thelvyn, assez tout au moins pour que la magicienne puisse deviner qu'il s'agissait d'un dragon. Peut-être avait-elle même deviné l'identité dudit dragon. Thelvyn, quant à lui, s'était bien gardé de faire les présentations.

— Interroger un dragon ne posera aucun problème, trancha-t-il. Auriez-vous d'autres précisions de cet ordre à nous apporter ?

— Pas pour l'instant. Mais je travaille d'arrache-pied et il se peut que j'aie bientôt de nouveaux éléments à vous soumettre.

— Nous pourrions avoir encore besoin de votre aide, dit Messire George. Je suis convaincu que seul le renégat qui a volé le collier sait où Kalestraan l'a dissimulé, pour la bonne raison qu'il était sans doute le seul à pouvoir le transporter. Mais il est fort probable que Kalestraan ait utilisé le pouvoir de la Radiance pour interdire l'accès de cette mystérieuse cachette et protéger son butin.

— Vous pouvez compter sur moi, promit la magicienne.

Tandis que Solveig la raccompagnait à la porte, ses hôtes récapitulaient méthodiquement tout ce qu'ils savaient à propos des renégats. Ils décidèrent de repartir dès que possible pour mener leur petite enquête auprès des dragons au sujet du fameux dragon noir qui portait un anneau d'or à l'oreille droite.

— En tout cas, vous tenez une piste maintenant, leur dit Solveig en reprenant sa place parmi eux. C'est déjà ça.

— Oui... lui répondit Thelvyn d'un ton dubitatif. Il semble qu'Alessa ait vraiment changé de camp... Mais, si tu ne m'avais pas assuré qu'elle s'était ralliée à notre cause, son comportement ne m'en aurait certainement pas convaincu : elle ne m'a pas paru particulièrement ravie de me revoir.

— Tu dois lui faire peur. Se retrouver en ta présence, après ce qui s'est passé entre vous, a de quoi la mettre mal à l'aise. L'Alessa que tu as connue avait quelques belles mesquineries à son actif. La nouvelle n'en est pas très fière. Elle a pas mal de choses à se faire pardonner.

Thelvyn et Kharenndaën ne dînèrent en compagnie de leurs amis que par pure courtoisie. Ils n'allaient pas tarder à reprendre leur véritable apparence et ils auraient besoin d'un repas propre à remplir une panse de dragon. Il leur faudrait donc chasser l'élan ou le cerf avant de se remettre en route.

Ils ne s'étaient guère attardés plus de deux heures chez Solveig quand ils regagnèrent la cour. Quelques minutes plus tard, ils s'élevaient dans les nuées pour prendre la direction des Monts du Colosse. Ils pourraient s'y restaurer et s'y reposer en attendant l'aube. Au petit jour, ils fileraient vers le Normonde et rejoindraient Brise-Bise : la cité interdite des dragons. Il leur fallait s'entretenir avec Markhaën au plus tôt, et peut-être questionner quelques Vénérables à propos du voleur présumé. Thelvyn répugnait à franchir l'enceinte de Brise-Bise avant d'avoir retrouvé le Collier des Dragons et Kharenndaën ne lui donnait pas vraiment tort. Il fut donc décidé qu'elle irait chercher

Markhaën et l'inviterait à rencontrer Thelvyn dans la montagne, sur un versant des Dents du Wyrm.

Ils approchaient des Monts du Colosse quand ils aperçurent deux dragons qui volaient vers eux pour les intercepter, entraînant à leur suite une douzaine de leurs semblables. Ils n'en furent pas vraiment surpris. C'étaient sans doute les sentinelles que Jherdar avait chargées de surveiller les Hautes-Terres après son départ. Cependant, Thelvyn n'était pas sûr de parvenir à les abuser une seconde fois et il ne les voyait pas arriver sans quelque appréhension. Mais, quand les deux dragons de tête furent assez près pour qu'il puisse estimer leur âge — probablement des adultes, vu leur taille — et leur espèce — un dragon rouge et un dragon d'or —, il comprit tout de suite qu'il ne s'agissait pas là d'un simple contrôle de routine. Kharenndaën le suivit, tandis qu'il ralentissait et décrivait un large cercle pour attendre les nouveaux venus. Quand ceux-ci parvinrent à portée de voix, il reconnut Markhaën et Jherdar.

— Roi-Dragon ! l'interpella Markhaën en le rejoignant dans un gracieux vol plané.

Jherdar montra aussitôt les crocs : il ne semblait pas apprécier qu'on gratifie Thelvyn du titre de « Roi-Dragon ».

— Vous tombez bien, lui dit Thelvyn. Nous avions justement des choses à vous demander. Essayons de trouver un endroit où nous pourrons passer la nuit en paix.

Ils se posèrent dans un petit vallon encaissé, à l'abri d'un des plus hauts pics des Monts du Colosse, là où leur feu de camp ne pourrait pas être aperçu par les fermiers des Hautes-Terres orientales. Markhaën ordonna à son escorte d'aller chasser afin de pourvoir à leur dîner. Quand ils furent enfin seuls, Kharenndaën résuma brièvement à son frère leur entrevue avec le Tout-Puissant et ce qu'ils avaient appris au sujet du Collier des Dragons. Elle ne mentionna pas la relation secrète qui existait entre Thelvyn et l'Immortel des dragons, sachant que Jherdar élèverait de farouches protestations et en ferait probablement une montagne.

— Un dragon noir renégat portant un anneau d'or à l'oreille droite... répéta d'une voix lointaine le Seigneur des dragons rouges. Ça me dit quelque chose...

— Quand nos jeunes recrues nous ont rapporté qu'elles vous avaient interceptés dans les parages et que vous vous étiez rendus à Celebrìnhìth avant de gagner Braejr, la nuit suivante, nous nous sommes dit qu'il nous fallait aller voir de quoi il retournait, expliqua Markhaën. Peut-être pouvions-nous vous aider.

— Vous nous avez épargné un bien long voyage jusqu'à Brise-Bise, lui répondit Kharenndaën. Nous étions déjà en chemin pour vous consulter sur cette énigme.

— Un anneau d'or... marmotta de nouveau Jherdar en regardant fixement le sol, comme s'il luttait désespérément avec une mémoire récalcitrante.

Il se redressa tout à coup, les oreilles rabattues.

— Mais oui ! bien sûr ! s'exclama-t-il soudain. Je le connais. C'est Murodhir. Une belle canaille, celui-là ! Roi renégat, Murodhir ? C'est lui faire trop d'honneur. Aux dernières nouvelles, il avait seulement deux ou trois partisans. Et encore ! Le Chevalier-Dragon a dû tuer l'un d'entre eux quand ils ont attaqué le palais du Roi Jherridan, l'an dernier, d'après ce qu'on m'a raconté. Il a aussi quelques gobelins à sa solde. Mais sa seule vraie force, c'est sa maîtrise de la magie. Pour le reste, il ne vaut pas grand-chose. Murodhir vit dans les environs du Lac Amsorak, à la frontière sud des Hautes-Terres.

— Murodhir ? glapit Messire George. Mais c'est

la bête noire de tous les draks de Darokin et de Traladara réunis !

— Eh bien, c'est qu'il ne doit pas être si mauvais que ça, lui rétorqua Markhaën, cinglant. Si vous aviez déjà entendu parler de lui, comment se fait-il que vous ayez été fouiner dans les antres de tous les renégats du continent sauf dans le sien ?

— Parce que Murodhir est aussi le plus grand couard que le monde ait jamais porté, se défendit le vieux chevalier. Il ne craint qu'une seule chose : ses propres congénères. Ils lui inspirent une telle terreur que je l'imagine mal entrer dans Brise-Bise pour s'emparer du collier.

— Pourquoi ne pas aller vérifier par nous-mêmes ? proposa Markhaën. Allons lui rendre une petite visite dès demain matin. Seras-tu des nôtres, Jherdar ?

— Et comment ! Je ne voudrais rater ça pour rien au monde ! s'écria le dragon rouge, dont le regard s'enflammait déjà à la perspective d'administrer une bonne correction à un renégat.

— Vous, Jherdar, vous m'aideriez ? s'étonna Thelvyn.

Le dragon rouge le toisa avec morgue.

— Si j'avais mon mot à dire, ce n'est certainement pas toi que je choisirais pour roi. Et tu peux être sûr que je ferai tout pour contrecarrer tes décisions, si elles ne me conviennent pas. Mais je ne suis pas un traître et je ne tolère pas qu'un dragon renie les siens. Je veux autant que toi retrouver le Collier des Dragons, même si c'est pour te le voir porter par la suite.

Thelvyn réprima un sourire ironique. Sous couvert de critiquer sa politique, Jherdar venait implicitement de lui accorder son soutien. Il n'aurait pu en espérer autant du fougueux dragon rouge qu'il avait vaincu sur le champ de bataille, lors du premier combat qui avait opposé les dragons au Chevalier-Dragon.

Tous quatre quittèrent les Monts du Colosse bien avant l'aube pour survoler les Hautes-Terres sans risquer d'être repérés. Le trajet jusqu'au Lac Amsorak ne leur prendrait guère plus de trois heures. Ils avaient eu tout le temps de se reposer et leur farouche détermination les soutiendrait dans l'effort, sans compter leur impatience de voir enfin résolue l'énigme qui les narguait depuis plus d'un an. Le soleil était à peine levé quand ils parvinrent en vue de leur destination. Ils mirent cap à l'ouest pour commencer leurs recherches sur la rive septentrionale du lac.

Le Lac Amsorak était le plus grand lac de cette région du monde et peut-être même du monde entier, à tel point qu'on pouvait parler à son propos de « mer intérieure », à ceci près que ses eaux étaient fraîches puisqu'il était alimenté par les torrents qui dévalaient les pentes des Monts Amsorak. Sachant que Murodhir avait établi son camp sur la rive nord, cela leur laissait quelque quatre-vingts lieues de territoire inconnu à ratisser. Sans compter que le repaire du renégat proprement dit devait se trouver dans les montagnes, à plusieurs centaines de milles du lac lui-même. Il était extrêmement difficile de repérer l'antre d'un dragon, même pour un de ses semblables. A plus forte raison quand il s'agissait d'un renégat. Les renégats s'entouraient d'un luxe de précautions pour ne pas attirer l'attention des dragons loyaux qui se faisaient un devoir de débarrasser le monde de cette engeance.

Mais le hasard voulut que ce soient ses propres partisans qui trahissent Murodhir. Markhaën et ses troupes venaient à peine d'entreprendre leurs recherches quand le regard perçant du grand dragon d'or s'arrêta subitement sur deux dragons noirs qui volaient à tire-d'aile vers le nord, en rasant la cime des arbres, le long de l'Amsorak, la rivière qui reliait la montagne au lac. Les dragons noirs avaient aperçu les intrus en premier et, sachant pertinemment qu'ils n'étaient pas de force, ils s'empressaient de regagner leur repaire. Markhaën les prit immédiatement en chasse.

— Nous ne les rattraperons jamais avant qu'ils n'atteignent leur antre, grogna Jherdar. Ils sont trop loin.

— Peu importe, répliqua Markhaën. Tout ce que je leur demande, c'est de nous y conduire. Ils vont nous épargner des jours et des jours d'exploration.

Bien décidé à ne pas perdre ses proies de vue, Markhaën imposait à ses troupes une cadence infernale, tant et si bien qu'ils commençaient à gagner du terrain sur les fuyards. Ils étaient à moins de trois milles derrière eux quand ils atteignirent les contreforts de la montagne. Même à cette distance, ils localisèrent immédiatement le repaire de Murodhir : une vaste grotte sombre, nichée sous un surplomb rocheux recouvert de mousse, en retrait d'une plate-forme herbeuse. Un mur de pierres assemblées tant bien que mal avait été érigé devant l'ouverture pour en interdire l'accès, s'arrêtant à mi-hauteur pour livrer passage aux dragons eux-mêmes.

Les deux fuyards franchirent l'entrée sans ralentir et se posèrent en catastrophe. Ils replièrent aussitôt leurs ailes et se postèrent derrière le mur pour risquer un coup d'œil inquiet au-dehors. Ils semblaient n'offrir qu'une bien piètre défense. Mais ils n'étaient pas seuls : une compagnie de gobelins déferla aussitôt au sommet du rempart. La plupart se débattaient encore avec leurs armures et leurs casques pointus tout en prenant leurs postes aux créneaux. Il y en avait bien une centaine en tout et ils étaient armés de solides arbalètes.

Markhaën guida ses compagnons vers la plate-forme. Tous se posèrent sur le bord, juste hors de portée des projectiles ennemis. Les gobelins n'avaient manifestement aucune velléité de tenter une sortie. Ils attendaient patiemment, en position de tir. Messire George sauta à terre dès que Kharenndaën eut touché le sol et courut se mettre à l'abri. Pour les défenseurs, la bataille semblait perdue d'avance. Hormis Thelvyn et Kharenndaën, Markhaën et Jherdar avaient leurs escortes : une douzaine de jeunes guerriers d'élite. Ils n'avaient pas pour autant l'intention de se faire trouer le cuir par une centaine de carreaux d'arbalète.

Markhaën se dressa sur ses postérieurs et s'empara du gigantesque espadon qu'il portait toujours sur le dos. En chargeant tous ensemble pour abattre le mur, ils limiteraient les risques. Les arbalétriers n'auraient probablement pas le temps de leur infliger de gros dégâts avant qu'ils ne touchent au but. Une fois le rempart tombé, il y avait de fortes chances pour que les gobelins s'enfuient sans demander leur reste et les deux malheureux dragons noirs seraient facilement capturés.

— Attendez ! s'écria Thelvyn. Laissez-moi faire. Si je parviens à pulvériser leurs défenses, il ne vous restera plus qu'à les tirer dehors. Nul doute qu'ils seront déjà en piteux état.

— Je suppose que c'est l'enfance de l'art... quand on détient les pouvoirs du Chevalier-Dragon, bien entendu, fit Jherdar, caustique.

— Assurément, répliqua Thelvyn. Mais je crois que le moment est venu pour le Roi-Dragon de faire ses preuves. Tenez-vous prêts à foncer dès que le mur explosera.

— Quand nous entrerons dans la grotte, vous resterez à l'extérieur, lui dit Markhaën. Ce genre de besogne n'est pas digne du Roi-Dragon. Nous vous amènerons les renégats, soyez tranquille.

Thelvyn se passerait volontiers d'une incursion dans ce trou noir et humide. De toute façon, il était bien décidé à éparpiller les gobelins avant qu'ils n'aient une chance d'utiliser leurs arbalètes. Pour rien au monde, il n'aurait voulu voir la pointe acérée de ces affreux carreaux s'enfoncer dans la carapace de sa compagne. Il se dressa sur ses pattes arrière, étendit ses antérieurs, les ailes à demi déployées, et se concentra pour invoquer les pouvoirs qu'il était en droit d'espérer posséder en tant que fils d'un Immortel.

La part qu'il prit au combat fut aussi brève que spectaculaire. Tout son corps se mit soudain à irradier une étrange lumière argentée et, tout à coup, une dizaine d'éclairs aveuglants jaillirent de ses griffes en rafale, zébrant l'espace qui le séparait de la grotte noire avec un grondement de tonnerre. Chaque décharge frappa un endroit précis, à intervalles réguliers, sur toute la longueur de la muraille. Les blocs de pierre volèrent en éclats et les corps carbonisés des gobelins suivirent la même trajectoire.

L'écho de la détonation ne s'était pas encore tu que déjà les assaillants se ruaient à l'assaut. Galvanisé par l'imminence du combat, Jherdar devança ses compagnons. La bataille s'avéra toutefois plus rude qu'il ne l'avait escompté. En franchissant les décombres du rempart, Jherdar s'attendait à trouver deux malheureux dragons noirs terrorisés. Mais, à peine avait-il bondi à l'intérieur, que cinq renégats se jetaient sur lui pour le plaquer au sol. Il se retrouva face contre terre avant même de savoir ce qui lui arrivait. Les griffes de ses adversaires s'immisçaient déjà entre les plates de sa cuirasse et leurs crocs meurtriers se refermèrent brutalement sur son cou comme un étau, lui arrachant des hurlements de rage et de douleur.

Les attaquants étaient plus nombreux que les défenseurs et Jherdar n'aurait dû avoir aucune raison de s'alarmer. Mais la grotte se resserrait en un étroit goulet avant de s'ouvrir sur l'extérieur et l'espace était trop restreint pour que ses guerriers puissent lui venir en aide. Aux cris déchirants de Jherdar, Markhaën accourut à la rescousse et se jucha sur la partie la plus élevée du mur éboulé. Derrière le rempart, l'étroit passage était encombré de gravats et, par-delà cet amas de pierraille, il ne pouvait qu'entrevoir de brefs reflets écarlates sous un imbroglio de carapaces noires qui s'acharnaient sur leur victime. Ne sachant que faire et craignant d'arriver trop tard, Markhaën se ramassa sur lui-même et se jeta dans la mêlée. Il se laissa tomber de tout son poids sur le dos d'un des dragons noirs et l'entraîna avec lui dans sa chute. Il se releva d'un bond et, agrippant la première queue à proximité, tira en arrière un des renégats qu'il acheva dans la foulée, pour laisser à Jherdar une chance de se dégager.

Au même moment, les deux lieutenants du dragon rouge apparurent au-dessus du mur et se lancèrent dans la bataille sans hésiter. Jherdar parvint à se libérer quelques instants plus tard, en saisissant l'un de ses agresseurs à la gorge pour le jeter à terre. Le renégat venait de pousser son dernier soupir. Les trois survivants tentèrent de battre en retraite vers l'intérieur de la grotte, mais les dernières recrues de Markhaën venaient de franchir le rempart éboulé et, les voyant prendre la fuite, s'élancèrent à leur poursuite. Markhaën s'était débarrassé de son adversaire depuis longtemps déjà quand il sentit d'agaçants picotements sur ses postérieurs. Il baissa les yeux et constata avec un secret amusement qu'un bataillon de gobelins s'était agglutiné autour de lui, tentant à toute force de transpercer sa carapace à grands coups d'épée et d'épieu. Il secoua ses pattes l'une après l'autre pour faire tomber ceux qui s'étaient hissés les uns sur les autres en formant de fort impressionnantes pyramides et balaya le reste d'un claquement de queue.

Le combat n'avait duré que quelques minutes.

Markhaën suivit ses guerriers dans les profondeurs de la grotte, ne laissant derrière lui que ses deux lieutenants qu'il chargea d'éliminer les derniers gobelins et de dégager l'entrée. Les dépouilles de deux des fugitifs furent jetées par-dessus le mur, dans l'instant qui suivit.

Tous les jeunes dragons eurent bientôt regagné la plate-forme. Seuls Markhaën et Jherdar manquaient à l'appel. Ils ne ressortirent pas aussitôt : ils avaient encore un petit détail à régler. Thelvyn espérait que Jherdar saurait tempérer sa fougue et que sa rencontre avec Kardayeur à Darmouk aurait servi de leçon à Markhaën. Aucun dragon n'était plus dangereux qu'un roi renégat terré dans son antre. Il replia ses ailes et s'approcha des ruines encore fumantes. Kharenndaën s'empressa de le rejoindre. Les jeunes guerriers étaient occupés à déblayer les gravats pour pouvoir traîner les derniers cadavres des dragons noirs à l'extérieur. Au même moment, Markhaën émergea des profondeurs de la grotte. Il était suivi de Jherdar qui tirait derrière lui le roi renégat par la queue.

— Tu as raté, commenta Jherdar en se tournant vers Thelvyn, après avoir abandonné Murodhir au beau milieu de la plate-forme.

Le souffle court, le corps secoué de spasmes, le dragon noir gisait dans l'herbe ensanglantée. Un filet pourpre s'écoulait lentement de chacune de ses oreilles.

— Vous semblez avoir fait très forte impression sur notre petit camarade, effectivement, railla Thelvyn en venant s'asseoir devant le roi renégat.

Il se saisit d'une de ses cornes pour lui relever la tête.

— Bonjour, Murodhir, lui dit-il. Tu ne nous en veux pas de débarquer chez toi à l'improviste, j'espère ? Nous voulions juste avoir une aimable conversation avec toi au sujet du Collier des Dragons.

Murodhir inspira profondément, mais Thelvyn

referma brutalement ses griffes sur les mâchoires du renégat pour l'empêcher d'ouvrir la gueule. Contrairement aux dragons des autres espèces, les dragons noirs ne crachaient pas le feu, mais un acide extrêmement corrosif qui, bien qu'inoffensif pour leurs semblables, se révélait mortel pour les autres races. Cependant, les adversaires étaient pratiquement nez à nez et, s'il avait reçu un jet d'acide en pleine face, à si courte distance, Thelvyn aurait été grièvement brûlé.

— Allons ! Ne retiens pas ton souffle comme ça ou tu vas étouffer. Tu n'as qu'à respirer par les naseaux, lui conseilla-t-il d'un ton sarcastique, sachant pertinemment que les dragons noirs ne pouvaient utiliser leur jet d'acide que par la gueule.

Comme le renégat commençait à se débattre, Thelvyn se fit menaçant.

— Si tu n'arrêtes pas ça immédiatement, je vais être obligé de demander à Jherdar de s'occuper de toi...

Murodhir se calma aussitôt et Thelvyn relâcha son emprise.

— Qu'est-ce que ça changera ? Maintenant ou un peu plus tard... maugréa le dragon noir. Vous m'avez déjà condamné. Je n'en ai plus pour très longtemps, de toute façon.

— Je devrais effectivement te tuer sur place, ne serait-ce que pour te faire payer ce que mon amie Solveig Pluie d'Or a enduré par ta faute, une certaine nuit, à Braejr, gronda Thelvyn. Mais je te laisse libre de décider de ton destin. A toi de choisir : soit tu réponds tout de suite à mes questions, soit tu viens avec nous à Brise-Bise pour comparaître devant le Parlement des Dragons.

A ces mots, le dragon noir fut pris de tremblements. Il ne pouvait rien imaginer de pis que de passer en jugement devant ses congénères. Les dragons loyaux n'auraient aucune pitié pour un renégat et sauraient, sans aucun doute, faire preuve d'un raffinement inégalé pour infliger au plus grand traître que leur race ait jamais connu un châtiment à sa mesure.

— Tu vas voir, poursuivit Thelvyn, après avoir laissé à Murodhir le temps de bien peser ses options, c'est d'une simplicité enfantine. As-tu volé le Collier des Dragons pour le compte des pyromages flaemois, oui ou non ?

Murodhir poussa un soupir à fendre l'âme.

— Ça fait plus d'un siècle maintenant que je connais les pyromages — depuis que les Flaems sont arrivés dans les Hautes-Terres, en fait. Ils se sont toujours montrés très curieux et tout ce qui touchait aux dragons les intéressait au plus haut point. Ils m'ont toujours payé les renseignements que je leur fournissais, cela va sans dire. Il y a environ deux ans, Kalestraan m'a proposé un marché : si je lui procurais le pouvoir qui lui permettrait de dominer tous les humains, il me donnerait celui de régner sur les dragons. Grâce à sa magie, je pourrais voler le Collier des Dragons et vaincre le Chevalier-Dragon. Quand il aurait utilisé le Collier des Dragons pour parvenir à ses fins, il me le rendrait et il ne me resterait plus qu'à me proclamer Roi-Dragon.

— C'est donc bien toi qui lui as révélé l'existence du collier et qui lui as dit où le trouver ?

— Non. Il le savait déjà. Il m'a procuré un artefact qui me donnerait le pouvoir de tromper les défenses magiques du collier. Je n'ai fait que le voler.

— Rien que ça ! Et tu ne sais pas d'où Kalestraan tenait ses informations ? Tu ne lui as rien dévoilé du secret de Brise-Bise et du Collier des Dragons ? insista Thelvyn.

— Non, je le jure. Je lui ai remis le collier dans la forêt, aux environs de Braastar, et je ne l'ai plus jamais revu depuis. Quelques mois plus tard, j'ai reçu un message de sa main m'indiquant quand et où je devais attaquer le Chevalier-Dragon. Mais l'embuscade a mal tourné. Il ne m'avait pas averti que vous déteniez d'autres pouvoirs que ceux de l'armure et du glaive ensorcelés du Chevalier-Dragon.

— Aurais-tu une petite idée de ce que Kalestraan a bien pu faire du collier ?

— Non. Ce n'est pas faute d'avoir essayé de le retrouver. Je me doutais bien que Kalestraan essaierait de me doubler. Mais tout ce que je sais, c'est que j'ai mis le collier dans un chariot. Les pyromages qui le conduisaient l'ont recouvert d'une bâche et se sont éloignés dans la nuit. J'ai bien tenté de les suivre à distance, mais, après trois ou quatre milles, il y a eu un éclair entre les arbres et j'ai perdu leur trace.

— Bon. C'est déjà un indice. Peux-tu nous conduire à l'endroit où tu leur as donné le collier ?

Murodhir fut soudain pris de panique, comme si quelque invisible monstruosité venait de surgir devant lui, le remplissant d'épouvante. Il se tordait en tous sens pour se libérer. Mais Thelvyn le tenait toujours par une de ses cornes et, quand il comprit qu'il ne pourrait pas s'échapper, le renégat sembla succomber à la démence et se métamorphosa en une véritable bête féroce, ivre de rage, bavant, feulant, fouettant l'air de grands coups de queue, complètement déchaîné. Comme il ne parvenait toujours pas à faire lâcher prise à son adversaire, il se jeta sur lui comme on se jette à l'eau.

Thelvyn ne se laissa pas surprendre, mais, assis sur ses postérieurs, il ne put résister à la violente poussée du renégat qui s'abattait sur lui de tout son poids. Il perdit l'équilibre et tomba à la renverse. Les énormes mâchoires du dragon noir se refermèrent avec un claquement sec, à quelques pouces de sa gorge. Craignant pour sa vie, Thelvyn réagit instinctivement. Il tira violemment sur la corne de son adversaire pour lui abaisser la tête, puis, mobilisant toutes ses forces, il parvint à se soulever, agrippa sa corne droite et, d'une brusque torsion, lui brisa la nuque. Le roi renégat s'effondra, inerte.

— Quel dommage que vous ayez dû le tuer ! commenta Markhaën en tirant le cadavre du dragon noir par la queue pour permettre à Thelvyn de se relever. Je ne sais pas si, sans lui, nous parviendrons à retrouver l'endroit où les pyromages ont pris livraison du collier.

— Je ne pense pas que ça ait beaucoup d'importance, répondit négligemment Thelvyn. S'il y avait eu quelque chose d'intéressant à récupérer dans les environs de Braastar, ça fait longtemps que Murodhir l'aurait trouvé et, s'il avait su où les pyromages avaient caché le collier, il s'en serait emparé dès qu'il aurait appris la mort de Kalestraan.

— C'est vrai, concéda Jherdar avec un soupir de découragement. Bon. Mais alors, qu'est-ce qu'on fait maintenant ?

— D'abord, nous allons passer l'antre de Murodhir au peigne fin, décida Thelvyn. Nous savons que les pyromages le récompensaient pour ses menus services. Peut-être lui ont-ils donné quelque chose qui pourrait nous renseigner sur leur fief secret ? Mais, pour ne rien vous cacher, j'espérais que Murodhir était resté en contact avec les derniers complices de Kalestraan et qu'il pourrait nous dire où les trouver. A voir l'état de terreur dans lequel il était, je pense qu'il nous a révélé tout ce qu'il savait.

— Et si nous ne découvrons rien ici ? demanda Markhaën.

— Dans ce cas, nous retournerons à Braejr, répondit Messire George, qui avait enfin consenti à quitter son refuge et venait de les rejoindre. Alessa Vayledaar poursuit toujours ses recherches : il se peut qu'elle ait appris quelque chose de nouveau.

3

Sur la côte sud du continent alphatien, baignée par les eaux tempérées de la Mer Bellisariane, se dressait la cité de Port-Major, la bien nommée. Port-Major était, en effet, un point stratégique, une plaque tournante par laquelle transitaient toutes sortes de fret, un passage obligé, tant pour les échanges inter-îles — avec Bellisaria, à l'est ; l'Ile du Levant, à l'ouest, et tout un chapelet d'îles de moindre importance, au sud — que pour le commerce international. Les navires marchands du monde entier y jetaient l'ancre. Certains venaient même du lointain royaume de Iérendi, là-bas, en Extrême-Occident, et d'autres du mystérieux Skothar, un continent sauvage pratiquement inexploré d'Extrême-Orient.

Port-Major était aussi un des plus importants ports militaires de l'Empire. La Marine Impériale y abritait et y faisait radouber ses dromons, ses rapides galères et ses solides hourques. Grâce à son exceptionnel emplacement, Port-Major était aussi essentiel au trafic de marchandises qu'à la stratégie éminemment colonialiste des généraux alphatiens. La plupart des grandes expéditions de l'Empire étaient parties de là, et Dieu sait que l'appétit de conquête de ce petit continent entouré d'eau était insatiable. Evidemment, la Flotte était quelque peu clairsemée, ces temps-ci. La désastreuse guerre contre les dragons avait sévèrement réduit ses effectifs et il restait bien peu de vaisseaux au port.

En général, les étrangers ne savaient pas, ou avaient tendance à oublier, qu'Alphatia n'était pas un simple territoire bordé de frontières — fussent-elles maritimes. L'Empire alphatien comprenait, en fait, dix-huit dominions : royaumes semi-indépendants fédérés par leur avidité et leur soif de conquête communes. Alphatia était une nation de sorciers. Les jeteurs de sorts y formaient une aristocratie souveraine. Tout juste si les gens ordinaires y avaient droit de cité : ils ne vivaient pas, ils subsistaient. L'île avait d'abord été peuplée par les ennemis ancestraux des Flaems. Les descendants de ces Alphatiens de souche régnaient toujours en maîtres sur le continent. Mais nombre d'elfes et de nains s'y étaient installés au fil des siècles. Ils avaient peu à peu adopté les coutumes des autochtones et tous partageaient, à présent, les mêmes traditions et les mêmes ambitions.

L'ennemi frappa en pleine nuit, sans crier gare. Dans le silence paisible, alors que, bercée par le chant de la brise nocturne dans les haubans, toute la cité était endormie, les navires furent instantanément changés en bûchers crépitants ; tant ceux amarrés à quai que ceux ancrés au mouillage, à plusieurs milles de la côte. L'incendie embrasa les ténèbres. Il se propagea si rapidement et avec une telle fureur que les coques explosaient dans la fournaise. Réveillés en sursaut, les Alphatiens coururent au port en toute hâte. Les premiers arrivés crurent à un accident : une lampe à l'huile renversée, peut-être ? La cabine avait pris feu, puis le pont, et le vent marin, en emportant les lambeaux de voiles enflammées, avait fait le reste. Mais l'incendie semblait par trop sélectif. Il s'acharnait avant tout sur les navires de guerre — en priorité les galères — et gagnait à présent les forts qui défendaient l'entrée du port.

Les soldats se précipitèrent à leurs postes de combat. Mais il n'y avait aucun ennemi en vue : pas de vaisseaux étrangers au large et nulle armée déferlant dans les rues. L'attaque en elle-même n'avait duré que quelques minutes : un raid éclair, parfaitement ciblé. Ce ne fut que beaucoup plus tard que quelques badauds parlèrent de gigantesques formes noires aperçues dans le ciel, certains allant jusqu'à évoquer de monstrueuses créatures ailées...

Deux autres ports alphatiens subirent le même sort, cette nuit-là, et non des moindres. Chaque fois, les galères étaient les premières touchées, puis venaient les autres navires de guerre et enfin toutes les constructions militaires : casernes, forts, tours de guet... Chaque fois, les gens mentionnaient de massives silhouettes noires se découpant sur le firmament étoilé avant de s'éloigner à tire-d'aile. Evidemment, tout concourait à incriminer les dragons. Pourtant, certains s'interrogeaient. Certes, moins de deux ans auparavant, les Alphatiens avaient provoqué les dragons en colonisant leurs terres, déclenchant une guerre qui ne s'était achevée qu'avec la capitulation de l'Empire. Pis encore, l'année précédente, profitant du conflit qui les opposait au Chevalier-Dragon et retenait leurs armées dans l'Ouest, les Alphatiens avaient traîtreusement rompu la trêve conclue au terme de leur reddition pour tenter de reconquérir leurs colonies perdues. Mais, depuis qu'ils avaient envoyé par le fond les deux tiers de la Flotte Impériale en représailles, les dragons n'avaient plus fait parler d'eux et il n'y avait a priori aucune raison de penser que leur soif de vengeance n'avait pas été étanchée.

Les instances dirigeantes alphatiennes en étaient même à ce point convaincues qu'après avoir été informées des attaques portées contre leur Marine Impériale, elles s'empressèrent de s'assurer qu'aucun des leurs n'avait eu la malencontreuse idée d'aller une fois de plus asticoter les dragons — le problème, avec un empire aussi vaste, c'était qu'aucun gouvernement local ne savait ce que faisaient les autres. Après tout, cela n'aurait rien eu d'étonnant : l'obstination bornée des Alphatiens, quand ils avaient décidé de conquérir un territoire, était de notoriété publique. Rien ne les arrêtait, pas même la perspective d'un désastre inéluctable.

Quant à savoir ce que les dragons manigançaient, c'était encore une autre paire de manches : l'éternelle inconnue. Comme, par le passé, ils s'étaient simplement contentés de répondre aux provocations alphatiennes, il était fort probable que les Alphatiens eux-mêmes soient dans leur tort. Lors des négociations qui avaient abouti au premier traité de paix, les dragons avaient posé un ultimatum : soit ils étaient autorisés à fouiller l'Empire de fond en comble sans être inquiétés, soit ils lançaient à son encontre une invasion massive. Les Alphatiens n'avaient pas vraiment eu le choix. Au dire de leurs espions affectés à la surveillance des Hautes-Terres, les dragons avaient effectué des recherches similaires dans l'Ouest. Apparemment, ils n'avaient toujours pas trouvé ce qu'ils cherchaient — un mystérieux artefact qu'on leur aurait dérobé, paraît-il. Peut-être venaient-ils faire une seconde tournée d'inspection ? Au reste, quelle que soit la raison qui les avait poussés à rouvrir les hostilités — réaction de défense face à une menace alphatienne, mesures de représailles pour se venger des provocations passées ou simple entraînement pour jeunes recrues en mal d'exercice —, les Alphatiens ne pouvaient pas faire grand-chose, si ce n'est se préparer au pire et... attendre.

Cette même nuit, une bise capricieuse et glacée s'était engouffrée dans le Pas de Sardal, étroit défilé qui reliait Rocklogis au désert d'Ylaruam — et, au-delà, à l'Empire de Thyatis — à travers la montagne. Les oriflammes de Château Karrak claquaient au vent dans le silence nocturne. Mais Château Karrak n'était pas assoupi. Château Karrak ne dormait jamais. C'était l'une des trois monumentales forteresses qui gardaient les seules voies d'accès au royaume des nains. Jour et nuit, des patrouilles arpentaient les sentiers qui longeaient le défilé et des sentinelles montaient la garde sur le chemin de ronde, au sommet des remparts et des tours de guet. Les nains surveillaient leurs frontières comme s'ils craignaient toujours une invasion imminente et se targuaient de n'être jamais pris au dépourvu. Du moins, presque jamais.

Mais cette nuit-là fut sans doute l'exception qui confirme la règle. Soudain, telle une gigantesque torche de pierre, l'une des tours centrales s'embrasa. Son toit conique explosa et les larges et épaisses ardoises — censées résister aux flèches enflammées et même au souffle des dragons — s'éparpillèrent aux quatre vents, pulvérisées. L'incendie gagna rapidement les poutres et les planchers, tant et si bien que la tour ne fut plus bientôt qu'une colonne de feu. Même les merlons se fissuraient sous l'intensité de la chaleur et l'édifice menaçait de s'écrouler d'un instant à l'autre. Les sentinelles n'eurent guère besoin de sonner l'alarme : la déflagration avait secoué toute la forteresse. Les guerriers sautèrent hors de leurs lits, prenant juste le temps d'empoigner leurs armures et leurs armes avant de se précipiter sur les remparts pour défendre leur bastion.

A peine avaient-ils rejoint l'escalier qui menait

au chemin de ronde qu'une deuxième tour explosait dans une gerbe de flammes. Puis ce furent les hautes et fines tours de guet dominant le défilé qui volèrent en éclats. Celle qui surplombait la barbacane offrit davantage de résistance : elle était plus massive et mieux protégée. Il fallut trois geysers de flammes successifs pour en venir à bout. Quand les soldats arrivèrent enfin au sommet des murs d'enceinte, armes aux poings, ils ne trouvèrent aucun adversaire à combattre : l'attaque était déjà terminée.

Il n'existait qu'un seul ennemi qui puisse ainsi frapper par surprise et disparaître dans la nuit sans laisser de trace. Les guetteurs pointaient l'index vers le ciel et décrivaient d'énormes silhouettes ailées qui avaient fugitivement masqué les étoiles avant de se faufiler entre les parois du défilé pour se fondre dans les ténèbres.

Darik chargea ses troupes de maîtriser l'incendie et de commencer les travaux de réfection. Que pouvait-il faire de plus ? Certes, la garnison demeurait sur le pied de guerre. Catapultes et arbalètes lourdes furent positionnées sur les remparts et mises en batterie. Mais Darik ne croyait pas à une seconde attaque. Du moins, pas prochainement. Le jeune commandant de Château Karrak se perdait en conjectures : où les dragons voulaient-ils en venir ? Ils n'avaient manifestement jamais eu l'intention d'assiéger la forteresse, ni même de la détruire. Quoique spectaculaire, l'attaque n'avait pas infligé de dégâts importants et n'avait fait aucune victime. A quoi rimait donc ce raid éclair ? A première vue, cela pouvait passer pour un avertissement. Mais de quoi l'aurait-on averti ? Darik avait beau se creuser la cervelle, il ne trouvait pas de réponse.

Quoique les nains aient toujours considéré les dragons comme leurs ennemis jurés — les monstrueuses créatures ne passaient-elles pas leur temps à échafauder les plus tortueux stratagèmes pour s'approprier leurs magnifiques cavernes et s'emparer de leurs fabuleux trésors ? —, ils avaient rarement eu maille à partir avec eux. Et encore, seulement avec les renégats. Mais, bien que les renégats aient souvent attaqué les caravanes marchandes qui entraient ou sortaient de Rocklogis, même le fameux Kardayeur n'avait jamais osé s'en prendre aux forteresses ou aux cités souterraines des nains. Sans compter que tous les raids avaient cessé du jour où le Chevalier-Dragon avait tué Kardayeur et ses sbires. En outre, il n'y avait aucune commune mesure entre le souffle d'un dragon et les geysers de flammes qui avaient provoqué l'explosion des tours de Château Karrak. Même Darik savait que ces bourrasques incendiaires ne pouvaient pas sortir de la gueule d'un dragon ordinaire.

S'ils avaient voulu assiéger l'une des plus importantes places fortes des nains, les dragons auraient mobilisé toute une armée, et seuls les plus puissants dragons du monde auraient pu maîtriser les pouvoirs magiques propres à créer un déluge de feu d'une telle intensité. Darik se souvenait parfaitement de cette époque où Rocklogis avait été assailli par les dragons rebelles qui ravageaient tout le nord du continent. Maintenant que le Chevalier-Dragon n'était plus là pour les tenir à l'œil, peut-être les dragons nourrissaient-ils de nouveaux projets de conquête ? Après tout, leur éclatante victoire sur Alphatia ne pouvait que les y encourager.

Avec l'aube venait l'heure des décisions stratégiques. Or, Darik était confronté à un cruel dilemme : deux devoirs d'égale importance s'imposaient à lui. L'un comme l'autre exigeaient sa présence en deux points différents du royaume et comme il n'avait pas le don d'ubiquité... Si l'attaque de la nuit n'avait bien été qu'un prélude à une invasion massive, il devait faire de son mieux pour défendre Château Karrak contre les dragons et, par là même, leur interdire la frontière sud du royaume — si vaine que l'entreprise puisse paraître. Pourtant, il lui fallait aussi avertir immédiatement le souverain du danger qui menaçait son royaume. Seul le roi pouvait ordonner la mobilisation générale et coordonner les mouvements de troupes à travers tout le territoire. Finalement, il décida qu'il était plus urgent de se rendre à Dengar. S'il partait immédiatement, il pourrait être de retour le lendemain soir. Son lieutenant saurait bien assumer le commandement de la forteresse en son absence.

La situation exigeant la plus grande célérité, il se résolut à emprunter l'un des rares coursiers que les nains réservaient à la délivrance des messages urgents. Il aurait quelques bonnes heures de chevauchée devant lui pour réfléchir et tenter de résoudre l'énigme qui le préoccupait. Pour une fois, il n'était pas mécontent d'avoir Thorinn Terreur des Ours et les nains du Clan Syrklist à la tête du royaume. Il était lui-même un guerrier du Clan Torkrest, mais il avait été le compagnon d'armes — et était même devenu l'ami — de Dhorinn, le fils aîné du Roi Daroban et, à ce titre, prince héritier du royaume. Quand Dhorinn avait été blessé dans la terrible bataille des Terres Brisées, c'était Darik qui l'avait ramené à Dengar. Depuis, il avait appris à respecter et à faire confiance au plus jeune fils du roi, Thorinn, sorte de héros national qui, depuis la blessure de son frère, était tout désigné pour monter sur le trône.

Quand Darik gravit la longue rampe serpentine qui conduisait aux portes de la capitale, il comprit qu'il arrivait un peu tard. Nombre des tours flanquantes de l'enceinte étaient endommagées et quelques-unes n'étaient déjà plus que ruines. Les soldats s'étaient mis à l'ouvrage pour réparer les dégâts et la cité se préparait à recevoir une deuxième visite des dragons, probablement plus dévastatrice que la première. Darik en vint à se demander combien de cités et de bastions de Rocklogis avaient été ainsi assaillis dans la nuit.

Après avoir laissé sa monture aux écuries, il s'empressa de rejoindre la basse ville et se présenta au palais. Etant donné les circonstances, il ne fut pas surpris de voir la Salle du Trône envahie par une centaine de nains, parmi lesquels il reconnut les représentants de tous les clans et les plus grands chefs militaires accompagnés de leurs états-majors. Tout ce beau monde jacassait à perdre haleine, chacun coupant la parole à l'autre dans une cacophonie assourdissante. Dhorinn aperçut son vieil ami dès qu'il franchit le seuil et se précipita à sa rencontre. Mais déjà de nouvelles rides d'anxiété avaient creusé son visage sombre : il savait que Darik apportait de mauvaises nouvelles.

— Karrak aussi ? fit-il.

Comme Darik hochait la tête sans mot dire, Dhorinn soupira.

— Viens. Il te faut t'entretenir avec mon père au plus vite.

Dhorinn se fendit un chemin dans la foule, de cette démarche claudicante qu'il devait à ses anciennes blessures de guerre. Darik remarqua cependant qu'il se tenait un peu plus droit et semblait beaucoup moins hâve et déprimé qu'à l'accoutumée. Dhorinn ne l'entraîna pas vers le trône, comme Darik s'y attendait, mais dans un coin retranché où son frère Thorinn et le Roi Daroban bavardaient à voix basse avec un jeune humain qui portait l'uniforme des capitaines de l'Empire thyatien. Par Kaguyar ! se dit le commandant de Château Karrak en s'approchant du roi, comme il a vieilli ! Comme il est devenu frêle ! Il ne l'avait pas vu si vieux et si affaibli lors de sa dernière visite, l'automne précédent. Bien qu'appartenant à un clan adverse, Darik espérait de tout cœur que Daroban serait encore assez vaillant pour gouverner jusqu'à ce que Thorinn soit en âge de lui succéder. Rocklogis ne survivrait pas à une guerre contre les dragons si les clans se disputaient la couronne.

Daroban se tourna vers lui.

— Nous craignions que Château Karrak n'ait été touché, lui aussi.

— Les dégâts sont superficiels, le rassura Darik. Pas pis, en tout cas, que ce que j'ai pu voir là-haut. Mais, comme j'ignorais que les dragons avaient frappé ailleurs, j'ai pensé qu'il était urgent de vous avertir.

— Tu as bien fait, lui répondit le roi, avant de lever les yeux vers le Thyatien. Général Darik, voici le Capitaine Darius Glantri, de Thyatis, qui a bien voulu s'arrêter ici, ce matin, alors qu'il se rendait dans les Hautes-Terres pour conférer avec Solveig Pluie d'Or. En apercevant les déprédations dont nous avons été victimes, il a pensé que nous pourrions avoir besoin d'aide et a fort aimablement mis à notre disposition deux de ses guerriers pour qu'ils survolent Rocklogis à dos de griffon et puissent ainsi nous faire un compte rendu exact de la situation à l'échelle du royaume tout entier.

Darius s'inclina poliment.

— Cette affaire nous concerne tous, dit-il. Les chantiers navals de la Flotte Impériale ont également été incendiés et les dommages sont bien plus graves qu'ici. Décidément, les dragons ont été très occupés cette nuit ! Je me demande quelles autres contrées ont eu à souffrir de leurs exactions.

— N'est-ce pas, fit Darik. En ce qui nous concerne, étant donné le peu de dégâts qu'ils nous ont infligés — par rapport à ce qu'ils auraient pu faire, du moins —, j'ai bien l'impression que nous avons simplement eu droit à un coup de semonce.

— Absolument. C'était probablement un avertissement pour nous aussi, acquiesça Darius. Sauf qu'il a été plus sévère. Pourtant, ça défie l'entendement. S'ils ont bel et bien l'intention de nous attaquer en force, pourquoi nous en avertir ? Et, si ce sont des mesures de représailles, qu'avons-nous bien pu faire pour mériter pareil châtiment ?

— D'après ce que racontent nos légendes, les dragons ont des façons d'agir et de penser qui nous paraissent parfois incompréhensibles parce qu'elles sont très différentes des nôtres, hasarda le Roi Daroban. Quand les dragons rebelles ont lancé leur offensive, juste avant l'arrivée du Chevalier-Dragon, il y a plus de six ans maintenant, leur tactique semblait plus tenir du harcèlement systématique que de la guerre de conquête, comme si, convaincus de leur suprématie, ils pouvaient se permettre de tuer leurs ennemis à petit feu. Le Chevalier-Dragon n'étant plus là pour les arrêter, peut-être ont-ils recouvré leur arrogance d'antan ? Peut-être se sentent-ils à nouveau invincibles et assez sûrs de leur fait pour jouer avec leurs futures victimes, comme le chat joue avec la souris avant de la dévorer ? Maintenant, s'il s'agit d'une vengeance, est-ce que ce ne pourrait pas être pour nous punir d'avoir soutenu le Chevalier-Dragon lors du siège de Braejr, l'an dernier ? Ils ont vu aussi bien les griffons des Thyatiens que les guerriers dont mon jeune fils avait pris le commandement, n'est-ce pas, Thorinn ?

— Pour autant que je le sache, le Chevalier-Dragon existe toujours, répondit ce dernier. Les dragons n'ont pas pu lui enlever ça. Ils ont réussi à provoquer notre haine et notre défiance pour nous inciter à le chasser, mais ils ne l'ont pas privé de ses pouvoirs.

— A vous entendre, on pourrait croire que tout est notre faute, intervint Darik, troublé. Le Chevalier-Dragon ne nous a-t-il pas quittés de son propre chef pour retourner auprès des siens, quand il a appris qu'il était un dragon ?

— Il n'empêche qu'il est toujours le Chevalier-Dragon, insista Thorinn. N'oubliez pas que je le connais mieux que vous. J'étais là dès le début. Je sais que son devoir était de nous protéger, nous, tout autant que les dragons eux-mêmes, et d'éviter une guerre à tout prix. Et je suis sûr qu'il ne les laissera pas faire s'ils veulent nous attaquer maintenant. Les dragons ont peut-être la conviction qu'il ne peut pas ou qu'il ne voudra pas se mettre en travers de leur route, mais j'ai bien l'impression qu'ils vont avoir une mauvaise surprise.

— Je suis d'accord avec Thorinn. J'ai bien connu le Chevalier-Dragon, moi aussi, et je n'ai jamais perdu confiance en lui, renchérit Darius. L'Empereur Cornélius partage mon point de vue. A dire vrai, j'étais déjà en chemin pour demander à Solveig Pluie d'Or si elle savait où le trouver afin de l'appeler à la rescousse. Avec votre permission, Votre Majesté, je pense que Thorinn Terreur des Ours devrait venir avec moi.

Le roi semblait indécis.

— Je ne croirai à la loyauté du Chevalier-Dragon que lorsqu'il sera venu nous défendre et qu'il aura renvoyé les dragons dans leurs antres puants. Depuis que le premier nain a posé le pied sur cette terre, les dragons hantent nos cauchemars et nous empêchent de dormir. Je n'aurais jamais confiance en l'un d'entre eux, fût-il le Chevalier-Dragon lui-même.

— Avons-nous vraiment le choix ? rétorqua Thorinn. Si les dragons veulent nous déclarer la guerre, je ne vois pas comment nous pourrions les en empêcher. Ils sont tout simplement trop forts, trop rapides et maîtrisent trop bien la magie pour que nous puissions lutter. Existe-t-il de par le monde et a-t-il jamais existé à travers l'histoire une quelconque force capable de résister aux dragons ? A part le Chevalier-Dragon, je ne vois pas.

Dhorinn fronça les sourcils.

— Père, Thorinn a raison. Le Chevalier-Dragon nous a défendus, il y a six ans, et nous étions bien contents de le trouver. S'il est encore prêt à le faire maintenant, nous aurons bien de la chance. C'est une chance qu'il ne faut pas laisser passer. Ce qui ne veut pas dire que nous ne devons pas nous préparer à la guerre pour autant et consulter nos voisins, comme les Thyatiens par exemple, afin de coordonner nos défenses face à un ennemi commun.

Blessé dans son orgueil patriotique, Darik s'apprêtait déjà à protester. Il ne se tut que par égard pour son souverain. Mais, à la vérité, quand bien même les nains se barricaderaient dans les plus profondes de leurs cavernes, Rocklogis ne pouvait espérer combattre seul la Nation des Dragons.

Finalement et quoique avec une mauvaise grâce manifeste, le Roi Daroban hocha la tête.

— Malheureusement, nous ne pouvons pas faire autrement. Bien que je ne puisse accorder le moindre crédit à un dragon, ni même imaginer une seconde qu'il prenne notre parti contre les siens, je dois bien admettre que nous avons désespérément besoin du Chevalier-Dragon. Thorinn, si Solveig et toi réussissez à le trouver, je compte sur toi pour le ramener ici au plus vite.

La nuit était claire et le silence, profond. Les ténèbres avaient depuis longtemps envahi les ruelles de Braejr quand Solveig entendit un bruit familier. Elle dressa l'oreille. Pas de doute, c'était bien un battement d'ailes. Elle pensa d'abord que Thelvyn et Kharenndaën étaient revenus, quoiqu'ils soient partis depuis moins d'une heure. Elle se précipita à la porte, s'attendant à trouver les deux dragons d'or dans la cour. Mais elle n'avait pas posé la main sur la clenche qu'un cri strident lui crevait les tympans et elle sut, avant même de franchir le seuil, qu'un messager thyatien venait d'arriver.

Son regard fut d'abord aimanté par le grand guerrier qui tenait les rênes de son griffon d'une main ferme. Bien qu'il n'ait pas encore eu le temps d'ôter son armet, elle l'avait déjà reconnu. Elle n'aperçut son passager qu'après coup. Il faut dire, à sa décharge, que, derrière Darius, Thorinn ne risquait pas de se faire remarquer. Un nain sur un griffon ! Solveig n'en croyait pas ses yeux. Sur un poney, passe encore. Sur un cheval, c'était déjà un exploit. Mais sur un griffon ! Jamais elle n'aurait imaginé qu'on puisse convaincre un nain de quitter la terre ferme, à plus forte raison pour se percher sur le dos d'une créature aussi féroce. Darius calma son impétueuse monture pour permettre à Thorinn de descendre. Celui-ci ne se fit pas prier et, même parvenu à distance respectueuse de la bête, il continua d'avancer d'une démarche un peu raide et dangereusement chancelante pour rejoindre la barbare qui attendait au pied du perron. Un peu plus il lui tombait dans les bras — ou, plus précisément, dans les jambes, vu leur différence de taille.

— Thorinn Terreur des Ours ! s'exclama Solveig en le reconnaissant enfin. Si l'on m'avait mise au défi de trouver un nain assez fou pour enfourcher un griffon, j'aurais parié sur toi !

— Epargne-moi ce genre de commentaires, tu veux ? Je ne suis vraiment pas d'humeur, bougonna le nain, qui ne s'était toujours pas remis de ses émotions.

— Toi, tu files un mauvais coton, mon garçon, lui rétorqua Solveig, un sourire ironique aux lèvres. La fréquentation de tes compatriotes ne te vaut rien. Leur fichu caractère commence à déteindre sur toi.

— Humpf ! lâcha l'autre d'un air bourru.

— Qu'est-ce que je disais !

— Trêve de plaisanteries, la cité semble bien calme. J'en déduis que les dragons n'ont pas encore attaqué.

— Les dragons ? Euh, non... non, ils n'ont pas attaqué, non, bredouilla Solveig, si déroutée par cette remarque qu'elle douta un instant d'avoir bien entendu.

— J'aurais pourtant pensé qu'ils commenceraient par là. Peut-être veulent-ils brouiller les pistes, marmonna Thorinn avec un haussement d'épaules désabusé.

La guerrière le regarda fixement, abasourdie. Est-ce que cette demi-portion ne se paierait pas ma tête, par hasard ? se demanda-t-elle en fronçant les sourcils. Mais oui, bien sûr ! Il n'avait tout simplement pas apprécié son discours de bienvenue et prenait sa revanche. C'était de bonne guerre, après tout. En tout cas, elle préférerait largement qu'il essaie de lui jouer un mauvais tour, parce qu'il ne pourrait rien arriver de pis qu'une attaque de dragons au moment même où elle travaillait d'arrache-pied à l'unification des Hautes-Terres et où Thelvyn s'escrimait à retrouver le Collier des Dragons pour faire l'unanimité parmi les siens et inaugurer une nouvelle ère de paix.

Darius était parti conduire son griffon dans l'entrepôt et elle décida de l'y rejoindre. A l'humiliation d'une arrivée pour le moins dépourvue de panache, Thorinn dut ajouter celle d'avoir à courir comme un lapin pour suivre la guerrière. Avec ses jambes de géante, elle faisait trois pas quand il en faisait dix ! Sans compter qu'après toutes ces interminables heures passées sur le dos de ce stupide volatile il avait bien du mal à garder la cadence.

— Qu'est-ce que c'est que cette histoire de dragons ? tempêta la barbare en traversant la cour au pas de charge. Si c'est une blague, je la trouve malvenue par les temps qui courent.

Au prix de considérables efforts, le nain parvint à la rattraper.

— Les... les dragons ont... attaqué Rocklogis et... et Thyatis la nuit dernière, haleta Thorinn, à bout de souffle.

La guerrière s'arrêta net.

— Quoique, vu le peu de dommages causés, ce ne puisse être qu'un simple avertissement, enchaîna le nain, après avoir inspiré deux ou trois bonnes gorgées d'air frais. Le Capitaine Glantri a envoyé des éclaireurs en Alfheim et en Darokin pour voir s'ils ont été inquiétés, là-bas aussi.

— Tu t'occupes du griffon avec Darius. Après ça, vous vous installez bien gentiment dans le salon, ordonna Solveig en faisant brusquement demi-tour. Il faut que je prenne immédiatement des dispositions pour assurer la défense de Braejr.

A une heure aussi tardive, elle ne pouvait guère compter que sur Taëryn pour délivrer ses messages et le jeune page ne pouvait être partout à la fois. Elle décida donc de lui faire seller un cheval. Il se rendrait tout d'abord à l'Académie pour convoquer Alessa au manoir, puis galoperait jusqu'à la porte nord pour avertir le Capitaine Harl Gairstaän qui commandait désormais l'Armée des Hautes-Terres.

Darius et Thorinn la rejoignirent quelques minutes plus tard dans le salon. Après leur avoir offert des boissons et de quoi satisfaire leur appétit aiguisé par une longue nuit blanche riche en rebondissements, elle leur demanda de raconter leurs mésaventures par le menu. Au terme de leur récit, Darius lui confirma qu'il avait envoyé six de ses guerriers en Alfheim, en Darokin et à Traladara pour obtenir des informations sur les éventuels raids dont ces trois contrées auraient pu être également victimes. Assise sur une chaise en face de lui, Solveig l'écoutait, le regard rivé au sol, manifestement plongée dans de profondes méditations. Elle opinait du bonnet ou branlait du chef alternativement, sans desserrer les dents. Enfin, au terme d'un long silence pensif, elle assena son verdict :

— Ça n'a ni queue ni tête ! Je crois qu'il vaut mieux que vous sachiez que Thelvyn, Kharenndaën et Messire George sortent d'ici. En fait, ils sont partis moins d'une heure avant votre arrivée. Bien évidemment, ils courent toujours après le Collier des Dragons.

— Est-ce que c'est vrai que Thelvyn est devenu un dragon ? demanda le nain.

— Oui. Il a troqué sa peau de grand dadais dégingandé pour une carapace de dragon peu de temps après avoir quitté Braejr, l'été dernier. Ils ne se sont pas montrés très bavards sur ce qu'ils avaient tous fabriqué depuis. Thelvyn m'a juste dit que c'était le Tout-Puissant lui-même qui lui avait ordonné de trouver le collier. Il semblerait que Thelvyn soit appelé à le porter pour incarner le Roi-Dragon, une sorte de personnage mythique qui appartient au folklore des dragons et qui est censé régner sur tous les dragons du monde. Si ce fameux collier était si bien gardé, c'était justement parce qu'ils le conservaient depuis des millénaires à l'intention du légendaire Roi-Dragon. Seul celui qui le ceindrait serait reconnu par tous les dragons comme leur premier et unique véritable souverain.

Darius la dévisageait intensément. Il semblait boire ses paroles.

— Est-ce que vous ne trouvez pas ça bizarre, vous, que le Tout-Puissant envoie Thelvyn chercher le collier au moment où les dragons rebelles recommencent leurs attaques ? Est-ce que ce ne serait pas justement pour qu'il puisse les faire rentrer dans le rang ?

— Je ne sais pas... fit Solveig, songeuse. D'après ce qu'il m'a dit, Thelvyn est toujours resté à l'écart des dragons. Il est donc fort probable qu'il ignore ce qu'ils manigancent. Telle que vous me la décrivez, cette situation me fait penser à ce qui s'est passé, il y a six ans, quand des bandes de jeunes rebelles attaquaient un peu partout sans discrimination. A l'époque, ils voulaient se débarrasser de Thelvyn avant qu'il n'endosse l'armure du Chevalier-Dragon. Peut-être ces têtes brûlées de dragons rouges ont-ils remis ça pour l'empêcher de devenir le Roi-Dragon ? Auquel cas, ces attaques seraient le fait de quelques trublions impatients de jeter leur gourme et non une déclaration de guerre de la part de la Nation des Dragons elle-même.

— Qu'est-ce que ça change pour nous, de toute façon ? grogna Thorinn.

— Bien des choses, lui assura la guerrière. Ça expliquerait déjà pourquoi ces raids ressemblent plus à un avertissement qu'à une véritable invasion. Les rebelles n'ont peut-être pas le front de s'engager dans une guerre ouverte. Si ça se trouve, ils cherchent seulement à provoquer le Chevalier-Dragon. En quelque sorte, ils lui jetteraient le gant pour le forcer à réagir.

— Tu veux dire que Thelvyn est encore le Chevalier-Dragon ? s'étonna Darius. Comment serait-ce possible, s'il est un dragon lui-même ?

— En tout cas, c'est bel et bien ce que j'ai compris, répondit Solveig. Peut-être aurais-je dû vous préciser que Thelvyn et Kharenndaën peuvent changer de forme à volonté.

Thorinn se racla bruyamment la gorge.

— Il reste une hypothèse que nous n'avons pas encore envisagée, déclara-t-il, les yeux au plancher. Serait-il possible que Thelvyn soit passé à l'ennemi ? Non pas que je puisse croire une chose pareille, s'empressa-t-il d'ajouter en relevant la tête pour consulter ses compagnons du regard. Mais je suis sûr que certains se poseront la question. Mon père m'a envoyé chercher le Chevalier-Dragon pour lui demander protection, mais il n'a pas beaucoup d'espoir. Il ne parvient pas à imaginer qu'un dragon puisse trahir les siens pour nous défendre. Pas même le Chevalier-Dragon.

— Ah ! belle mentalité ! cracha dédaigneusement Solveig en fronçant les sourcils. Tous ceux qui l'ont chassé, il n'y a pas un an, vont venir pleurnicher dans son giron pour qu'il revienne les sauver ! Je serais de lui... Le pire, c'est que je suis persuadée que le Chevalier-Dragon — ou peut-être devrais-je dire le Roi-Dragon — va faire tout son possible pour régler le problème au plus vite. Les dragons rebelles ne perdent rien pour attendre.

— Mais comment faire pour le trouver ? s'enquit Thorinn.

— Il est occupé ailleurs pour le moment. Mais il ne devrait pas tarder. Il ne nous reste plus qu'à prendre patience.

Alessa arriva en calèche, quelques minutes plus tard, et le Capitaine Gairstaän, à cheval, en compagnie de Taëryn. Solveig leur fit aussitôt part de la situation. Harl Gairstaän lui promit de tout mettre en œuvre pour assurer la défense des Hautes-Terres contre une éventuelle invasion des dragons. Alessa proposa de collaborer à l'effort de guerre en mettant à profit la faculté des pyromages à communiquer entre eux à travers tout le pays pour coordonner les actions d'un bout à l'autre du territoire national. Certes, rien ne prouvait que les dragons attaqueraient les Hautes-Terres, surtout si Thelvyn intervenait à temps, mais il semblait plus sage de prendre ses précautions.

— Je pense que je vais suivre ton conseil, Solveig, déclara Darius Glantri. J'attendrai ici le retour de Thelvyn. Quelques jours, tout au moins.

Alessa était restée à l'écart du groupe, serrant contre elle ses robes de magicienne de haut rang, comme si elle était transie.

— Etes-vous vraiment sûrs que le Chevalier-Dragon nous protégera ? demanda-t-elle.

Solveig se tourna vers son amie.

— Qu'entends-tu par là, au juste ?

— Je me demandais seulement pour quelle raison il cherchait si désespérément le Collier des Dragons maintenant, expliqua Alessa, manifestement mal à l'aise. Si j'ai bien compris, cet artefact lui procurera le pouvoir de contrôler les dragons. Mais est-ce pour les empêcher de déclarer la guerre au monde entier, ou pour les mener au combat contre nous ?

— Quant à moi, je lui fais implicitement confiance, répliqua Darius d'une voix glaciale en lui décochant un regard réprobateur. Laissons faire les choses. Nous verrons bien comment le vent tourne.

— Il nous faut pourtant décider, avant qu'il ne revienne, si nous pourrons ou non nous fier à lui, une fois qu'il aura récupéré le collier, insista la magicienne.

— Il n'a jamais rien fait pour éveiller notre suspicion, que je sache, lui fit remarquer le Thyatien, acerbe. De toute façon, il ne me semble pas que nous ayons vraiment le choix. C'est un risque à courir. S'il refuse de nous défendre, je ne vois pas ce que nous pourrons faire pour nous protéger des dragons. Il est notre seul recours.

Solveig haussa les épaules.

— Vous n'allez pas manquer de me dire que j'ai dû fréquenter les Flaems trop longtemps, mais je me demande si les Alphatiens ne seraient pas derrière tout ça. Ils ont déjà combattu les dragons, l'an dernier, et ont essuyé une cuisante défaite. Je suis persuadée qu'ils ne les portent pas dans leur cœur et qu'ils brûlent de prendre leur revanche. Et puis, ils ne nous aiment pas beaucoup non plus. Les descriptions que j'ai entendues évoquaient seulement des formes noires qui se découpaient dans le ciel. Rien ne prouve que ces mystérieuses silhouettes n'aient pas été créées par les sorciers alphatiens.

Darius hocha la tête avec conviction, immédiatement enthousiasmé par cette idée.

— C'est vrai. Après tout, ce sont tous des aéromages. Changer l'air en dragons et faire voler des illusions, c'est probablement l'enfance de l'art pour eux.

Alessa se garda bien de participer au débat et, prétextant l'urgence de la situation, prit congé pour rentrer à l'Académie. Il lui fallait absolument sonner l'alarme à travers toutes les Hautes-Terres pour que le pays soit sur le pied de guerre dès que possible. A une heure aussi avancée de la nuit, les pyromages les plus expérimentés étaient déjà au lit ou s'adonnaient à quelques mystérieuses expériences dans le secret de leurs laboratoires. Mais Alessa entendait bien les mettre immédiatement à contribution. S'ils ignoraient encore en quoi consistait exactement le pouvoir de la Radiance, ils excellaient à l'utiliser pour relayer l'information en un temps record. Le principe était, au demeurant, fort simple : il suffisait de posséder un orbe de cristal de la taille d'une main et de l'asservir au pouvoir de la Radiance. A partir de là, la communication était établie. Chaque orbe fonctionnant tant comme récepteur que comme émetteur, s'il y avait eu une attaque où que ce soit à l'intérieur des frontières, les pyromages de Braejr en seraient immédiatement avertis. Le seul petit problème, c'est qu'il fallait tout de même quelqu'un pour recevoir le message. Or, la plupart des pyromages de province se couchaient avec les poules. S'ils n'étaient pas éveillés et à proximité de leur orbe, ils ne pouvaient pas savoir qu'ils étaient appelés.

Tout en rejoignant l'Académie, la magicienne ruminait la brève conversation qu'elle venait d'avoir avec Solveig et ses deux comparses. Elle ne décolérait pas. Comme l'avait affirmé la barbare, maintenant qu'ils avaient besoin de sa protection, les gens auraient tôt fait d'oublier leur méfiance à l'égard du Chevalier-Dragon et Alessa avait peu d'espoir de parvenir à réveiller leurs soupçons. La voix lui avait assuré que c'était aux Flaems eux-mêmes de prendre leur destinée en main et une sourde rage montait en elle quand elle voyait des étrangers, comme Thelvyn et Solveig, décider du sort de ses compatriotes alors même qu'elle, une Flaem de souche, une fille de la noblesse, était obligée de les servir comme un chien bien dressé qui arrive ventre à terre quand on l'appelle et obéit aux ordres sans jamais se rebiffer. Elle était d'autant plus furieuse qu'une fois de plus Thelvyn jouerait le rôle du sauveur héroïque, alors que c'étaient ses propres congénères qui semaient la terreur d'un bout à l'autre du continent, provoquant la panique qui lui permettrait d'abuser de ses pouvoirs pour faire main basse sur toutes les autres nations.

Etait-elle donc la seule à voir clair dans son jeu ? Ne devait-elle pas ouvrir les yeux de tous ces crédules imbéciles ? Peut-être la voix pourrait-elle l'y aider ? Peut-être lui procurerait-elle le moyen de leur rappeler que, loin d'être un héros, Thelvyn était un dragon et un traître indigne de leur confiance ? Peut-être pouvait-elle encore l'empêcher de trouver le Collier des Dragons ? Tant qu'il ne l'aurait pas récupéré, Thelvyn ne pourrait pas contrôler les dragons...

Quand elle se fut acquittée de sa mission auprès de ses confrères et que l'Académie eut replongé dans sa torpeur nocturne, Alessa regagna sa chambre et se déshabilla pour se mettre au lit, repoussant machinalement son livre de sorts qu'elle avait laissé ouvert en équilibre instable sur le bord de sa table de chevet avant de partir chez Solveig. En son for intérieur, elle avait peine à croire qu'elle puisse faire preuve d'une telle négligence. Habituellement, un magicien tenait à son livre de sorts plus qu'à la prunelle de ses yeux. C'est dire à quel point elle était perturbée, ces derniers temps... Elle verrouilla sa porte, ferma ses persiennes et se coucha. Elle marmonna distraitement les mots sibyllins qui commandaient à ses lampes magiques et ferma les paupières. Mais ses soucis l'empêchaient de trouver le sommeil et elle se retournait dans son lit, échafaudant de sombres machinations pour discréditer son rival, ressassant inlassablement ses rancœurs. Finalement, elle s'endormit sans même s'en rendre compte et, peu après, plongea dans l'oubli du songe.

Dors-tu ? lui demanda aussitôt la voix familière.

Dans son rêve, il faisait nuit noire et, au creux de ces profondes ténèbres, elle ne distinguait guère qu'une vague tête de dragon, étonnamment longue et étroite, comme étirée.

Rêve, ma belle ensorceleuse, et, dans ton rêve, dis-moi tout ce que tu as appris cette nuit.

Tandis qu'elle obtempérait, la magicienne prenait conscience de son isolement. Sa position était précaire. Lors de cette conversation chez Solveig, elle avait été seule face à l'ennemi. Ni la barbare, ni Thorinn Terreur des Ours, ni assurément ce jeune capitaine thyatien ne pouvaient être considérés comme des alliés. Solveig et Thorinn faisaient partie des compagnons de la première heure de Thelvyn Œil de Renard. Ils l'avaient aidé dans sa quête de l'armure du Chevalier-Dragon. Ils ne renieraient jamais leur ami. Quant à Darius Glantri, il tenait le Chevalier-Dragon en haute estime depuis toujours. La terreur des dragons risquait fort de rallier tout le monde à sa cause. Les gens n'auraient d'autre solution que de faire confiance au Chevalier-Dragon, comme le roi des nains s'y était résigné. Ils savaient pertinemment que, sans lui, ils ne pourraient jamais se défendre contre de si puissants adversaires. Car, bien évidemment, nul ne doutait de la culpabilité des dragons.

C'est aussi bien. Après tout, rien ne prouve que les dragons rebelles n'ont pas rouvert les hostilités. Thelvyn lui-même ne pourra nier cette éventualité. Tant qu'il ne sera pas en possession du Collier des Dragons, il ne sera pas en mesure de retourner parmi les siens et, par conséquent, d'apprendre que les rebelles n'ont pas rompu la trêve. Même l'illustre Chevalier-Dragon ne peut deviner d'où vient la menace. Seul le Tout-Puissant pourrait le lui dire. Mais, de toute façon, il sera bientôt trop tard. Tant que tous blâmeront les dragons et trembleront d'effroi à l'idée de les voir envahir leurs contrées, ils ne chercheront pas qui est leur véritable ennemi. Et, tant qu'ils l'ignoreront, ils ne pourront pas se préparer à l'affronter. Pas même Thelvyn. Le Chevalier-Dragon ne jouit plus de l'ascendant qu'il exerçait naguère et le Roi-Dragon n'existe pas encore.

Dors, ma belle ensorceleuse, dors, et, dans ton rêve, dis-moi ce que tu sais des tribulations de Thelvyn Œil de Renard pour retrouver le Collier des Dragons.

Alessa dut réfléchir avant de répondre. Qu'avait-elle appris à ce sujet ? Rien qu'elle n'ait déjà dit. Mais l'ordre était trop impérieux pour qu'elle puisse s'y soustraire, dût-elle se répéter.

Thelvyn Œil de Renard cherche toujours le renégat qui a volé le collier. Je lui ai parlé du dragon noir à l'anneau d'or, comme vous me l'aviez demandé, et il s'est aussitôt lancé à sa poursuite. Je n'ai pas eu de nouvelles depuis, mais il se peut qu'il ait du mal à identifier sa proie et plus encore à la débusquer.

Parfait. Murodhir — le dragon noir en question — est mon esclave. Si le Chevalier-Dragon parvient à le trouver, Murodhir ne dira et ne fera que ce que je lui ai ordonné. Cependant, je ne me fais guère d'illusions sur les pleutres de son espèce : si on le pousse dans ses retranchements, il n'hésitera pas à me trahir. Par conséquent, si Thelvyn Œil de Renard le presse de questions par trop embarrassantes et réussit à le convaincre d'y répondre, Murodhir mourra. La peur est une arme redoutable sur un esprit faible. Il suffirait de rendre Murodhir fou de terreur. Il essaierait de s'enfuir coûte que coûte et s'attaquerait à ses tortionnaires, fût-ce à dix contre un, les obligeant ainsi à l'éliminer.

Tout se passe à merveille et même mieux qu'on n'aurait pu l'espérer. Puisque, à ce petit jeu, le Chevalier-Dragon apparaît comme la seule pièce que nous ayons à redouter, peut-être serait-il préférable de lui faire quitter l'échiquier avant qu'il ne puisse devenir roi. Le Collier des Dragons fait un appât idéal. Si Thelvyn revient à Braejr en quête de nouveaux indices, peut-être serait-il temps de lui révéler ce qu'il veut savoir. Thelvyn a la manie de vouloir connaître ce qu'il ferait mieux d'ignorer.

Alessa était troublée par ce discours. Que pouvait-elle dire au Chevalier-Dragon puisqu'elle non plus n'avait rien découvert ?

Il ne doit pas tout savoir, bien sûr. Tu lui en diras juste assez pour qu'il coure se jeter dans le piège que je lui ai préparé. Il cherche le fief secret des complices de Kalestraan et s'attend à trouver une poignée de vieux magiciens séniles, exilés dans leur retraite comme des lapins au fond de leur terrier, tremblants et sans défense devant le chasseur qui les traque. C'est exactement ce qu'il doit croire. En dépit de tous ses pouvoirs, tant les siens que ceux du Chevalier-Dragon, Thelvyn est aussi innocent et inexpérimenté qu'un enfant jouant avec le feu. Il serait si simple de rogner les ailes de ce jeune dragon.

Dors-tu ? demanda une dernière fois la voix.

Alors rêve, ma belle ensorceleuse, et, dans ton rêve, tu apprendras tout ce que tu devras faire et dire quand Thelvyn reviendra.

Mais, même au plus profond de son sommeil, là-bas, de cette infime partie de son âme qui lui appartenait encore, montait un souffle, un chuchotement ténu, à peine un murmure, comme un cri étouffé trop longtemps contenu. Car Alessa avait parfaitement compris les implications de ce qu'elle venait d'entendre et elle ne voyait pas comment Thelvyn pourrait échapper au piège mortel qui l'attendait...

4

Thelvyn suivait les étroites galeries, à quelques pas derrière ses compagnons qui déjà gagnaient la sortie. Ils avaient passé toute la journée à fouiller l'antre du roi renégat dans les moindres recoins et rapportaient non seulement son trésor, mais aussi tout ce qu'ils avaient pu y dénicher. Murodhir s'était fait payer ses services, cela va de soi — dont le vol du Collier des Dragons et la tentative d'assassinat contre le Chevalier-Dragon ; ce qui, il faut le reconnaître, méritait bien une « petite » récompense ! — et Thelvyn avait espéré trouver, parmi les objets que Kalestraan et ses complices lui avaient donnés en échange de ses bons offices, certains indices qui l'auraient conduit à leur repaire. Il n'avait guère cru à ses chances de succès et sa déception était à la hauteur de ses espérances. Byen Kalestraan n'était pas de ceux qui se laissent aisément arracher leurs secrets.

Les pyromages flaemois ne s'étaient pas montrés très généreux : le trésor de Murodhir n'avait rien d'impressionnant, ni par sa quantité ni par sa valeur. Chez les dragons, les biens et le fief du vaincu revenaient toujours au vainqueur. Mais il était également de tradition que le chef partage son trophée avec ceux qui avaient bataillé à ses côtés. Thelvyn possédait déjà le fabuleux trésor et l'antre de Kardayeur : il n'en demandait pas plus.

Il répartit donc équitablement son maigre butin entre Kharenndaën, Markhaën et Jherdar. Ces deux derniers étant également à la tête d'une petite escouade, chacun récompensa ses jeunes recrues. Contrairement aux autres dragons, les clercs n'avaient pas pour habitude d'amasser les richesses. L'occasion ne s'en présentait d'ailleurs que fort rarement et Kharenndaën accepta sa part avec gratitude.

Thelvyn franchit le seuil de la caverne et rejoignit ses compagnons.

— Bon. Je crois que nous n'avons plus rien à faire ici, dit-il en se tournant vers Markhaën. Comptez-vous rentrer directement à Brise-Bise ?

— Oui, à moins que vous n'ayez encore besoin de nous, répondit le grand dragon d'or.

— Eh bien, ce n'est pas avec ce que nous avons appris auprès de Murodhir que nous pourrons poursuivre nos recherches, soupira Thelvyn en s'asseyant dans l'herbe, face à lui. Il n'avait manifestement aucune idée de l'endroit où les pyromages ont caché le collier. Quoique, rien ne prouve qu'il nous ait dit la vérité.

— A mon avis, il était trop terrorisé pour nous mentir, objecta Jherdar.

— Sans doute... murmura Thelvyn, songeur. Je ne parviens toujours pas à m'expliquer pourquoi il a brusquement cédé à la panique, d'ailleurs. Sachant qu'il bénéficierait d'un sursis, il aurait dû reprendre espoir, au contraire. A priori, rien ne l'empêchait de penser qu'il aurait pu nous fausser compagnie en chemin. Pourtant, il s'est jeté sur moi comme s'il jouait sa dernière carte. Il n'a même pas essayé de fuir. Il m'a délibérément attaqué. Il devait tout de même bien se rendre compte qu'il n'avait aucune chance.

— Etrange comportement, en effet, acquiesça Markhaën. Mais Murodhir n'était ni très malin, ni très courageux. Il aura perdu la tête, voilà tout.

D'après vous, pourquoi les pyromages auraient-ils choisi les environs de Braastar comme lieu de rendez-vous ?

— C'est peut-être l'une des seules choses qu'il nous a dites qui ait un accent de vérité, intervint Messire George en se campant face aux dragons tel un prêcheur qui monte en chaire. Quand les Flaems ont posé le pied sur cette terre, ils sont arrivés exactement là où se trouve actuellement Braastar, dont ils ont fait, par la suite, leur capitale. Il était donc logique que les pyromages y établissent leur camp retranché. Ce n'est que lorsqu'ils ont découvert la Radiance, dans la région de Braejr, qu'ils ont déménagé pour la surveiller de plus près. Il ne serait donc pas étonnant que nos zélés conspirateurs se soient réfugiés à Braastar et y aient caché le collier.

— J'ai déjà inspecté l'ancien bastion des pyromages à Braastar, lui rappela Thelvyn avec une moue sceptique.

Il se tourna brusquement vers Markhaën.

— Mais, au fait, vous ne nous avez toujours pas expliqué comment vous avez pu acquérir la certitude que le collier n'était pas en Alphatia. Il me semble bien me souvenir qu'il ne vous a pas fallu plus d'une quinzaine de jours pour parvenir à cette conclusion et ça me paraît un peu court pour effectuer de telles recherches à l'échelle d'un si vaste empire.

— Ce sont nos sorciers qui s'en sont chargés, l'informa Markhaën. Ils ont le pouvoir de détecter la présence du collier à distance. Même défendu par un sort de protection ou projeté dans une autre dimension, il n'aurait pu leur échapper. C'est la raison pour laquelle nous avons su dès le début que le collier n'était plus dans les Hautes-Terres.

— Vous voulez dire que vous m'avez laissé retourner la moitié du continent pour chercher ce maudit collier des mois durant, alors que vous auriez pu aboutir au même résultat en dix fois moins de temps et sans le moindre effort ! s'écria Messire George, outré.

— Nous avons su qu'il n'était pas en Alphatia seulement après avoir assiégé Braejr, lui rétorqua Markhaën en le toisant dédaigneusement. Et comme, de toute façon, vous avez fourré votre long nez crochu partout sauf dans les Hautes-Terres, c'était toujours ça de fait.

— Ce qui tend à prouver que le repaire des pyromages félons n'est pas non plus sur le territoire flaemois, comme je l'ai toujours suspecté, d'ailleurs, reprit Thelvyn. Eh bien voilà qui règle tout de suite la question. J'hésitais à rejoindre Braastar pour essayer de trouver l'endroit que Murodhir nous a décrit, mais il est clair que ce serait peine perdue. Il ne me reste donc plus qu'à retourner à Braejr pour voir si Alessa Vayledaar a découvert quelque chose de nouveau.

Le soleil se couchait déjà quand les dragons déployèrent leurs ailes. Tandis que Markhaën et les siens prenaient leur essor pour regagner Brise-Bise, Thelvyn, Kharenndaën et Messire George prenaient la direction de Braejr. Il leur fallait survoler les grandes plaines orientales et les bois clairsemés du centre des Hautes-Terres. C'était dans cette région qu'était concentrée la majeure partie de la population flaemoise et les deux dragons durent prendre de l'altitude pour ne pas se faire repérer. Si la rude Frontière, au nord, avec ses montagnes abruptes et ses immenses forêts de conifères, était le royaume du bois et du minerai, l'est, en revanche, était le grenier des Hautes-Terres. Jouissant d'un climat plus clément que le reste du pays, il offrait un paysage de longs champs de blé ondulant sous la brise et de paisibles pâturages où vaches et moutons broutaient à satiété.

Thelvyn regardait devant lui. Il était trop préoccupé pour prêter la moindre attention au panorama et, de toute façon, il avait la campagne en horreur. Ces mornes étendues étalant leur platitude à l'infini l'avaient toujours déprimé. Naguère, il avait attribué cette aversion à ses habitudes de jeune montagnard. Mais, à présent, il y voyait plus clair : les dragons n'avaient que faire des prairies verdoyantes. Ils ne creusaient pas leurs terriers comme des lapins ! Tout à ses méditations, Thelvyn se demandait si Alessa pourrait lui apporter l'aide qu'il escomptait. Elle était censée étudier de nouvelles pistes, mais, comme il ignorait en quoi consistaient ses recherches, il aurait été bien en peine de prévoir si elles avaient une chance d'aboutir. Tout ce qu'il savait, c'était que Solveig lui faisait entièrement confiance. Et comme il faisait confiance à Solveig... Cela dit, il émettait quelques sérieuses réserves quant à la subite conversion de la magicienne.

Les deux dragons planaient maintenant au-dessus de Braejr. Les lumières de la cité scintillaient dans l'obscurité, comme des étoiles au firmament. Vu d'en haut, tous les pâtés de maisons se ressemblaient et Thelvyn aurait été incapable de se repérer dans ce sombre dédale. Il ne tarda pourtant pas à s'apercevoir qu'il était irrésistiblement attiré vers un point précis. Comme d'habitude, il avait laissé Kharenndaën passer en tête pour le guider jusqu'à destination, mais il lui semblait, tout à coup, qu'il aurait pu arriver à bon port sans elle. Son sens de l'orientation commençait enfin à se développer et son instinct surnaturel à s'aiguiser. Il en éprouva une secrète satisfaction.

Sa joie fut de courte durée. Comme ils descendaient en piqué vers la cour pavée, une explosion de cris assourdissants les alerta. A croire que le vieil entrepôt pullulait de griffons. Les féroces créatures manifestaient leur fureur belliqueuse à l'approche de leur ennemi naturel, glatissant, piaillant, criaillant, donnant de la griffe et du bec, tirant sur leurs longes, piaffant de passer à l'attaque pour chasser les intrus. Messire George sauta à terre dès que Kharenndaën eut touché le sol et les deux dragons s'empressèrent d'ôter leurs harnachements pour changer de forme et mettre, par là même, un terme à cet insupportable vacarme.

Dans sa précipitation, Thelvyn oublia qu'il lui fallait se dresser sur ses postérieurs avant de procéder à sa métamorphose et se retrouva à quatre pattes sur les pavés, position qui, avouons-le, manquait un tantinet de dignité. Surtout pour un représentant de la noble race des Eldars, ancêtres des elfes et clercs-sorciers les plus puissants que le monde ait jamais portés — après les dragons, s'entend. Kharenndaën reprit son apparence d'emprunt d'une façon nettement plus orthodoxe et les griffons commencèrent à se calmer.

Au moment où, s'étant précipitamment relevé, Thelvyn se tournait vers la porte de la maison, Solveig et Thorinn Terreur des Ours s'avançaient déjà à sa rencontre. Il fut si consterné d'avoir été surpris en si fâcheuse posture qu'il ne s'étonna même pas de la présence du nain à Braejr. Il comprit pourtant immédiatement qu'un tel événement n'augurait rien de bon, conclusion que la multitude de griffons qui envahissaient l'entrepôt ne faisait que confirmer. Apparemment, les messagers avaient afflué sur les Hautes-Terres en masse.

— Je ne vous attendais pas si tôt, déclara Solveig en s'efforçant de réprimer le fou rire qui l'avait gagnée à la vue de son fidèle compagnon jouant les quadrupèdes au beau milieu de la cour. Avez-vous trouvé le fameux dragon noir à l'anneau d'or ?

— Trouvé et éliminé, grommela Thelvyn avec un laconisme buté. Des ennuis ?

— Et non des moindres, annonça Thorinn. Mais je suis tout de même rudement content de te revoir. Doublement, en l'occurrence.

— Nous aurons besoin d'un bon moment pour t'exposer la situation, fit Solveig en avisant le regard interrogateur de Thelvyn. Autant en discuter à table, un verre de bon vin à la main. Avez-vous mangé ?

— Pas depuis hier soir, répondit-il distraitement en les dévisageant avec inquiétude.

Solveig envoya Taëryn quérir un garçon d'écurie pour l'aider à transporter les harnais et la selle des dragons dans la cave. Le cuir s'était imprégné de leur odeur et il aurait été impossible de les ranger dans l'entrepôt sans provoquer la colère des griffons ou dans les écuries sans affoler les chevaux. Thorinn prit le sac de Messire George et Solveig les fit entrer dans la maison par la porte de service. Thelvyn cligna des yeux en entrant dans l'office inondé de lumière et constata avec dépit qu'il était couvert de poussière : résultat de sa déshonorante transformation. Il se frotta les genoux et les mains, dans un nuage pulvérulent.

— Qu'est-ce que c'est que ça ? grogna Thorinn, amorçant un mouvement de recul et humant l'air avec suspicion, comme s'il craignait quelque tour de magie.

— De la poudre de pixie, marmonna aigrement Thelvyn.

— Oh ! fit le nain, manifestement perplexe. Et comment se procure-t-on ce... cette « poudre de pixie » ?

— En broyant des pixies séchés, répondit Thelvyn, acerbe.

— Le dîner sera prêt dans un instant, s'interposa Solveig, une lueur d'ironie dans les prunelles. Si notre cher ami de Rocklogis veut bien s'en donner la peine, il pourrait aller chercher une bouteille d'eau-de-vie au salon.

Le visage du vieux chevalier s'illumina d'un sourire radieux.

— Ah ! petite, tu n'as pas oublié !

Solveig lui décocha illico un regard assassin. Messire George avait oublié, lui, que la barbare détestait qu'il l'appelle « petite ».

Thorinn revint quelques minutes plus tard avec la dive bouteille de son vieil ami dans une main et une fiasque de vin rouge dans l'autre. Il s'empressa d'ouvrir cette dernière pour remplir quatre verres, tandis qu'avec un clin d'œil complice Solveig lui désignait la chope de bière blonde qu'elle s'était déjà servie. Cette fois, Messire George ne les prendrait pas de vitesse avec sa tournée générale de « tord-boyaux », selon l'expression consacrée de la barbare.

Thelvyn était parti se laver les mains. Quand il revint, Darius Glantri s'était déjà joint à la petite troupe et tout le monde avait pris place à table. Tandis que les autres mangeaient en silence, Thorinn et Darius firent un compte rendu détaillé des derniers événements qui avaient secoué leurs patries respectives. Ils n'avaient pas encore achevé leur récit qu'Alessa Vayledaar arrivait au manoir. Elle leur expliqua que, comme plus de la moitié de Braejr, elle avait entendu les cris des griffons. Elle en avait déduit que des dragons survolaient la capitale et s'était hâtée de faire seller le plus rapide coursier de l'Académie pour venir aux nouvelles.

— ... et j'ai donc dépêché plusieurs de mes guerriers dans toutes les contrées avoisinantes pour vérifier si elles avaient été victimes de raids semblables, poursuivait Darius. Alfheim et Darokin ont été attaqués au cours de cette même nuit. Traladara semble avoir été épargné. Ou peut-être dédaigné. Toujours est-il que, dans tous les cas, des témoins ont parlé de gigantesques créatures ailées se découpant dans le ciel. De là à accuser les dragons...

Solveig hocha la tête.

— Comme personne ne semble avoir vraiment vu les agresseurs, enchaîna-t-elle, du moins pas d'assez près pour les distinguer nettement, je me suis d'abord demandé si ce n'était pas un coup monté des Alphatiens, une façon comme une autre de se venger des dragons en liguant toutes les autres nations contre eux. Mais un messager de Thyatis est arrivé cet après-midi pour nous annoncer qu'Alphatia avait été touché aussi, et au même moment.

— Je peux vous assurer que la Nation des Dragons n'a rien à voir dans ces attaques, affirma Kharenndaën. Depuis hier soir jusqu'à la tombée de la nuit aujourd'hui, nous étions en compagnie du Premier Porte-Parole au Parlement et de Jherdar, le Porte-Parole des dragons rouges. S'il s'était passé quelque chose d'aussi grave, ils l'auraient indubitablement su. Je ne pense pas non plus que ce soit l'œuvre des rebelles.

— Mais nous ne pouvons pas pour autant innocenter tous les dragons, objecta Alessa. Rien ne prouve qu'une bande de dissidents ou qu'un clan de renégats ne soient pas derrière tout cela.

— Je ne peux certes pas nier cette éventualité, concéda Kharenndaën en secouant tristement la tête. Je peux seulement prier le Tout-Puissant que ce ne soit pas le cas.

— Nous possédons certaines informations qui vous font défaut, intervint Thelvyn tout en faisant l'inventaire des secrets qu'il détenait, triant prudemment, parmi eux, ceux qu'il pouvait révéler pour clarifier la situation sans mettre en péril la mission qui lui avait été confiée. C'est le Tout-Puissant Lui-même qui m'a demandé de retrouver le Collier des Dragons, en m'expliquant que les dragons allaient bientôt se voir confrontés à un ennemi dont, pour lors, ils ignorent l'existence. C'est peut-être lui l'instigateur de toutes ces attaques.

— Quels sont les termes exacts de cette prophétie ? s'enquit Solveig.

— Ce n'est pas vraiment une prophétie, précisa Thelvyn. Le Tout-Puissant nous est apparu et nous a parlé comme je vous parle, avec des mots clairs et précis. Il ne s'est pas exprimé par énigmes. Il ne s'agit pas de ces vagues avertissements qui ne prennent véritablement leur sens qu'au moment où il est trop tard pour agir. Il n'a pas pu me dire exactement ce qui nous menace, mais le danger est bien réel. Tout ce que je sais, c'est qu'il a lui-même pris des mesures draconiennes et mobilisé tous ses pouvoirs pour y faire face. Il semble qu'il l'ait anticipé depuis des années.

— Pour qui ne partage pas votre foi, tout cela me semble bien abstrait, rétorqua Alessa. En définitive, faute de preuves tangibles de ce que vous avancez, les incroyants que nous sommes doivent se satisfaire de votre parole.

— La parole de Thelvyn nous suffit, riposta Thorinn, cinglant.

L'incrédulité systématique de la magicienne commençait sérieusement à lui échauffer les oreilles.

— Là n'est pas la question, trancha posément Messire George. Qui que soient ces mystérieux assaillants, seul le Roi-Dragon peut les arrêter. Or, pour ça, il a besoin du Collier des Dragons.

Alessa courba le front pour s'absorber dans de profondes réflexions. Peut-être tentait-elle de juguler ses craintes et de faire taire ses soupçons pour analyser plus calmement la situation ? En tout cas, quand elle releva la tête, elle semblait beaucoup plus sereine.

— Oui, bien sûr, c'est la seule chose qui compte, vous avez raison. Et cela me ramène précisément à ce que j'étais venue vous dire, en fait. Car, voyez-vous, j'ai découvert certaines choses qui me semblent susceptibles de vous aider. Rien de bien extraordinaire, d'ailleurs, ni de certain. Je ne fais qu'émettre des hypothèses. Mais j'ai beaucoup réfléchi et, en approfondissant mes investigations, je suis parvenue à une conclusion qui me paraît assez logique. Jugez-en plutôt : comme vous le savez, les Flaems ont erré longtemps, d'un monde à l'autre, avant de s'installer dans celui-ci. Dans certains d'entre eux, nos ancêtres ne sont restés que fort peu de temps — peut-être furent-ils rebutés par les conditions de vie trop rudes ou chassés par les autochtones ? Mais peu importe. Dans d'autres, ils se sont attardés, parfois plusieurs dizaines d'années de suite. Bien sûr, ils ne vivaient pas sous la tente comme les nomades des Steppes d'Ethengar...

— Les Flaems ne sont pas très bavards sur cette période de leur histoire, l'interrompit Thelvyn d'un ton faussement innocent. J'ai toujours trouvé ça bizarre, d'ailleurs...

— Nous avons laissé notre passé derrière nous en nous installant ici, riposta Alessa, ignorant délibérément l'allusion. Mais les pyromages ont conservé des archives de cette époque. Et c'est dans cette direction que j'ai orienté mes recherches récemment. D'après ce que j'ai pu lire, les Flaems sont arrivés dans ce monde en franchissant un transcosme : un de ces passages qui relient entre eux les différents univers. Or celui-ci débouchait précisément dans la région de Braastar...

A ces mots, le vieux chevalier sursauta sur sa chaise.

— Mais c'est exactement là que Murodhir nous a dit avoir remis le collier aux complices de Kalestraan après l'avoir volé ! s'exclama-t-il, tout excité.

— Voilà qui semblerait conforter mes présomptions, reprit Alessa. Les pyromages possédaient un fief dans le dernier monde où les Flaems ont vécu, avant de venir ici, et ce sont eux qui ont ouvert le passage qui reliait ce monde au nôtre. Mes pairs connaissent parfaitement l'histoire de leurs prédécesseurs. Ils l'ont minutieusement étudiée pour tenter de récupérer leurs anciens pouvoirs. Surtout les plus expérimentés... comme Kalestraan, par exemple...

— Entendriez-vous par là que ses complices pourraient avoir franchi ce passage pour cacher le collier dans leur ancien bastion ? Auraient-ils pu retourner dans le monde de leurs aïeux pour s'y réfugier ? demanda Thelvyn, soudain fébrile à la perspective de résoudre enfin l'énigme qui lui résistait depuis si longtemps.

— Je suppose, répondit la magicienne. C'est du moins la conclusion à laquelle je suis moi-même parvenue. La Radiance a dû leur en procurer le moyen. Mais je présume que les pouvoirs du Chevalier-Dragon sont de nature à lui permettre d'obtenir le même résultat, et je ne pense pas qu'une poignée de vieux pyromages, privés de leur source de magie, lui opposeraient beaucoup de résistance s'il parvenait à trouver le passage pour les déloger de leur tanière ou, tout au moins, pour leur réclamer ce qu'ils ont volé. Je ne peux, hélas, vous en dire davantage et je ne sais pas ce qui vous attend de l'autre côté.

Vu la gravité de la situation, Thelvyn estimait qu'il fallait agir au plus tôt. Il était d'avis de repartir immédiatement. Kharenndaën l'aurait suivi sans hésiter, mais Messire George aspirait à une bonne nuit de repos.

— De toute façon, il est déjà tard et nous sommes tous épuisés. Nous y verrons plus clair demain, plaida-t-il.

L'argument était fondé et Thelvyn s'inclina. Kharenndaën en voulait déjà à Solveig d'avoir disposé de son antre pour en faire un repaire de griffons, mais son dépit vira franchement à la rancune quand elle se vit obligée de passer la nuit dans un lit d'humain sous son apparence d'emprunt. Comme Thelvyn, elle préférait largement dormir sous sa forme de dragon.

Messire George et ses deux compagnons quittèrent Braejr bien avant l'aube. Thelvyn et Kharenndaën n'auraient pas pu se changer en dragons sur place sans réveiller les griffons et la moitié de la ville par la même occasion. Ils durent s'éloigner du manoir et procéder à leur transformation en pleine rue. Il valait mieux que la cité soit encore endormie pour que personne ne surprenne une scène aussi insolite. Darius Glantri regagnerait Thyatis dans la journée et déposerait Thorinn à Dengar en chemin. Le beau capitaine avait bien l'intention de revenir dès qu'il aurait fait son rapport à l'Empereur Cornélius. Thorinn rassurerait son père, en lui affirmant que les dragons ne s'apprêtaient pas à envahir Rocklogis, et ferait de son mieux pour tranquilliser la population. Pourtant, il suspectait que son père ne se contenterait pas de la parole de Thelvyn. La majorité des nains refuseraient d'accorder leur confiance au Chevalier-Dragon tant qu'ils n'auraient pas obtenu des preuves formelles de sa bonne foi et ils feraient pression sur le Sénat pour inciter le roi à maintenir le royaume en alerte et à poursuivre ses opérations de défense. Nul doute que ce dernier se laisserait aisément fléchir.

Braastar était à moins d'une demi-heure de vol de Braejr. Au cours des cinq années qu'elle avait passées dans les Hautes-Terres aux côtés du Chevalier-Dragon, Kharenndaën chassait souvent dans les forêts environnantes afin de pourvoir à son petit déjeuner. La région vallonnée, à l'est de l'Aalban, était en effet plantée d'épaisses futaies où la nature régnait en maître. Nul n'aurait osé s'y installer et c'était le seul endroit qui fût complètement inhabité aux alentours de Braastar. Plus au sud, en restant du même côté de la rivière, la forêt, disait-on, devenait le domaine des elfes. Mais Kharenndaën n'en avait jamais aperçu un seul. Au pied des Monts du Colosse s'étendaient des terres sauvages où il ne faisait pas bon s'aventurer, même en plein jour, sans parler de la proximité des Terres Brisées qui méritaient amplement leur sinistre réputation.

Les deux dragons ne tardèrent pas à survoler le périmètre où était censé se trouver le fameux passage qui reliait leur monde à l'ancienne patrie d'adoption des Flaems. Ils perdirent progressivement de l'altitude jusqu'à raser la cime des arbres et diminuèrent leur vitesse pour se laisser porter par le vent frais du petit matin. Messire George examinait attentivement le terrain, se penchant par-dessus sa monture jusqu'à frôler le déséquilibre.

— Comment allons-nous bien pouvoir nous y prendre pour localiser un truc pareil ? demanda Thelvyn en venant se placer à la hauteur de sa compagne. Toi qui avais l'habitude de chasser dans cette forêt, as-tu déjà remarqué quelque chose d'anormal ?

— Pas que je me souvienne. Tu sais aussi bien que moi que la magie des temps anciens a déjà resurgi en des tas d'endroits différents à travers tout le continent. Certains sont dits « maudits », d'autres « enchantés », selon que ce sont des forces maléfiques ou bénéfiques qui s'y manifestent, et d'autres sont tombés dans l'oubli parce que les pouvoirs qui les imprégnaient se sont amenuisés avec les siècles. Les dragons peuvent sentir ces ondes magiques en vol. Ils en perçoivent même tant qu'ils doivent se contenter d'ignorer celles qui ne les menacent pas directement, sinon ils passeraient leur temps à faire des détours. Mais les passages transcosmiques qu'évoquait Alessa Vayledaar sont des phénomènes extrêmement rares et dangereux. S'ils fascinent les magiciens, les clercs, en revanche, s'y intéressent fort peu. Ils n'en ont guère besoin puisqu'ils communient avec leur dieu quel que soit l'univers ou même le plan dans lequel il se trouve. Je n'ai donc aucune expérience en la matière.

— Mais, si les pyromages s'en servent, eux, il doit bien y avoir un chemin qui y mène. Murodhir nous a dit qu'il avait mis le collier dans un chariot et qu'il avait essayé de le suivre. Un chariot assez grand pour transporter plus d'une tonne d'or et de gemmes ne peut quand même pas se faufiler à travers les futaies. Il a bien fallu que les complices de Kalestraan empruntent une route quelconque. Il ne nous reste plus qu'à la trouver.

Au terme d'incessants va-et-vient au-dessus des ramures, ils finirent par apercevoir une ancienne voie forestière. Thelvyn en fut d'autant plus surpris qu'il n'avait pas vraiment cru au récit de Murodhir. Ils la survolèrent sur plusieurs lieues, en direction des Monts du Colosse. Ce n'était qu'un large chemin de terre battue, manifestement peu fréquenté, encore assez toutefois pour que la nature n'ait pas repris ses droits. Il n'existait pas le plus petit hameau si loin à l'est de Braastar et il semblait incompréhensible que quiconque entretienne une route qui ne menait nulle part.

Soudain, Thelvyn se sentit irrésistiblement attiré par quelque chose qui se trouvait au-dessous de lui. Il fit brusquement demi-tour. La route continuait vers l'est, mais il résolut de ne pas pousser plus loin avant d'avoir inspecté les parages de plus près. Quand il rebroussa chemin, il fut brusquement alerté par cette même sensation : l'impression d'être aimanté. Il scruta les futaies, mais ne vit rien de particulier, pas la moindre trouée qui aurait pu attester qu'un peuple entier était arrivé là, en provenance d'un autre monde. Cependant, le passage avait été ouvert de l'autre côté et les pyromages, qui avaient dû mobiliser tous leurs pouvoirs pour se frayer un chemin vers l'inconnu, n'avaient vraisemblablement eu aucun moyen de savoir où ils allaient arriver. Le transcosme pouvait les avoir conduits ici, au beau milieu de cette forêt séculaire, comme il aurait parfaitement pu les mener n'importe où.

— Je crois bien que nous y sommes, annonça Thelvyn.

Il s'engouffra dans une brèche, à travers l'enchevêtrement des ramures, et atterrit tout en souplesse, s'écartant vivement pour laisser à Kharenndaën la place de se poser. Les deux dragons replièrent leurs ailes, s'approchèrent de l'endroit d'où sourdait la force surnaturelle, puis s'immobilisèrent à distance respectueuse. La route décrivait tout à coup une large boucle, sans raison apparente, comme si elle répugnait à passer sous les branches d'un énorme chêne qui trônait au milieu de la pinède, seul et souverain. On eût dit qu'il avait repoussé les autres arbres ou qu'eux-mêmes avaient craint de mêler leur feuillage à celui d'un si noble étranger. Deux curieux monolithes grossièrement taillés émergeaient de l'épais tapis de feuilles et de branchages, à quelques aunes l'un de l'autre, juste sous ses frondaisons.

— Splendide atterrissage ! Tu as fait des progrès, Thelvyn, commenta le vieux chevalier, qui n'avait manifestement aucune intention de mettre pied à terre.

— J'ai eu de l'entraînement, lança négligemment l'intéressé par-dessus son épaule en se dirigeant lentement vers les pierres. Si le passage s'ouvre bien ici, ce sont sans doute des bornes qui permettent de le repérer ou même d'en délimiter l'entrée.

— Il a dû être créé dans un monde parallèle au nôtre, suggéra Kharenndaën qui l'observait depuis la route. Et elles ont sans doute été posées là a posteriori, pour permettre de l'ouvrir en sens inverse. Reste à savoir comment.

Thelvyn fit quelques enjambées de plus pour se camper à cinq pas, bien en face des pierres et à égale distance de chacune. Il se pencha pour flairer l'herbe.

— Quelqu'un est passé par là récemment. Un Flaem, je dirais. Les Flaems ont une odeur caractéristique. On les repère à un mille.

— Mais c'est vrai que tu apprends vite ! applaudit Kharenndaën.

— Je commence seulement à me faire à l'idée de posséder un odorat aussi développé. Ce n'est pas toujours un avantage... fit Thelvyn d'un ton absorbé. (Il se retourna brusquement.) Mais qu'est-ce qu'on attend, en fait ? Quelques minutes de plus ou de moins ne changeront rien à l'affaire. Je n'ai pas peur de franchir le passage. Alessa nous a dit qu'il répondrait sans doute aux pouvoirs du Chevalier-Dragon et je la croirais volontiers sur ce point. Ce qui m'inquiète, c'est ce que nous découvrirons de l'autre côté. Les pyromages nous ont sans aucun doute tendu un piège.

— Quelle sorte de piège veux-tu que ces crétins de Flaems aient pu inventer qui puisse menacer sérieusement un dragon ? persifla Messire George.

— Je n'ai aucune envie de l'apprendre à mes dépens, rétorqua Thelvyn en se décalant de côté pour examiner une des pierres levées de plus près. Sachant qu'ils ont le Collier des Dragons, j'imagine qu'ils ont pris toutes les précautions nécessaires pour empêcher les dragons de parvenir jusqu'à eux.

— Dans ce cas, envoyons Messire George en éclaireur pour voir l'effet produit, proposa Kharenndaën.

— Vas-y, ouvre le passage, Thelvyn, ordonna le vieux chevalier en sautant à terre. J'ai un beau passé de maître voleur derrière moi et la faculté de déceler les pièges m'est une seconde nature. Aucune chausse-trape, magique ou autre, ne résiste à mon flair légendaire.

Thelvyn reprit position devant les deux mystérieux monolithes et se concentra. L'air sembla soudain se déchirer sur un gouffre abyssal dont l'entrée se matérialisa sous les branches du vieux chêne, telle une gueule béant sur les ténèbres. Mais elle n'était pas uniformément noire. Là, au centre, une tache plus claire apparaissait, comme lorsqu'on regarde par le mauvais côté d'une lorgnette ou qu'on tente d'apercevoir le bout d'un tunnel depuis l'autre extrémité. Messire George fit signe aux deux dragons de reculer, s'approcha prudemment, puis s'immobilisa face à l'étrange entonnoir. Il resta un long moment sans bouger, comme plongé dans ses pensées.

Enfin, il avança lentement, le bras droit tendu, comme un aveugle cherchant de la main à écarter les obstacles. Il s'apprêtait déjà à sauter le pas quand il se sentit brusquement happé par une force gigantesque qui l'attirait à l'intérieur du tunnel. Il se débattit aussitôt, luttant pour résister à cette violente aspiration avec tant d'énergie que lorsqu'il parvint à s'en arracher, il fut catapulté en arrière et retomba rudement sur l'herbe à près de trois cents aunes de son point de départ. Il se roula aussitôt en boule, se couvrant tant bien que mal la tête de la main. Au même instant, une gerbe de flammes jaillit de l'orifice, léchant au passage les branches du vieux chêne. Fort heureusement, le feuillage était trop vert pour s'embraser instantanément, mais l'arbre aurait sans doute fini en torche flamboyante si Thelvyn n'avait jeté un sort pour éteindre le feu.

— Il semble que ce soit le seul piège que ces braves pyromages soient parvenus à imaginer pour nous barrer la route, déclara Messire George en se relevant pour revenir se poster devant l'entrée du tunnel. Pas très original. En tout cas, la voie est libre, maintenant. Il n'y a plus qu'à franchir le seuil.

Joignant le geste à la parole, il enjamba l'intangible frontière et se laissa entraîner par la mystérieuse force qui l'aspira dans les ténèbres.

Voyant son vieux compagnon disparaître subitement, Thelvyn poussa un juron et lui emboîta le pas. Il n'allait tout de même pas le laisser risquer sa vie pour lui. Il fut lui aussi emporté par la force surnaturelle et dut se contrôler pour ne pas déployer ses ailes : bizarrement, il avait l'impression de voler. L'obscurité se dissipa brusquement et il se retrouva dans un lieu totalement différent de celui qu'il venait de quitter. Il jeta un coup d'œil en arrière et s'écarta prestement pour laisser passer sa compagne qui l'avait suivi. Lorsqu'elle l'eut rejoint, il commença à examiner le paysage environnant.

Quelques instants auparavant, il marchait dans une épaisse forêt de pins, par une belle matinée de printemps, et voici qu'à présent il se retrouvait au beau milieu d'un désert de pierraille en pleine nuit. Un vent glacé soulevait des tourbillons de sable courant à ras du sol. Un grand lac cerné de pics vertigineux et de massifs montagneux aux versants stériles s'étendait à ses pieds. Plus loin, à environ une lieue de l'endroit où il se trouvait, au sommet d'une falaise dominant le lac, se dressait une impressionnante forteresse hérissée de tours, de poivrières et d'échauguettes et protégée de multiples enceintes crénelées. Fichtre ! se dit-il, ce n'est plus un bastion, c'est une véritable ville fortifiée ! Si c'est ça le refuge de nos fuyards, il ne sera pas si simple de les en déloger.

De pâles lueurs jaunâtres trouaient les sombres murailles dans le lointain : les pyromages veillaient. C'est alors que Thelvyn remarqua quelque chose d'étrange à la surface du lac. A travers le brouet de poussière et de sable soulevés par le vent, les vagues qui se dressaient vers le ciel semblaient figées, comme prises dans la glace au moment où elles allaient se briser. Et pour cause :

ce n'était pas de vagues qu'il s'agissait mais bel et bien de dunes de sable grisâtre balayées par les bourrasques.

Kharenndaën se rapprocha de son compagnon pour se frotter la joue contre son cou. Jusqu'à présent, Thelvyn ne l'avait jamais vue perdre son sang-froid. Dans toutes les épreuves qu'ils avaient traversées ensemble, elle avait toujours fait preuve d'un grand courage et d'une parfaite maîtrise de soi. Mais cette terre aride et désolée dégageait une telle hostilité que même la stoïque prêtresse se laissait gagner par l'anxiété. Une violente rafale les obligea à étirer le cou et Messire George remonta derechef en selle à la recherche d'un souffle d'air respirable, détournant la tête pour se protéger le visage du sable.

— En tout cas, nous ne risquons pas de chercher la sortie, dit-il en désignant la massive arche de pierre qui se dressait derrière eux.

Thelvyn se retourna et commanda mentalement la fermeture du passage.

— Mes pouvoirs cléricaux m'ont abandonnée, annonça tout à coup Kharenndaën d'une voix brisée par l'angoisse. Le Tout-Puissant ne me protège plus.

— Je ne ressens rien de particulier, constata Thelvyn.

— Tes pouvoirs ne dépendent pas du Tout-Puissant, lui expliqua-t-elle. Ils t'appartiennent en propre. Fort heureusement, en tant que dragon, je suis aussi magicienne et même d'un niveau tout à fait respectable. Il n'en demeure pas moins que, face aux forces malfaisantes que je pressens ici, je crains que tu ne sois le seul à pouvoir nous défendre.

— C'est bientôt fini, ces papotages ? s'impatienta Messire George. Evidemment, de gros lézards bardés de cuir de trois pouces d'épaisseur comme vous se moquent bien du sable et de ce maudit vent glacé ! Mais je peux vous garantir que je passe un mauvais quart d'heure. Allons donc sortir ces maudits pyromages du lit, qu'on en soit quitte. Je voudrais bien être rentré à Braejr pour dîner, moi !

L'idée semblait certes intéressante, mais Thelvyn ne partageait pas l'optimisme de son intrépide compagnon. L'entreprise ne lui paraissait pas aussi aisée que Messire George l'imaginait. Les hôtes de la forteresse avaient probablement déjà été alertés de leur arrivée, d'autant plus que le vieux chevalier avait déclenché le piège qu'ils avaient placé à l'entrée du passage. Les deux dragons auraient pu foncer droit sur la citadelle pour donner immédiatement l'assaut, mais, en dépit des assurances d'Alessa Vayledaar selon lesquelles l'ancien bastion des pyromages serait pauvrement défendu, ils préféraient se montrer prudents. S'il devait y avoir une bataille, il valait mieux savoir à quels ennemis ils auraient affaire avant de foncer tête baissée dans la mêlée. A la rapidité du vol, ils préférèrent donc la discrétion de la marche. Ils pourraient profiter des rochers et de l'ombre des ravins pour rejoindre la forteresse sans se faire repérer.

Le sable leur piquait les yeux et leur desséchait la gorge. Ils luttaient contre le vent et respiraient avec peine. Il leur tardait de toucher au but pour quitter cette terre stérile et inhospitalière au plus tôt. Comment les Flaems ont-ils pu vivre dans un monde aussi hostile ? se disait Thelvyn. Il se demandait si cette tempête de sable était exceptionnelle ou si c'était une caractéristique du climat local.

Soudain, Thelvyn ressentit une terrible douleur en pleine poitrine. Il tomba à la renverse et se retrouva dans le sable, le souffle coupé, sans avoir compris ce qui lui arrivait. Il avait juste surpris une ombre surgissant brusquement de derrière un rocher pour se jeter sur lui. Son adversaire enserrait ses pattes antérieures dans ses griffes et le maintenait cloué au sol en l'écrasant de tout son poids. Déjà de puissantes mâchoires se refermaient sur son cou, l'empêchant de reprendre haleine. Il avait été assailli par le seul ennemi qu'il ne se serait jamais attendu à rencontrer en ce lieu de perdition : un dragon !

Totalement pris au dépourvu et incapable de se défendre, Thelvyn crut sa dernière heure arrivée, et il serait sans doute passé de vie à trépas dans la seconde, si son agresseur n'avait commis l'erreur de savourer sa victoire, apparemment convaincu qu'il avait affaire à un adversaire isolé. Vite remise de sa surprise, Kharenndaën accourait déjà à la rescousse. Elle s'immobilisa juste derrière l'assaillant de son compagnon et, pivotant d'un bloc, lui balança un coup de queue en pleine tête. A demi assommé, le dragon relâcha son emprise et se redressa avec un rugissement de rage. Mais Kharenndaën avait déjà fait volte-face pour l'engloutir dans un torrent de flammes au moment où il se retournait.

Thelvyn en profita pour se relever et, encore tout pantelant, se rua à l'attaque. Bien que le dragon n'ait semblé nullement incommodé par le geyser de feu que Kharenndaën lui avait craché à la face, il était encore étourdi par le coup de queue qu'il avait reçu. Comme il n'avait manifestement pas escompté combattre deux dragons à la fois, il jugea plus sage de prendre la fuite, se faufilant souplement entre les rochers en direction de la forteresse. Après avoir vérifié que ses adversaires ne le suivaient pas, il se campa au sommet d'une crête pour les observer.

— Un dragon ! souffla Thelvyn, stupéfait. Aurions-nous été pris de vitesse par un des nôtres ?

— Ce dragon-là n'est pas de notre monde,

affirma Kharenndaën d'un ton catégorique. Et je ne...

Elle s'interrompit en voyant trois autres dragons se profiler au sommet de la crête, puis s'aligner avec le premier : quatre massives formes noires, plus noires que la nuit, se découpant sur le ciel ténébreux. Tout à coup, ils rompirent le rang et dévalèrent le versant dans un nuage de sable et de poussière. Thelvyn et Kharenndaën n'hésitèrent pas une seconde. Dans un même mouvement, ils firent demi-tour et se mirent à courir vers le porche de pierre qui matérialisait l'entrée du passage.

— Mettons nos pas dans nos propres empreintes, haleta Thelvyn sans s'arrêter. Si nous parvenons à les distancer suffisamment, ils perdront peut-être notre trace.

En moins d'une minute, ils avaient rejoint l'un des ravins par lesquels ils étaient passés à l'aller. Thelvyn s'immobilisa si brutalement que Kharenndaën faillit le heurter de plein fouet. Il avait aperçu une profonde brèche dans la paroi, sur sa gauche, et saisit sa compagne par la patte pour l'y entraîner.

— Mais nous ne pouvons pas nous cacher là-dedans, protesta-t-elle. Nous ne passerons jamais. C'est trop étroit.

— Pas si nous changeons de forme, souffla-t-il. Vite ! Pendant qu'ils ne nous voient pas.

Kharenndaën ne prit même pas le temps d'ôter sa selle, qui tomba lourdement sur le sol au moment où elle reprenait son apparence d'Eldar, et s'engouffra dans la crevasse. Thelvyn ramassa la selle et la jeta dans la brèche, avant de se transformer. Privé de support, son harnais s'effondra dans la poussière. Il tenta de le haler, mais il était devenu trop lourd pour lui et il fut contraint de reprendre sa forme originelle pour le lancer dans l'obscurité de la brèche, avant de réitérer sa métamorphose.

La faille était beaucoup plus profonde qu'il ne l'avait imaginé. C'était pratiquement une grotte. Rabattu par le vent, le sable s'y était accumulé, formant un épais tapis sur le sol et bouchant toutes les anfractuosités de la roche. Thelvyn invoqua l'armure du Chevalier-Dragon et poussa un soupir de soulagement quand elle se referma sur lui, intacte. Il ne s'en était plus servi depuis qu'il avait recouvré sa véritable identité et cela faisait plus de six mois qu'elle dormait, quelque part, dans une autre dimension ou un autre temps, presque oubliée. Face à de tels ennemis, elle constituait une protection nettement plus efficace que ses défenses naturelles. Il dégaina son glaive magique et se retourna vers l'ouverture, prêt à frapper. Leurs poursuivants passèrent en trombe devant eux quelques instants plus tard, le regard attaché à leurs empreintes, filant droit sur l'arche de pierre.

Thelvyn hasarda un coup d'œil à l'extérieur au moment précis où le dernier dragon de la file disparaissait derrière un énorme rocher. Il sortit, téléporta son armure et reprit aussitôt sa forme de dragon, puis il se pencha pour glisser la patte dans la brèche afin de récupérer son harnais et la selle de sa compagne qui l'avait rejoint.

— Vite ! lui dit-il. Ils nous croient toujours devant eux. Si nous ne perdons pas de temps, nous pourrons atteindre la forteresse et récupérer le collier avant qu'ils ne comprennent où nous sommes passés.

— Mais ils monteront forcément la garde devant l'entrée du passage, objecta Kharenndaën en sanglant précipitamment sa selle. Ils savent bien que nous sommes obligés de l'emprunter pour retourner d'où nous venons.

— Nous réglerons ce problème quand il se présentera. Les pouvoirs du Chevalier-Dragon devraient nous sortir d'affaire. Avec un peu de chance, ils vont peut-être se rendre compte que nous en avons après le collier et abandonner leur poste au moment où nous reviendrons.

— A moins qu'il n'y ait déjà assez de dragons dans la forteresse pour protéger le collier...

Thelvyn releva brusquement la tête.

— Mais que font tous ces dragons ici, d'abord ? Serait-il possible que des renégats aient découvert la cachette du collier avant nous ?

— Non. Ce ne sont pas des dragons ordinaires. Celui qui t'a attaqué ressemblait certes à un dragon rouge, mais, quand je lui ai fait face pour le combattre, j'ai bien vu que sa carapace n'était pas comme la nôtre. On aurait dit que chaque plate avait été taillée dans un énorme rubis. Même ses traits sont différents des nôtres. Je ne connais aucune espèce qui en ait de pareils. Tu n'as peut-être pas eu le temps de le voir aussi bien que moi, mais je t'assure qu'il n'est pas de notre monde. Je ne suis même pas certaine que ce soit un véritable dragon. On aurait dit une statue de rubis animée par magie.

— Hum... peut-être, fit Thelvyn d'un air sceptique en jetant un regard circulaire. Mais où est donc passé Messire George ?

Kharenndaën écarquilla les yeux.

— Par le Tout-Puissant ! J'ai dû le perdre pendant la bataille et je l'ai complètement oublié dans le feu de l'action. En tout cas, il a dû réussir à se cacher puisque, apparemment, nos poursuivants ne l'ont pas trouvé.

— Nous le récupérerons en chemin. J'espère seulement qu'il ne s'est pas blessé en tombant de sa selle ou qu'il n'a pas pris un coup dans la mêlée. Pourvu qu'il ne lui soit rien arrivé !

5

Le temps leur était compté. Plus vite nous trouverons le Collier des Dragons, plus nous aurons de chances de rentrer sains et saufs, se disait Thelvyn. Tôt ou tard, leurs poursuivants finiraient bien par comprendre qu'ils avaient fait demi-tour. Tenteraient-ils de les rattraper ou resteraient-ils à l'entrée du passage pour leur barrer la route ? Mystère. Ils doivent tout de même bien savoir que nous reviendrons sur nos pas. Nous n'avons pas vraiment le choix, raisonnait-il. Mais ils pourraient se lasser ou préférer nous intercepter avant que nous ne puissions mettre la main sur le collier. A moins qu'ils n'aient des alliés dans la place ? Après tout, rien ne permet de penser qu'ils sont les seuls de leur espèce sur cette terre. Peut-être sont-ils de simples éclaireurs que le gros des troupes ne tardera plus à rejoindre ? Fichtre ! nous risquons de nous retrouver pris entre deux feux ! Il avait beau s'exhorter à la prudence, il n'ignorait pas que prudence et urgence ne font guère bon ménage...

Contrairement au vieux chevalier, Thelvyn s'était bien douté que l'entreprise serait moins facile qu'elle n'en avait l'air et il n'était pas vraiment pris au dépourvu. Mais il ne s'était tout de même pas attendu à combattre des dragons. Heureusement qu'ils ne nous sont pas tous tombés dessus en même temps ! songeait-il. A deux contre un, aucun de nous n'en réchappait. Mais d'où sortaient-ils, tous ces dragons, à la fin ? Etaient-ils à la solde des pyromages ? Se pourrait-il qu'ils soient à l'origine de la vague de raids incendiaires qui avait déferlé sur Mystara ? Et, d'ailleurs, est-ce que c'étaient vraiment des dragons ? Thelvyn avait des questions plein la tête et guère le temps d'y réfléchir, mais il pressentait qu'il n'allait pas tarder à y voir plus clair, et, si ses soupçons étaient fondés... J'en connais une qui ne perd rien pour attendre, ruminait-il à part soi.

Rebroussant une nouvelle fois chemin, il retourna sur les lieux de l'embuscade. Il s'y attarda un moment, pour laisser une chance au vieux chevalier de se manifester, tout en examinant minutieusement le terrain. Il ne pouvait malheureusement pas écarter l'effrayante possibilité que Messire George ait été piétiné dans la mêlée et il lui fallait retrouver le corps de son vieil ami pour s'en assurer. A peine commençait-il ses macabres recherches que Messire George émergeait de l'ombre des rochers, à moins de dix pas, juste devant lui.

— Ravi de voir que vous avez tout de même fini par vous souvenir de mon existence ! ronchonnat-il, manifestement au meilleur de sa forme.

— Vous étiez probablement plus en sécurité ici qu'avec nous, rétorqua Thelvyn. Bon, trêve de bavardages. Nos poursuivants nous attendent sans doute devant l'entrée du passage, mais ils ne vont pas tarder à perdre patience.

— Il nous faudra bien les affronter à un moment ou un autre, de toute façon, non ? lui répondit le vieux chevalier en se dirigeant vers Kharenndaën pour se remettre en selle.

— Pas forcément. Si nous nous y prenons bien, nous pourrons récupérer le collier pendant qu'ils montent la garde et leur fausser compagnie quand ils regagneront la forteresse pour nous en chasser.

Messire George grimaça une moue sceptique, mais se garda de tout commentaire. En son for intérieur, Thelvyn n'était pas loin de partager ses doutes. Il savait que son plan était un peu trop simple pour être réaliste. Mais, faute de mieux, il s'en remettait à sa bonne étoile. Il prit juste le temps de se dresser sur ses postérieurs pour jeter un dernier coup d'œil circulaire. Peut-être que, ne les voyant pas arriver, leurs poursuivants revenaient déjà vers eux à tire-d'aile ? Mais le ciel était aussi désert que le paysage.

La forteresse n'était plus à présent qu'à quatre ou cinq milles de l'endroit où ils se trouvaient. S'ils menaient bon train, ils pouvaient espérer l'atteindre en moins d'un quart d'heure.

Quand ils se déplaçaient sur la terre ferme, les dragons perdaient toute leur majesté. En dépit de leur masse titanesque, ils pouvaient pourtant faire preuve d'une surprenante vélocité et d'une discrétion plus étonnante encore. A mesure que Thelvyn et ses compagnons se rapprochaient de la citadelle, les embûches ne cessaient de se multiplier : il leur fallut d'abord lutter contre les bourrasques pour traverser un vaste espace à découvert où le sol sablonneux se dérobait à chaque pas, puis gravir une pente abrupte et caillouteuse encombrée de volumineux rochers aux arêtes tranchantes et crevassée de failles vertigineuses : un vrai parcours du combattant ! Mais leurs efforts étaient largement compensés par le surcroît de protection que leur offraient ces obstacles. En arrivant enfin devant la forteresse, Thelvyn eut la stupéfaction de trouver le portail grand ouvert. Le pont-levis était abaissé ; la herse, relevée et la lumière qui brillait à l'intérieur semblait avoir été allumée à leur intention. Il ne manque plus que le comité d'accueil ! se dit-il, brusquement alarmé.

Il fit signe à Kharenndaën de rester en arrière et avança jusqu'à la herse, puis s'aplatit comme un gros chat, son ventre touchant presque le sol, et rampa jusqu'à ce que son museau soit presque sous le porche, comme s'il s'apprêtait à jeter un coup d'œil à l'intérieur. Tout à coup, il se détendit et fit un spectaculaire bond en avant qui le catapulta à bonne distance d'éventuels gardes tapis de chaque côté de l'entrée.

Il atterrit dans une grande salle dallée et fit aussitôt volte-face pour parer l'assaut de l'ennemi. Mais aucun assaillant ne se manifesta. Il inspecta néanmoins les alentours. Une mauvaise surprise est si vite arrivée, songeait-il. La pièce était immense, mais chichement meublée. La lumière qu'il avait aperçue de l'extérieur provenait de lampes magiques scandant les murs à intervalles réguliers. Il ne s'agissait assurément ni d'une cour intérieure, ni d'écuries, ni de baraquements, comme il était courant d'en trouver à l'entrée des châteaux forts, mais plutôt d'une sorte de hall de réception. De chaque côté de la porte, un escalier conduisait à l'immense galerie du premier. Les marches étaient extraordinairement larges et hautes. Aucun défenseur n'était en vue. Kharenndaën franchit la seuil quelques instants plus tard, tournant la tête de droite et de gauche, sur le qui-vive.

— Tout semble construit à l'échelle des dragons, ici, commenta Thelvyn à voix basse. Regardez cet escalier et cette hauteur de plafond. Je commence à croire que nos assaillants sont bel et bien les maîtres des lieux.

— Mais Alessa ne nous a jamais parlé de dragons, objecta Messire George. Ce n'est pas le genre de détail qu'on omet par distraction. Elle nous a seulement dit que nous trouverions là l'ancien bastion des pyromages.

— Oui, c'est tout ce qu'elle nous a dit, effectivement... acquiesça Thelvyn d'un ton lourd de sous-entendus. A votre avis, pourquoi aurait-elle négligé une information de cette importance ? Je crois que nous aurons une petite conversation avec cette chère Alessa Vayledaar quand nous rentrerons à Braejr. Mais, pour l'instant, occupons-nous plutôt de trouver le collier. Plus vite nous sortirons d'ici, mieux ça vaudra. Cet endroit me fait froid dans le dos.

— Le collier est droit devant, affirma Kharenndaën en regardant fixement le couloir qui leur faisait face. Je le sens. Je ne peux pas me tromper. Je me souviens parfaitement des vibrations qu'il dégage pour l'avoir admiré à Brise-Bise, quand il était encore exposé dans le Temple du Tout-Puissant.

— Je ressens quelque chose, moi aussi, acquiesça Thelvyn. Mais c'est tout de même étonnant qu'il soit encore là, après tout ce qui s'est passé. Suivez-moi et restez sur vos gardes. Qui sait ce que nos hôtes nous réservent ?

— En tout cas, ce ne sont sans doute pas des pyromages, marmonna le vieux chevalier.

Apparemment, aucune précaution n'avait été prise pour empêcher quiconque de parvenir jusqu'au collier. Thelvyn n'avait qu'à suivre son instinct. L'artefact émettait une onde si puissante qu'il était impossible de ne pas le localiser. Chemin faisant, il passa devant de nombreuses pièces faiblement éclairées. Toutes avaient été conçues pour s'adapter aux proportions des dragons. Il n'y avait aucun tapis, aucune tenture, pas le moindre objet qui eût pu remplir une fonction purement décorative et l'ameublement était réduit à sa plus simple expression : pas de doute, ils étaient bien à l'intérieur d'une forteresse. Comparés à ce sinistre cachot, même les austères fortins des nains auraient pris des allures de châteaux de contes de fées. Thelvyn ébaucha un sourire ironique en pensant que les Flaems eux-mêmes avaient montré plus de sens esthétique pour construire le palais de Braejr ou l'Académie de Magie ; ce qui n'était pas peu dire vu la laideur de ces édifices, aussi accueillants qu'une caserne.

Le couloir débouchait sur une immense salle, encore plus vaste que toutes celles que Thelvyn avait aperçues jusqu'alors. Il ralentit le pas pour s'approcher de la porte grande ouverte et s'immobilisa sur le seuil pour examiner l'intérieur. Le plafond était si haut qu'il aurait pu y voler à son aise. Les murs disparaissaient derrière des rayonnages remplis d'énormes grimoires et d'objets hétéroclites. D'autres curiosités étaient exposées sur des stèles, entre les couches jonchées de coussins de cuir et flanquées de lutrins, semblables à celles qu'il avait vues à Ombrelac. Des armes monumentales étaient accrochées aux panneaux de bois qui séparaient les rayonnages. Trophées de conquêtes, témoignages de lointaines expéditions ou résultats d'étranges expérimentations, des spécimens de plantes rares — séchées ou cultivées sous serres — et de monstrueuses créatures — empaillées ou conservées dans de gigantesques cylindres de verre remplis de liquide aux reflets phosphorescents — complétaient le décor. A n'en pas douter, cet endroit était destiné à l'étude et à la pratique de la magie.

Au centre de la pièce, se dressait un simple cylindre de marbre noir parfaitement lisse, enchâssé dans un énorme billot. Au sommet, décrivant un ovale parfait, trônait une gigantesque chaîne de plaques d'or ornées de joyaux brillant de mille feux. Thelvyn n'avait jamais vu le Collier des Dragons et n'en avait guère obtenu qu'une vague description, mais il sut immédiatement que sa quête était achevée. Il dut se faire violence pour ne pas s'en emparer sur-le-champ. Du coin de l'œil, il avait repéré, sur le côté droit de la porte, un dragon qui, tapi contre le mur tel un fauve près de bondir sur sa proie, attendait qu'il franchisse le seuil pour se jeter sur lui. Feignant la contemplation béate de l'artefact, Thelvyn resta un long moment immobile. Déjà, la tension devenait palpable. Gagné par l'incertitude, son ennemi commençait à perdre sa belle assurance. Tout à coup, choisissant une trajectoire complètement inattendue, Thelvyn s'élança de biais et, vif comme l'éclair, opéra in extremis un quart de tour pour empoigner le dragon à la gorge et le clouer au sol.

Il faillit perdre l'avantage aussi vite qu'il l'avait pris. Peu familiarisé avec l'art du combat tel qu'il se pratiquait chez les dragons, il avait commis une erreur de débutant : au lieu de refermer ses serres sur le cou de son adversaire, il aurait dû utiliser ses mâchoires ; ce qui lui aurait permis de se saisir des pattes antérieures de son rival pour l'empêcher de se débattre à grands coups de griffes. Il avait déjà dû lâcher prise pour se protéger. D'une brusque torsion, le dragon allait se libérer quand Kharenndaën accourut à la rescousse, l'agrippant violemment par la queue et tirant de toutes ses forces pour le déséquilibrer. Messire George s'empressa de sauter à bas de sa selle pour lui laisser toute liberté de manœuvre, tandis que Thelvyn reprenait le dessus.

Surpris par l'irruption d'un second adversaire et manifestement conscient de la précarité de sa situation, le dragon cessa brusquement de se défendre et resta allongé sur le dos, le poitrail soulevé par un halètement poussif. Thelvyn transféra tout son poids sur ses pattes antérieures qu'il lui appuyait contre la gorge pour l'empêcher d'utiliser son souffle. Si le premier dragon qu'ils avaient combattu portait une armure de rubis, celui-ci semblait tout caparaçonné d'ambre. Il était plus imposant aussi, largement autant que Thelvyn — qui était déjà d'une taille supérieure à la moyenne pour un si jeune dragon d'or —, et il n'avait assurément rien d'une statue animée par magie. C'était de toute évidence un mâle. Or, un golem n'avait pas de sexe.

— Parle ! ordonna Thelvyn. Tu as manifestement déjà eu affaire aux miens ou aux Flaems. Tu dois donc maîtriser au moins une des langues de notre monde.

— Si faz, répondit l'autre, avec un tel accent que Thelvyn eut peine à reconnaître sa propre langue. Je vos connois Chevalier-Dragon qui fut et Roi-Dragon qui oncques ne sera. Mais nil vos bâillerai, dussé-je por prix de mon silence trépasser.

— C'est une forme très ancienne de notre langue, murmura Kharenndaën, perplexe.

— Nos, Dragons de gemmes, plus guère ne frayons avoc vostre gent barbare depuis moult siècles de vostre cosme ou de nostre, reprit le prisonnier.

— Dragons de gemmes ? répéta Thelvyn, abasourdi. Etes-vous les maîtres de ce monde ou seulement les esclaves des Flaems ?

— Nos, serfs des Flaems ! s'écria le dragon d'ambre, manifestement scandalisé par une telle suggestion. De servage point ne devons qu'à nostre divin suzerain, li Très-Haut. Au vrai, del nom de Maistre somes ici-bas salués. Tuit altre sont que vermine.

— Il essaie de gagner du temps, chuchota Kharenndaën. Il a dû appeler des renforts. Nous ne pouvons pas nous permettre de prolonger cet interrogatoire, quand bien même nous obtiendrions les réponses aux questions qui nous préoccupent.

— D'icelles de moi nul mot n'obtendrez, lui répondit le dragon d'ambre en les fusillant du regard. Les eussiez obtenues que point vos eussent fait grant usage car vos et vostre compagnon de çaienz oncques ne partirez.

De fait, ils n'avaient déjà que trop tardé. A peine le dragon d'ambre achevait-il sa phrase qu'une boule de feu atteignait Thelvyn entre l'épaule et le garrot. Sa carapace le protégea de la brûlure, mais le choc lui fit perdre l'équilibre et lâcher prise. Son prisonnier en profita pour lui échapper, puis, d'un bond, fit brusquement volte-face, s'élançant déjà sur son adversaire, la gueule grande ouverte et les mâchoires prêtes à se refermer sur son cou jusqu'à ce que mort s'ensuive. Kharenndaën réagit en un clin d'œil. Tel un taureau qui charge, elle fonça tête baissée sur le dragon d'ambre, le heurtant à la base du cou, et, dans l'élan, se redressa sur ses postérieurs pour le renverser.

A la vue de son compagnon blessé, une fureur aveugle s'était emparée d'elle. Une haine farouche la consumait et elle ne connaîtrait point de répit que sa vengeance n'ait été assouvie. A peine son rival tentait-il de se relever qu'elle se ruait sur lui. La collision fut si violente que le dragon d'ambre recula sur plusieurs dizaines d'aunes. Une seconde boule de feu explosa sur les dalles de pierre à l'endroit précis où elle se tenait quelques secondes plus tôt, mais elle ne sembla même pas s'en apercevoir et se lança une nouvelle fois à l'assaut. Le dragon avait heurté si brutalement le sol qu'il était étourdi par sa chute, mais Kharenndaën bondit sur lui et se laissa retomber de tout son poids, lui brisant les côtes sous le choc. Sans attendre, elle referma ses mâchoires sur sa gorge comme un étau.

Thelvyn s'était enfin relevé et se précipitait aux côtés de sa compagne pour la protéger. Totalement accaparée par son duel, elle n'avait pas vu le dragon de rubis qui venait de surgir à l'autre bout de la pièce, flanqué de cinq silhouettes humaines qui toutes se précipitèrent aux abris en avisant la scène. Comme déjà Thelvyn courait sus à l'ennemi, le dragon de rubis banda son cou comme un arc et projeta brusquement la tête en avant. Une troisième boule de feu zébra l'espace avant de toucher Kharenndaën à l'épaule, juste sur l'articulation de son aile gauche. Elle relâcha sa proie et, renversant la tête en arrière, poussa un terrible rugissement de douleur.

À son tour, Thelvyn connut cette rage dévastatrice qui embrase celui qui assiste, impuissant, à la souffrance d'un être cher. Comme les acolytes du dragon de rubis sortaient de leur refuge pour lancer leur offensive, il referma ses pattes sur sa compagne pour lui faire un rempart de son corps, exposant son dos aux attaques adverses. Aux robes à col rigide que portaient les humains, il avait immédiatement reconnu des pyromages de l'Académie et ne s'attendait pas à essuyer de gros dommages. Une rafale de projectiles magiques s'écrasa contre sa carapace, mais deux d'entre eux transpercèrent la fragile membrane de ses ailes. Ignorant sa souffrance, il jeta un coup d'œil par-dessus son épaule avec un grondement menaçant. Déjà le dragon de rubis prenait une profonde inspiration et s'apprêtait à utiliser son souffle. N'écoutant que son courage, Thelvyn fondit sur lui avec un cri de rage. Au dernier moment, il ferma les yeux et détourna la tête. Le geyser de flammes l'engouffra comme il lançait un sort d'altération du feu. Les flammes s'éteignirent d'elles-mêmes.

Thelvyn fonça bille en tête sur son rival pour le plaquer contre le mur. Le choc lui courba douloureusement l'échine, mais, loin de reculer, il enfonça ses cornes dans le poitrail du dragon de rubis et le poussa de toutes ses forces jusqu'à ce qu'il sente la carapace céder et ses cornes s'enfoncer dans les chairs comme des poignards. Le choc fut si violent qu'il perdit l'équilibre. Propulsé contre la muraille, irrémédiablement soudé à son adversaire, il ne put amortir sa chute. La brusque torsion imprimée au niveau du cou lui arracha une plainte étouffée. Il parvint à se relever au prix d'un considérable effort, libérant par là même ses cornes, pour redresser la tête et achever son rival. Mais le dragon de rubis ne pouvait plus rien contre lui : il était déjà passé de vie à trépas.

De toute façon, la bataille était terminée. Messire George — qui semblait toujours oublié dans le feu de l'action — s'était discrètement faufilé dans le couloir pour prendre les pyromages à revers. Tandis que Thelvyn était occupé avec le dernier dragon de gemmes, le vieux chevalier avait attaqué deux des magiciens flaemois et les avait occis avant qu'ils n'aient pu savoir ce qui leur arrivait. Les trois autres s'étaient retrouvés pris entre la lance incendiaire de leur complice et la furie vengeresse de Kharenndaën. Assise sur son séant, la prêtresse tenait un pyromage dans chaque patte. Le troisième était cloué au sol, une queue de dragon d'or sur le dos.

— Je regrette d'avoir raté ça, commenta Messire George. Quand même, on a beau dire, c'est tellement rassurant d'avoir pour compagnons des êtres aussi sages, aussi généreux, aussi pacifiques, mes bien chers clercs !

— Clercs dragons, corrigea Kharenndaën d'un ton glacial en décochant à chacune de ses victimes un regard propre à leur faire comprendre que cette petite rectification leur était destinée.

A la mine épouvantée des deux premiers, il était clair que sa menace avait été entendue. Quant au troisième qui gisait sous sa queue, il semblait évanoui. Le plus jeune d'entre eux était un homme de belle taille d'une cinquantaine d'années dont le temps avait déjà strié de blanc la barbe et la chevelure flamboyantes. Les deux autres étaient beaucoup plus âgés et plutôt chétifs.

— Maintenant, écoutez-moi bien, messieurs les pyromages, leur dit Thelvyn dans la langue des Flaems. Je vous propose une alternative : si vous me révélez ce que je veux savoir, je vous laisserai libres de courir vous blottir dans le giron de vos bien-aimés Maîtres. Sinon, je vous tordrai le cou. Que choisissez-vous ?

— Oh non ! Non.... Pitié ! Pitié ! implora le plus jeune.

Tous trois semblaient en proie à une indicible terreur. Même celui qui avait perdu connaissance s'était subitement réveillé.

— Les Maîtres ne nous laisseront jamais parler, gémissait-il. Ils nous tueront avant, dans d'effroyables tortures.

— Mais vos Maîtres ne sont pas là, n'est-ce pas ? reprit Thelvyn. Malheureusement pour vous, moi si. Alors répondez-moi, maintenant. Tous les pyromages sont-ils sous leur emprise ?

— Non ! hurla le plus jeune en se prenant la tête entre les mains, comme s'il était en proie à une atroce souffrance.

Les deux autres semblaient soumis au même supplice.

— Les Maîtres entendent par nos oreilles et voient par nos yeux. Ils frappent aussi vite que la pensée devient verbe. Je ne peux rien dire de plus, débita-t-il dans un souffle, comme s'il craignait qu'on ne le laisse pas achever sa phrase.

Thelvyn fronça les sourcils. Cédant à la compassion, il se tourna vers sa compagne.

— Laisse-les partir.

Kharenndaën desserra son étreinte. Mais déjà les deux magiciens se tordaient de douleur sur le sol, haletant. Leurs visages blêmes ruisselaient de sueur. De petits cris d'agonie entrecoupaient leurs gémissements. Bientôt, leur teint vira au rouge congestionné, puis au violacé. Des filets de sang se mirent à couler de leurs narines, de leurs oreilles et à la commissure des lèvres.

— Li... libérez notre peuple ! geignit faiblement le plus jeune avant de pousser un hurlement à faire se dresser les cheveux sur la tête, comme s'il était immolé par une gerbe de flammes et brûlait vif.

Tous trois tressaillirent soudain en écarquillant les yeux d'horreur puis s'immobilisèrent subitement, inertes : les Maîtres les avaient réduits au silence pour l'éternité.

— Je crois que j'en ai assez vu, murmura Kharenndaën en venant se frotter la joue contre le cou de son compagnon. Sortons d'ici.

— Oui, nous n'avons que trop perdu de temps, acquiesça Thelvyn en se dirigeant vers le Collier des Dragons. Puisque les Maîtres semblent effectivement voir tout ce que voient leurs serviteurs, ils doivent savoir où nous sommes et...

— Attends ! l'interrompit Kharenndaën, au moment où il s'asseyait sur ses postérieurs, tendant déjà la patte vers l'artefact. Ce n'est sans doute ni le lieu ni le moment pour le Roi-Dragon de recevoir l'emblème du pouvoir suprême, mais, si tant est que nous puissions conférer à cet instant un peu de solennité, permets-moi, en tant que Grande Prêtresse du Tout-Puissant, de placer le Collier des Dragons autour de ton cou, afin que tu reçoives de mes mains ce que ton père a précieusement conservé pour toi depuis des temps immémoriaux.

D'un geste vif et pourtant cérémonieux, elle se saisit des fermoirs, les dégrafa, puis souleva le collier. Immobile devant elle, Thelvyn inclina le cou pour lui permettre de le refermer sur sa nuque. Il se redressa lentement, avec l'étrange impression d'avoir été lesté, non pas tant par le poids écrasant du collier lui-même que par celui du mythe qui l'entourait, trois mille ans de légende et d'espoir : l'attente de tout un peuple. La longue chaîne retomba sur sa poitrine. Chaque plaque d'or prit sa place. Il se tourna vers sa compagne, visiblement troublé. Le collier suivait ses moindres mouvements, comme s'il avait été taillé sur mesure expressément pour lui. Kharenndaën s'inclina respectueusement, puis vint poser son front contre le large poitrail de son souverain avant de se frotter la joue sur le cou de son aimé.

Debout, à l'écart, Messire George surveillait la scène. A son grand dam, il en fut ému aux larmes. Lui, un humble drakhumain, lui seul avait eu l'insigne privilège d'assister au sacre du Roi-Dragon ! Jamais il n'aurait cru en être à ce point bouleversé. Ce geste symbolique représentait pour lui bien plus qu'il ne l'aurait imaginé.

— Désolé de devoir écourter la cérémonie, mais il nous faut partir sur-le-champ, déclara Thelvyn. Avec un peu de chance, les Maîtres sont déjà en route pour défendre leur forteresse, laissant derrière eux l'entrée du passage sans protection. Ils emprunteront probablement le portail principal. Autant dire que nous avons intérêt à trouver sans tarder une autre issue. Si nous sommes amenés à combattre, n'oubliez pas que, tant que je porte le collier, je ne peux plus invoquer l'armure du Chevalier-Dragon.

— D'après ce que j'ai pu voir, tu n'en as plus besoin, le rassura Messire George en remontant en selle.

— Si nous nous retrouvons séparés une fois de plus, filez sans attendre vers l'arche de pierre, lui ordonna Thelvyn d'une voix ferme. Toutes les attaques seront dirigées contre moi et je ne pourrai pas m'occuper de vous. De toute façon, n'ayez aucune inquiétude, Kharenndaën et moi sommes parfaitement de taille à nous défendre.

Thelvyn partit en tête et se dirigea sans hésiter vers le couloir que le dragon de rubis avait emprunté pour les rejoindre. Contrairement au large corridor qui les avait menés tout droit sur le collier, les sombres et étroites galeries à travers lesquelles ils durent se faufiler ne cessaient de serpenter dans les recoins secrets de la forteresse. Il n'avait aucune idée de l'endroit où ce tortueux chemin les menait. Tout ce qu'il voulait, c'était trouver une porte de sortie qui puisse les délivrer de cette sinistre prison. Le problème, c'était qu'elle était immense et qu'il n'avait vu que peu de croisées et moins encore d'accès, en dehors du portail d'entrée. Mais, comme déjà il gravissait les degrés d'un escalier, il comprit quel serait le moyen le plus rapide et le plus sûr de quitter les lieux. Il n'avait plus qu'à espérer voir s'ouvrir une issue en haut de cette volée de marches, sinon ils se retrouveraient pris au piège, faits comme des rats dans l'antre du chat.

Ils avaient déjà monté sept étages quand ils débouchèrent enfin dans une vaste pièce sombre. Thelvyn ne vit, tout d'abord, qu'une chose : le mur de gauche était percé de deux croisées et celui du fond, d'une large ouverture donnant sur un balcon. Autrement dit, trois issues. Ce ne fut qu'en s'aventurant à pas mesurés à l'intérieur qu'il remarqua l'absence de tout ameublement. La pièce était complètement vide. A quoi peut-elle bien servir ? se demanda-t-il en se dirigeant vers le balcon. Perché à plus de cent pieds au-dessus du vide, celui-ci n'offrait pas la moindre protection, pas plus contre une éventuelle chute que contre une attaque extérieure : ni garde-corps, ni parapet. Kharenndaën, quant à elle, ne s'interrogea pas une seconde. Elle avait déjà identifié l'une de ces indispensables corniches dont les dragons dotaient toutes leurs constructions pour se poser ou prendre leur essor. C'était certes une aubaine pour qui cherchait à s'échapper, mais aussi la voie d'accès la plus rapide à la forteresse et, en tant que telle, l'un des endroits les plus dangereux pour eux.

Les deux dragons s'avancèrent prudemment jusqu'au bord pour surveiller les alentours. Le surplomb s'ouvrait vers le sud et, grâce à leur vue perçante, ils eurent tôt fait de repérer l'arche de pierre qui signalait l'entrée du passage, au sommet d'une crête dominant la mer de sable, à l'est. Mais ce n'était pas tout. Là, à mi-chemin entre l'arche et la forteresse, plusieurs silhouettes ailées arrivaient à tire-d'aile pour défendre leur place forte. Par chance, Thelvyn avait vu juste et tous se dirigeaient vers le portail, mais ils étaient plus nombreux qu'il ne l'avait escompté : les quatre dragons de gemmes ne revenaient pas seuls.

— Attendons qu'ils aient franchi le pont-levis, décida Thelvyn. Ce sera le moment ou jamais de tenter une sortie, si nous ne voulons pas nous faire repérer. Mais nous aurons intérêt à voler en rase-mottes et aussi vite que possible. Crois-tu pouvoir y arriver ?

— Ne t'inquiète pas, je ne suis pas blessée. Mais je n'en dirais pas autant de toi. Si ces flammes ne t'ont pas brûlé vif, elles t'ont tout de même touché. Regarde-toi ! Tu es noir comme du charbon.

— Je ne ressens pourtant pas la moindre brûlure, lui affirma Thelvyn en s'examinant.

Le dragon de rubis lui avait soufflé sa lance incendiaire en pleine face et sa carapace semblait effectivement calcinée. Mais son sort l'avait efficacement protégé et ce n'était probablement qu'une couche de suie et de poussière.

— En revanche, j'ai reçu des projectiles magiques et je crains que mes ailes ne soient endommagées, reprit-il. Rien de grave, je pense. Juste quelques petits trous de rien du tout. Ça ne m'empêchera pas de voler, n'est-ce pas ?

— Si tu ne souffres pas, ça ne devrait pas.

Pris dans le feu de l'action, puis obnubilé par la nécessité de trouver une porte de sortie, Thelvyn n'avait guère eu le temps de s'appesantir sur ses égratignures — ou, du moins, sur ce qu'il avait décidé de considérer comme telles. Certes, il avait bien ressenti quelques picotements là où ses ailes avaient été déchirées et, à présent, c'était un peu douloureux, mais cela ne valait sans doute pas la peine de s'alarmer. Il chassa immédiatement cette pensée et se pencha par-dessus le rebord de la corniche. Les dragons de gemmes avaient déjà disparu.

— Maintenant ! dit-il. Suis-moi.

Les ailes à demi déployées, Thelvyn se jeta dans le vide, plongeant en piqué pour prendre de la vitesse. Quoiqu'il ait acquis un peu plus d'assurance avec l'habitude, il ne parvenait toujours pas à maîtriser son angoisse en voyant le sol se rapprocher à toute allure. Il attendit pourtant le dernier moment pour étendre ses ailes et redresser sa trajectoire, à tel point que son ventre frôla la crête des dunes au pied de la falaise. Jetant un bref coup d'œil en arrière, il vit que Kharenndaën volait à moins de deux encolures derrière lui. Messire George avait planté son crochet dans le pommeau de sa selle et s'agrippait de la main droite au troussequin comme si sa vie en dépendait.

Mais Thelvyn avait oublié la violence du vent qui balayait les dunes. Les bourrasques étaient telles que les deux dragons durent lutter de toutes leurs forces pour ne pas s'écraser contre la falaise. Fort heureusement, la distance à couvrir serait courte, surtout en volant à ce train d'enfer. S'en remettant entièrement à son instinct et à son tout nouveau sens de l'orientation, Thelvyn souleva ses ailes pour prendre le vent qui le propulsa brutalement au-dessus du rempart minéral. Là, droit devant, se dressait l'entrée du passage. Il n'avait tout de même pas eu la naïveté de croire que les dragons de gemmes l'avaient abandonné sans y laisser au moins une sentinelle, mais il avait compté sur sa rapidité pour jouer l'effet de surprise. Son instinct ne l'avait pas trompé. Il surgit de derrière les rochers au plus près de l'arche de pierre et remonta en flèche. Il lui fallait se ménager assez d'espace pour prendre son élan et fondre sur les deux dragons qui montaient la garde. Le plus proche tourna la tête à l'instant même où Thelvyn fonçait sur lui comme un aigle sur sa proie, les quatre pattes tendues en avant pour amortir l'impact. Il heurta le dragon de jade dans le dos, lui brisant la colonne vertébrale et lui fracturant les côtes sous son poids. Echaudé par ses précédentes expériences, il préféra assurer son avantage et referma ses mâchoires sur le cou de son adversaire.

Kharenndaën suivit Thelvyn au combat, mais elle ne pouvait pas adopter la même tactique avec Messire George cramponné à sa selle. Faute de quoi, elle passa en trombe au-dessus de la deuxième sentinelle et lui assena un terrible coup de queue en pleine tête. Le dragon de cristal recula en titubant, se prenant la tête entre les griffes avec un hurlement de douleur. Kharenndaën en profita pour se poser à proximité. Elle plaqua ses ailes contre sa carapace tandis que déjà le vieux chevalier sautait à terre pour courir se réfugier derrière les rochers.

Le dragon de cristal clignait des yeux, trop étourdi par le choc pour accommoder. Elle se tenait devant lui, à quelques aunes, tapie au ras du sol, montrant les crocs avec un grondement menaçant. Répondant à la provocation, le dragon de cristal se laissa retomber sur ses antérieurs pour avancer vers elle. Mais il était encore chancelant. Kharenndaën mit à profit cet instant d'hésitation pour se ruer sur lui tête baissée, plongeant sous son cou pour le percuter en pleine poitrine, puis, s'arc-boutant sur ses postérieurs, elle le renversa : tactique qui avait déjà fait ses preuves peu de temps auparavant. Si les dragons étaient vulnérables, c'était bien au moment précis où ils se retrouvaient sur le dos. Apparemment, les dragons de gemmes ne faisaient pas exception à la règle et

Kharenndaën ne laissa pas passer sa chance. Comme son adversaire se débattait pour tenter de se relever, elle s'élança sur lui et le plaqua au sol. Arrivant par-derrière, Thelvyn le saisit à la gorge et, d'un coup sec, lui brisa la nuque.

— Ah ! merci, haleta Kharenndaën en se redressant maladroitement.

Elle semblait épuisée. Thelvyn la laissa reprendre son souffle et se tourna vers les rochers.

— Messire George ! Il est l'heure de rentrer à la maison !

Comme le vieux chevalier sortait de sa cachette, il redevint brusquement sérieux.

— Savez-vous comment condamner ce passage pour qu'ils ne puissent plus jamais l'utiliser ?

— C'est impossible, lui répondit son compagnon. Tu peux le détruire, bien sûr. Mais ils pourront toujours en ouvrir un nouveau à la place.

— Je suppose qu'ils en ont déjà beaucoup d'autres qui les relient à notre monde, mais je me sentirais mieux si je fermais celui-ci derrière nous, même provisoirement.

— Ne pourrais-tu pas le détruire de l'autre côté ? lui suggéra Kharenndaën.

— Je peux toujours essayer. Allez-y. Je serai juste derrière vous. Promis.

Il tourna les yeux vers l'arche de pierre et se concentra. Le passage s'ouvrit aussitôt. Un puits noir se matérialisa entre les deux piliers, juste au centre, laissant entrevoir au loin une petite lumière dorée dansant dans l'herbe drue. Kharenndaën plongea dans l'obscurité et fut immédiatement engloutie pour réapparaître, là-bas, minuscule silhouette se découpant dans le cercle luminescent. Elle jeta un bref coup d'œil en arrière, puis s'écarta prestement pour dégager la sortie.

Sentant tout à coup une sourde menace, Thelvyn se retourna. Une demi-douzaine de dragons de gemmes survolaient la mer de sable en direction de l'arche de pierre. Dans quelques minutes, ils seraient sur lui. Je n'ai pas intérêt à rater mon coup, se dit-il. Il pivota pour faire face à l'entrée du passage et mobilisa toute son énergie jusqu'à percevoir la force magique qui en commandait l'ouverture. Une lutte sans merci s'engagea alors entre les deux pouvoirs opposés. Déjà les rugissements haineux de l'ennemi annonçaient son approche, mais Thelvyn ne relâcha pas son effort. Il lui fallait à tout prix imposer sa volonté. Sûr de son emprise, il franchit l'arche de pierre. Mais, loin de l'aspirer vers sa destination, la force sembla se rebeller comme si elle s'offusquait de la soudaine irruption d'un intrus. Pendant une fraction de seconde, il crut qu'elle allait le rejeter dans le monde qu'il tentait désespérément de fuir, mais, en fait, elle paraissait simplement refuser de le laisser passer. Il fut pris de panique en pensant que les dragons de gemmes usaient de leurs pouvoirs magiques pour l'empêcher de s'échapper, mais il comprit bientôt que cette résistance venait du passage lui-même : il combattait celui qui voulait le détruire. Comment vais-je bien pouvoir me sortir de là ? se demanda Thelvyn en s'efforçant de maîtriser la terreur qui s'emparait de lui à l'idée que le passage puisse disparaître trop tôt, le laissant pris au piège entre deux mondes, perdu dans un vide qui ne connaissait ni temps, ni espace, pour l'éternité.

Alors que les dragons de gemmes se posaient au pied de l'arche de pierre, Thelvyn fut subitement propulsé vers l'avant avec une violence inouïe, comme si le transcosme cherchait à l'expulser. Il émergea si brutalement dans son propre monde qu'incapable de freiner son élan, il exécuta plusieurs roulés-boulés avant de perdre complètement l'équilibre et de s'écraser dans l'herbe. Un geyser de flammes embrasa les nuées au-dessus de lui avec une détonation qui fit trembler la terre et une averse d'éclats de pierre s'abattit sur la forêt sur près d'un mille : avec la destruction du passage l'arche de pierre s'était effondrée et les fragments, aspirés par la force surnaturelle, avaient été catapultés à l'extérieur juste au moment où le transcosme se refermait.

Thelvyn ouvrit les yeux, osant à peine bouger. Le vieux chêne qui dominait l'entrée du passage s'était embrasé comme une torche et ses branches crépitaient dans le silence paisible des futaies. Kharenndaën jeta un sort pour éteindre l'incendie, mais, après avoir essuyé cette seconde attaque, le vénérable feuillu faisait triste mine. Thelvyn s'assit en secouant la tête, puis se tourna vers sa compagne. Par chance, elle s'était écartée pour le laisser passer et l'explosion l'avait épargnée.

— Eh bien, on dirait que ça a marché, commenta le vieux chevalier en mettant pied à terre.

Les yeux battus, les trait tirés, il semblait aussi éprouvé que ses deux compagnons. Thelvyn poussa un soupir de soulagement.

— Je crois que nous ferions mieux de demeurer ici encore un peu pour être sûrs que les dragons de gemmes ne vont pas essayer de se frayer un nouveau passage jusqu'à nous.

— De toute façon, je ne suis même plus capable de voler, acquiesça Kharenndaën en s'asseyant lourdement, dodelinant de la tête, comme si elle ne parvenait plus à la porter.

— Si j'en avais encore la force, je filerais à Braejr pour attraper Alessa Vayledaar par la peau du cou et je l'étriperais vive, gronda Thelvyn, les oreilles rabattues et les prunelles étincelantes de colère. Non pas que ça puisse changer grand-chose, d'ailleurs, reprit-il plus posément, avec un haussement d'épaules. D'après ce que nous avons pu voir de l'autre côté, les pyromages ne sont plus guère que de pitoyables pantins dont les dragons de gemmes tirent les ficelles. Je suppose qu'Alessa n'a fait qu'obéir à une volonté étrangère.

— Je me demande si celui qui nous a parlé ne faisait que se lamenter ou s'il répondait effectivement à ta question, murmura songeusement Kharenndaën, tandis qu'ils se dirigeaient à pas lents vers un gigantesque pin pour s'asseoir à l'ombre de ses ramures. Manifestement, les pyromages de la forteresse étaient sous la coupe de ceux qu'ils appellent « les Maîtres ». Mais n'a-t-il pas dit que tous n'étaient pas dans ce cas ?

— Si, répondit Thelvyn. Je suis néanmoins persuadé que Kalestraan était sous leur emprise, lui aussi, peut-être même sans le savoir. Ça justifierait son étrange comportement. Je n'avais toujours pas réussi à m'expliquer ses brusques revirements, mais, maintenant, je commence à comprendre. La mort ou la fuite de la majorité des pyromages les plus expérimentés a dû sérieusement contrarier les plans des Maîtres. Pendant un moment, ils n'ont plus eu aucun espion dans la place. J'imagine qu'Alessa n'est passée sous leur contrôle que très récemment, juste à temps pour nous faire tomber dans le piège qu'ils nous avaient tendu.

— Qu'est-ce qui te fait dire ça ? s'enquit Messire George, tout en s'époussetant d'un geste las pour ôter le sable qui recouvrait ses vêtements.

— Solveig nous a assuré qu'Alessa s'était finalement ralliée à notre cause, expliqua Thelvyn. Elle lui a accordé son amitié et, à mes yeux, ça suffisait largement à me convaincre. Mais, par la suite, nous nous sommes bien rendu compte qu'Alessa se montrait aussi soupçonneuse et sournoise que ses pairs et je ne parvenais pas à croire que Solveig ait pu se tromper à ce point.

— Mais pourquoi n'ont-ils pas cherché à nous contrôler, nous ? objecta le vieux chevalier. Ça aurait été tout de même plus simple, non ?

— La seule raison qui me vienne à l'esprit, c'est que nous sommes tous les trois de la famille des dragons, fit Thelvyn avec une moue perplexe. Je commence à avoir de sérieux doutes quant à la véritable histoire du peuple Flaem. Je me demande si, dans un lointain passé, les Flaems ne sont pas arrivés dans le monde des Maîtres — ou si on ne les y a pas attirés — pour finalement succomber à leur influence et se soumettre à leur volonté. En fait, je crois qu'ils ont été envoyés par les Maîtres en éclaireurs pour établir une place forte dans notre monde, s'emparer du pouvoir de la Radiance et estimer les forces en présence en vue d'une future invasion.

— Les Maîtres parlent la langue des dragons, lui rappela Kharenndaën en secouant lentement la tête. Une forme ancienne, certes, mais qui a été pratiquée par nos ancêtres. Ce qui tend à prouver qu'ils ont été en contact avec eux.

— Ça ferait combien de temps, à ton avis ?

— Je ne sais pas exactement. Pas moins de trois mille ans. Cinq mille, peut-être. Ou même davantage.

— C'est très ennuyeux, marmonna Thelvyn, perdu dans ses pensées. (Il fronça les sourcils.) Ça voudrait dire que les dragons de gemmes ont fort bien pu avoir un lien de parenté avec nous. Rien n'empêche de penser qu'ils aient même été des nôtres, mais que, sous l'influence d'une magie étrangère, ils aient subi des mutations successives jusqu'à ressembler à ce qu'ils sont aujourd'hui. Somme toute, en dehors de leur curieuse armure de gemmes, ils ne sont pas très différents de nous.

— Ça me paraît peu probable, mais ce n'est pas impossible, concéda Kharenndaën, manifestement perturbée par cette idée. Pourtant, je pense qu'ils ont changé un peu trop vite pour que ce soit plausible. A moins qu'ils n'aient été victimes de quelque effroyable cataclysme...

— En tout cas, les Maîtres semblent drôlement bien informés sur les dragons de Mystara, leur fit remarquer Messire George. Sinon, pourquoi se seraient-ils donné tout ce mal pour s'emparer du Collier des Dragons ? Et pourquoi ne s'en sont-ils pas servis ? L'auraient-ils volé uniquement pour prévenir l'avènement du Roi-Dragon ? Ce dragon d'ambre, là, s'est bien adressé à toi en tant que « Chevalier-Dragon qui fut et Roi-Dragon qui oncques ne sera » et toutes les manipulations dont Kalestraan a pu être l'objet n'ont bien eu pour but que de le pousser à te tuer. Il me semble évident qu'ils font tout pour que tu ne parviennes pas à rassembler les dragons de Mystara sous ton autorité. Et pourquoi déploieraient-ils tant d'efforts, si ce n'est parce que les dragons sont les seuls à pouvoir les empêcher d'envahir ce monde ?

— Bien sûr ! Vous avez raison, s'enthousiasma Kharenndaën. Le Tout-Puissant Lui-même ne nous a-t-Il pas avertis ? Nul autre que le Roi-Dragon ne peut liguer les dragons contre un ennemi si puissant qu'eux seuls sont à même de le combattre. Il semble qu'Il ait prévu l'invasion des Maîtres puisqu'Il a créé le Collier des Dragons pour le Roi-Dragon plus de trois mille ans avant notre ère, c'est-à-dire à peu près à l'époque où les dragons de gemmes seraient supposés être apparus en ce monde.

— Tout devient clair, à présent, conclut Thelvyn. Puisque, désormais, le Collier des Dragons est en ma possession et que je peux donc revendiquer le titre de Roi-Dragon, nous avons deux solutions : ou nous nous rendons directement à Brise-Bise pour avertir les dragons et mettre immédiatement en œuvre les préparatifs de guerre, ou nous regagnons Braejr, pendant que nous sommes encore tout près, pour dénoncer la conspiration des Maîtres, briser leur emprise sur les Flaems et innocenter les dragons des récentes attaques dont on les accuse.

— Je pense que nous devrions aller à Brise-Bise sans plus tarder, trancha Kharenndaën. L'heure est venue pour le Roi-Dragon de rallier ses sujets à sa cause et de lever son armée pour que les dragons soient à même de se défendre contre les Maîtres. De plus, il serait hasardeux de retourner à Braejr sans que tu te sois préalablement assuré de ton pouvoir et du soutien de tes troupes. Les Maîtres ont déjà manipulé les Flaems pour nous barrer la route et nous ne savons ni ce qu'ils nous préparent ni ce qui nous attend dans les Hautes-Terres. Enfin, il n'est pas exclu que le Tout-Puissant veuille à nouveau nous parler pour nous révéler tout ce que nous devons savoir avant que les événements ne se précipitent.

Bien qu'il ne soit guère rassuré à la perspective d'affronter les dragons sur leur propre terrain, Thelvyn opina. De toute façon, cette confrontation était inévitable et, vu la situation désespérée dans laquelle le monde se trouvait à présent, il ne pouvait guère se permettre de différer plus longtemps.

— Bien, acquiesça-t-il. Nous partirons pour Brise-Bise dès ce soir. Mais il faut d'abord penser à reprendre des forces. Un bon repas et un peu de repos ne nous feraient pas de mal. J'ai tellement faim que je mangerais un cheval !

Quand il se rendit compte de ce qu'il venait de dire, il se tourna vers le vieux chevalier pour lui décocher un regard noir.

— Je vous conseille de garder vos commentaires pour vous, gronda-t-il.

Messire George réprima un sourire ironique et s'efforça de feindre la plus parfaite innocence... sans succès.

6

Markhaën souleva péniblement une paupière, s'empressa de la refermer et se retourna avec un grognement : hors de question qu'on le tire du lit à une heure pareille ! Mais Daresha le poussa sans plus de ménagement et il consentit cette fois à ouvrir les yeux. Sa compagne était penchée au-dessus de lui et le regardait avec un petit sourire en coin.

— Il y a quelqu'un devant ta porte, chuchota-t-elle.

— Dis-lui de revenir demain matin, grommela le dragon d'une voix ensommeillée.

— Dis-le-lui toi-même, rétorqua Daresha en le secouant de plus belle. Allons ! lève-toi, espèce de fainéant ! Nous sommes peut-être à la veille d'une guerre et toi, tu dors comme un gros lézard paresseux que tu es. Crois-tu qu'on viendrait frapper chez toi, en pleine nuit, si l'affaire n'était pas urgente ?

A peine achevait-elle sa phrase qu'on tambourinait déjà à la porte. Markhaën se redressa et bâilla à s'en décrocher la mâchoire. Il se leva avec un gros soupir résigné et se traîna jusqu'au vestibule d'un pas de somnambule. Il entrouvrit le lourd vantail pour jeter un coup d'œil à l'extérieur, prêt à congédier l'importun, et se retrouva nez à nez avec Messire George Kirbey.

— Oh ! lâcha-t-il, éberlué. Vous êtes bien la dernière personne que je m'attendais à voir ici. Vos compagnons ne doivent pas être très loin, je suppose, marmonna-t-il en s'effaçant pour le laisser entrer.

Suivi de près par Kharenndaën, le vieux chevalier s'engouffra à l'intérieur, son sac de voyage à la main. En dépit de son ostensible mauvaise humeur, Markhaën s'était promptement écarté : même l'esprit embrumé, il savait que le Roi-Dragon ne serait pas le bienvenu à Brise-Bise et qu'il n'avait pas intérêt à se faire remarquer. Kharenndaën s'arrêta en chemin pour se frotter la joue contre son cou — escomptant sans doute, par ce geste de tendresse fraternelle, le ramener à de meilleurs sentiments —, puis se hâta d'entrer pour livrer passage à Thelvyn qui franchit le seuil d'un pas décidé, tête haute, avec une démarche digne et altière seyant à sa royale personne. A la vue du Collier des Dragons, Markhaën resta bouche bée, incapable d'articuler le moindre mot. Daresha s'empressa de combler le silence embarrassé qui s'ensuivit.

— Votre Majesté, fit-elle dans un souffle en s'inclinant respectueusement sur le seuil de la chambre où elle s'était statufiée, non moins stupéfaite que son compagnon.

— Ainsi, vous avez finalement réussi à le retrouver ! s'exclama Markhaën à mi-voix.

Enfin réveillé de sa torpeur, il s'empressa de refermer le vantail.

— Je sais qu'il fait nuit noire, mais aviez-vous vraiment besoin de venir à Brise-Bise à l'improviste et en arborant l'emblème de la royauté comme si vous arriviez en pays conquis ? bougonna-t-il en hochant la tête d'un air réprobateur.

— Je n'avais pas de poche assez grande pour le cacher, figurez-vous, persifla Thelvyn.

— Il n'empêche que les dragons vont devoir se

faire à l'idée qu'il existe réellement un Roi-Dragon et qu'il leur faudra encore plus de temps pour vous accepter comme tel, repartit Markhaën. Certes, Jherdar est déjà au courant de vos recherches, mais j'aurais préféré jouir d'un certain délai pour lui annoncer qu'elles avaient abouti. Il aurait fallu le préparer, l'amadouer, tenter d'obtenir son soutien avant votre arrivée.

— Je reconnais la valeur de vos arguments, lui répondit Thelvyn, mais les circonstances ont changé et elles sont encore plus dramatiques que vous ne pourriez l'imaginer.

— Je connais les soupçons qui pèsent sur les dragons. Je sais qu'on leur impute cette vague de raids éclair qui a récemment déferlé sur Mystara, s'impatienta le Premier Porte-Parole. Et, croyez-moi, ce n'est pas fait pour me faciliter la tâche. Les nôtres sont à deux doigts de prendre les armes pour se défendre des injustes accusations proférées contre eux et la situation est déjà bien assez explosive sans que vous veniez l'envenimer. Vous débarquez à Brise-Bise sans même vous faire annoncer et votre subite apparition risque de mettre le feu aux poudres.

— Je ne peux plus me permettre d'atermoyer, répliqua Thelvyn d'un ton tranchant. Je ne suis pas ici pour me faire acclamer. Je n'ai que faire du pouvoir ou de la gloire que je serais en droit d'attendre, en tant que possesseur du collier. J'ai toujours été le champion des dragons et je n'entends pas changer de rôle. Défenseur et protecteur j'étais. Défenseur et protecteur je resterai.

Markhaën médita en silence cette fervente profession de foi. Enfin, il baissa le front en signe d'allégeance. Il avait compris : le jeune paria rongé d'incertitudes, qui avait si souvent sollicité ses conseils par le passé, avait laissé place au Roi-Dragon, un monarque sage et avisé, bien décidé à revendiquer l'autorité qui lui revenait. Certes, rien n'empêcherait a priori Thelvyn de continuer à lui faire confiance, à lui accorder son amitié et même à lui demander son avis, le cas échéant, mais, des deux, il était clair que, désormais, ce serait lui le maître.

— Vous ne me reprocheriez pas d'être venu ici au plus tôt, si vous saviez ce que je sais, reprit Thelvyn. Il y a encore trop de choses que vous ignorez : l'avertissement que nous a transmis le Tout-Puissant s'est malheureusement révélé fondé. Notre monde est vraiment menacé par un ennemi que seuls les dragons sont de taille à affronter. Et nous devons agir vite. Kharenndaën et moi avons dû tuer quatre dragons pour nous emparer du collier...

— Des dragons ! s'écria Markhaën, brusquement alarmé. Des renégats ?

— Nous avons trouvé le collier dans un autre monde, un monde dans lequel les Flaems ont séjourné avant de s'installer ici. Ceux qui se l'étaient approprié étaient effectivement des dragons, mais ces dragons-là ne sont pas des nôtres.

Aidé de Kharenndaën et du vieux chevalier, Thelvyn entreprit alors de relater à Markhaën les événements survenus lors de leur brève incursion dans l'univers des Maîtres. Ils lui dévoilèrent tout ce qu'ils avaient appris, les conclusions auxquelles ils étaient parvenus et les hypothèses qu'ils avaient échafaudées quant à l'existence des dragons de gemmes. Le grand dragon d'or les écouta attentivement, les yeux au sol et les oreilles rabattues.

— Je comprends votre position, leur dit-il quand ils eurent achevé leur récit. Et je suis d'accord avec vous : ces étranges dragons ont dû être en contact avec les nôtres à un moment donné, dans un lointain passé. Mais, si les clercs eux-mêmes n'ont jamais eu connaissance d'un tel épisode de notre histoire, je ne vois pas comment je pourrais vous renseigner.

— Je vais consulter Saërna à ce propos dès que possible, lui annonça Kharenndaën. Elle est le plus vieux dragon de ce monde. Peut-être se souviendra-t-elle de certaines choses qui n'ont pas été consignées dans nos annales ? Peut-être a-t-elle entendu raconter des légendes évoquant les dragons de gemmes dans son enfance ? Le moindre indice sera bon à prendre. De toute façon, je ne risque rien à essayer. Elle pourra probablement nous aider.

— Le seul qui puisse vraiment nous aider, c'est le Tout-Puissant. S'Il voulait bien se donner la peine d'éclairer ma lanterne, nous n'en serions pas là, intervint Thelvyn avec aigreur. De toute évidence, Il en sait bien plus que nous n'en saurons jamais sur le sujet.

— Nous ne pouvons cependant compter sur Son intervention. Rien ne nous dit qu'Il veuille ou qu'Il soit en mesure de nous porter assistance, objecta Markhaën en regardant Thelvyn droit dans les yeux. Je partage votre inquiétude et j'ai parfaitement conscience de la gravité de la situation, mais je ne vous en recommande pas moins la plus grande circonspection. Si vous leur annoncez de but en blanc que vous êtes désormais leur chef suprême et que, d'une même haleine, vous leur demandez de vous suivre au combat, la plupart des dragons vont vous refuser leur appui. A plus forte raison pour défendre un monde qui les a toujours craints et rejetés. Laissez-moi les convoquer en assemblée extraordinaire au Parlement, demain matin, pour que je puisse leur exposer la situation à ma manière et donnez-leur un peu de temps pour qu'ils en mesurent pleinement les implications.

La proposition de Markhaën ne manquait pas de bon sens. Et puis, de toute façon, Thelvyn n'avait plus la force d'entamer un débat sur la question. Il n'avait guère passé plus d'une heure dans le monde des Maîtres, mais il était fourbu. La lutte sans merci qu'il avait livrée avec Kharenndaën aux dragons de gemmes les avait épuisés. Ils n'avaient pris que quelques instants de repos avant d'entreprendre le long vol des Hautes-Terres à Brise-Bise et ils l'avaient effectué d'une seule traite. En partant juste après midi, ils n'étaient arrivés à destination qu'à deux heures du matin. On demanderait grâce à moins.

Markhaën semblait avoir obtenu gain de cause, mais à peine se réjouissait-il d'avoir réglé ce premier problème que déjà un second surgissait, d'intendance celui-là : où pourrait-il bien cacher Thelvyn et ses compagnons, au moins jusqu'au lendemain ? Kharenndaën n'avait plus de logis à Brise-Bise depuis plus d'un siècle et il aurait été hasardeux de les héberger chez lui, sachant qu'à la moindre alerte c'était toujours à sa porte que ses congénères venaient frapper. Ce fut Daresha qui trouva la solution. Elle serait très honorée, leur dit-elle, de mettre son antre à la disposition du Roi-Dragon et de sa compagne. Ses appartements n'étaient qu'à quelques minutes de marche de ceux de Markhaën, en empruntant les galeries intérieures, et ils ne risquaient pas de rencontrer qui que ce soit en chemin. Messire George devrait se contenter d'un coussin jeté sur le sol de la chambre, mais un coussin de dragon était largement assez grand pour lui servir de lit.

Les jeunes dragons d'or furent réveillés par de petits coups frappés discrètement à leur porte, dans la matinée — fort heureusement à une heure plus que raisonnable. Tous deux furent stupéfaits en constatant l'absence du vieux chevalier. Il avait dormi pendant le trajet et était arrivé en bien meilleure forme qu'eux. Ils espéraient qu'il saurait éviter d'attirer l'attention. Thelvyn préférant garder secrète sa présence à Brise-Bise, ce fut Kharenndaën qui alla ouvrir.

S'attendant à voir des dragons, elle fut surprise de trouver deux elfes sur le seuil. Très grands pour des individus de leur race — ou même pour des humains — et puissamment charpentés, les visiteurs portaient de longs cheveux de jais à travers lesquels se profilaient de petites oreilles légèrement pointues. Leurs yeux noirs en amande achevaient de les distinguer de leurs congénères. Cette apparence ayant été la sienne pendant de longues années, Thelvyn les identifia immédiatement. Tous deux appartenaient à la souche la plus ancienne de la race elfe : les Eldars. Le plus jeune poussait devant lui un chariot contenant deux énormes plateaux remplis de viande grillée, de miches de pain, de fromage et de hanaps d'argent.

— C'est votre frère qui nous envoie, expliqua le second. Il ne nous a rien caché de vos secrets. Mais n'ayez crainte : ils seront bien gardés.

Kharenndaën hocha la tête et les fit entrer sans mot dire. Ils s'avancèrent lentement dans la chambre et, apercevant Thelvyn, s'immobilisèrent pour le saluer d'une profonde révérence, puis le plus jeune se retira à reculons en multipliant les courbettes.

— Je suis le sorcier Alenndhaë, se présenta le plus âgé. Markhaën et moi sommes des amis de longue date. J'ai également l'honneur et l'avantage de lui prodiguer mes conseils quand il les sollicite. C'est pourquoi il m'a choisi pour le remplacer à vos côtés pendant qu'il était occupé au Parlement.

— Je me souviens de vous, lui répondit Kharenndaën. J'étais toute petite quand je vous ai vu pour la dernière fois. Cela doit faire plus de cent cinquante ans.

— Vous n'êtes pas encore bien grande, Gente Damoiselle, lui rétorqua le sorcier avec ce sourire indulgent des vieux sages. (Il se tourna vers Thelvyn.) Roi-Dragon, au nom de tous les Eldars, soyez le bienvenu à Brise-Bise. Mais peut-être notre race vous est-elle inconnue ? Nous sommes les ancêtres des elfes, en quelque sorte.

— J'avoue n'avoir entendu parler de vous que fort récemment, concéda Thelvyn. Mais, en un sens, je vous connais très bien. Je vous connais même de l'intérieur, si je puis dire, puisque j'ai passé presque toute ma vie dans le corps de l'un des vôtres. En revanche, j'ai été bien isolé. Vous êtes tombés dans l'oubli dans le monde extérieur.

— Oui, même les elfes ne se souviennent plus de nous que comme des êtres d'un autre âge. Nous ne sommes plus guère qu'un mythe pour eux, admit tristement Alenndhaë. Je suis l'un des derniers représentants d'une race moribonde, mais cela fait bien longtemps que notre peuple survit en comité restreint. Tout ce qu'il reste de notre communauté s'est réfugié à Brise-Bise depuis la fondation de la cité, il y a plus de trois mille ans maintenant.

— Mais pourquoi avez-vous décidé de vivre avec les dragons ? s'enquit Thelvyn, intrigué.

— Ne le savez-vous pas ? s'étonna Alenndhaë. On prétend qu'il existe une relation très ancienne entre les Eldars et les dragons.

Le vieux sorcier insista pour leur servir le petit déjeuner avant de leur conter l'histoire de son peuple. Tandis que les deux dragons se restauraient en silence, il remplit leurs hanaps de vin et commença son récit.

— C'est une très vieille légende et, comme toutes les légendes, elle a sans doute un fond de vérité. Libre à vous d'y croire ou non. Les Eldars sont apparus sur cette terre il y a des milliers et des milliers d'années. Ils ont bâti de vastes empires en leur temps, quand ils étaient encore les seuls habitants de ce monde, bien avant l'arrivée des humains ou des nains. C'était une race de puissants sorciers, beaucoup plus puissants que les elfes actuels. Au fil des siècles, leurs pouvoirs magiques ne cessèrent de croître, tant et si bien que, tout en restant mortels, ils finirent par devenir des créatures de magie, comme les dragons le sont encore aujourd'hui.

» Au moment où leur civilisation atteignait son apogée, leurs pouvoirs surnaturels prirent le dessus sur leur nature mortelle, à tel point qu'ils ne parvinrent plus à contenir la magie qui les habitait. Une ère de chaos s'abattit alors sur ce peuple autrefois si glorieux. Peu d'entre eux en réchappèrent et, si nombre de leurs plus éminents sorciers survécurent, ce ne fut qu'au prix de profondes transformations qui touchèrent à l'essence même de leur être. C'est à ces mutations qu'ils doivent d'être devenus des dragons et c'est la raison pour laquelle les dragons des espèces les plus développées peuvent adopter la forme des Eldars, tout comme les Eldars peuvent prendre l'apparence de petits dragons gris. Cela expliquerait également l'origine des draks qui ne seraient, en fait, qu'un stade intermédiaire.

» Mais, tandis qu'une partie d'entre eux devenaient des dragons pour conserver leurs pouvoirs, les autres ne purent survivre qu'en les sacrifiant. Les elfes sont leurs descendants directs. Par rapport aux Eldars, ils ont hérité d'une stature plus frêle, de pouvoirs très inférieurs et d'une espérance de vie beaucoup plus limitée puisqu'elle ne dépasse pas quelques siècles, alors que celle des Eldars, tout comme celle des dragons, se compte en milliers d'années. Rares furent ceux qui sortirent indemnes du cataclysme et ce noyau de miraculés — dont je suis — vit encore ici aujourd'hui. Je ne pourrais pas vous affirmer que cette légende est conforme à la vérité historique, bien qu'il existe de troublantes concordances entre certains faits avérés et certains passages précis de ce récit qui m'inciteraient assurément à le penser. Quoi qu'il en soit, les dragons sont tout aussi attachés à cette légende que les Eldars et la plupart préfèrent y croire parce qu'elle établit, entre leurs deux races, des liens presque fraternels.

— Le Tout-Puissant Lui-même reconnaît qu'une telle parenté n'est pas impossible, quoique tout cela se soit passé bien avant qu'Il ne devienne un Immortel, approuva Kharenndaën. Les relations qui unissent les elfes aux dragons ont perduré jusqu'à nos jours puisque beaucoup d'elfes vénèrent le Tout-Puissant et que certains se font même prêtres pour Le servir. C'est ce qui explique aussi pourquoi les dragons ne se mêlent jamais des affaires des elfes et restent toujours à distance respectueuse de leurs territoires. Même les renégats observent ce pacte tacite.

Quand les deux dragons eurent achevé leur repas, Alenndhaë les escorta jusqu'aux thermes : de profonds bassins naturels ménagés dans les entrailles du volcan. Le plus petit d'entre eux étant assez vaste pour permettre à trois ou quatre dragons de s'y ébattre à loisir, Thelvyn et sa compagne purent s'y prélasser en toute tranquillité. Kharenndaën s'immergea aussitôt jusqu'au bout du museau, mais Thelvyn ne se glissa pas sans quelque hésitation dans ces eaux vaporeuses. L'agréable tiédeur ne pénétra pas sa carapace immédiatement. Au bout de quelques minutes, il commença cependant à en ressentir les effets bienfaisants. Ses muscles endoloris par les récentes batailles et ses vols de longue haleine se dénouèrent progressivement et il poussa un soupir d'aise.

Thelvyn n'avait jamais pris de bain, du moins pas sous sa forme de dragon. Il n'aurait jamais pu imaginer qu'on parvienne à chauffer assez d'eau et s'était résigné à de rapides plongeons, des plus tonifiants, dans les lacs de montagne. Quoique vivre constamment en armure ne se soit pas révélé aussi pénible qu'il aurait pu le croire, se retrouver nanti d'une peau si épaisse que même une pointe de flèche ne pouvait la transpercer n'était pas toujours des plus confortables et il appréciait tout particulièrement l'effet d'apesanteur aquatique. Après s'être étiré tout son soûl, il se replia vers un coin du bassin assez profond pour qu'il puisse se tenir assis, immergé jusqu'à mi-cou. Kharenndaën vint se blottir contre lui et il l'enlaça étroitement.

— Regrettes-tu toujours d'être devenu un dragon ? lui murmura-t-elle doucement.

— Qui a dit que j'avais des regrets ? J'y ai gagné une plus grande intimité avec toi et je ne m'en plains assurément pas. J'ai toujours pensé que tu étais la plus belle et la plus gracieuse créature que j'aie jamais vue.

Kharenndaën lui adressa un petit sourire narquois.

— Même si je n'ai pas des jambes fuselées comme Solveig ?

— Eh bien, Solveig a certes de très jolies jambes, mais elle n'a pas ton long cou.

Il dressa brusquement l'oreille, inclinant la tête de côté comme s'il avait entendu quelque chose d'indistinct. Kharenndaën l'imita aussitôt et perçut instantanément une voix lointaine.

— Nous sommes appelés, conclut-elle. Le Tout-Puissant a d'importantes révélations à te faire avant que tu ne comparaisses devant le Parlement des Dragons. Messire George est également convié.

— Je me demande où il a bien pu passer.

— Il s'est rendu aux thermes de bonne heure, ce matin, lui répondit Alenndhaë, qui avait quitté son poste, près de l'entrée, pour les rejoindre. Il est actuellement en compagnie de mes frères. Mais il peut être prévenu sur-le-champ.

Les deux dragons sortirent de l'eau et se séchèrent rapidement avant de regagner l'antre de Daresha. Kharenndaën sangla sa selle, tandis que

Thelvyn refermait sur son cou le Collier des Dragons. Avant qu'ils ne soient prêts à partir, Messire George arriva, escorté de deux Eldars.

— Où allons-nous ? demanda-t-il en se mettant en selle.

— Le Tout-Puissant nous a convoqués, lui expliqua Thelvyn avant de marquer un temps, visiblement perplexe. Quant à savoir où, ça, je n'en ai pas la moindre idée.

— A Brise-Bise, le sanctuaire du Tout-Puissant n'est autre que le temple qui lui est dédié et l'endroit le plus sacré du temple se trouve à son sommet, l'informa Kharenndaën en lançant un coup d'œil préoccupé vers son passager. Je crains que vous n'appréciiez guère la promenade, mais je ferai de mon mieux pour essayer de vous garder sain et sauf.

— « Essayer » ? glapit Messire George, alarmé.

Mais les dragons se dirigeaient déjà vers la corniche sans se soucier de ses protestations. Ils s'arrêtèrent un moment sur le bord pour jeter un regard circulaire. Ils étaient arrivés de nuit et c'était la première fois que Thelvyn pouvait admirer la cité. La plupart des dragons qui résidaient à Brise-Bise, ou qui y possédaient un pied-à-terre, avaient établi leurs quartiers dans la paroi intérieure du cratère et il ne dénombra pas moins de deux mille corniches semblables à celle sur laquelle il se trouvait. A première vue, rien de très extraordinaire à cela. En revanche, la ville, avec ses grands édifices de marbre blanc construits dans le cœur du volcan lui-même, le laissa sans voix. Son gigantisme et sa beauté le subjuguèrent immédiatement.

Plus tard, quand il aurait le temps de la visiter, il apprendrait le nom et les fonctions de tous ces bâtiments : l'Institut des Sciences Physiques et Occultes, probablement la plus grande université du monde — si ce n'est par le nombre de ses étudiants, du moins par sa taille et la qualité de son enseignement. S'ils en avaient connu l'existence, les magiciens des autres races se seraient damnés pour étudier auprès de maîtres sorciers dont les connaissances dépassaient de très loin tout ce qu'ils pourraient jamais apprendre dans leurs meilleures écoles. Les dragons enseignaient même des disciplines dont ils n'avaient jamais entendu parler ; la fabuleuse Bibliothèque des Dragons, véritable cathédrale du savoir renfermant annales et grimoires d'un passé si lointain que les plus érudits des lettrés du monde extérieur ne pouvaient en soupçonner l'existence. Certains étaient même antérieurs à la Grande Pluie de Feu, ultimes témoignages d'une centaine de nations disparues, étoiles filantes qui avaient brillé au firmament de l'Histoire avant de sombrer dans l'oubli.

Ce qui surprit surtout Thelvyn, du moins au premier abord, c'est que, comme dans toutes les villes du monde, certains quartiers de Brise-Bise étaient entièrement voués au négoce. Echoppes et marchés y pullulaient. Les elfes du Wendar commerçaient régulièrement avec les dragons. Ils leur vendaient, non seulement des denrées alimentaires, mais aussi du bois, des minerais et des pierres précieuses. De nombreux dragons se faisaient artisans et leurs ateliers étaient disséminés dans toute la cité. Ils y fabriquaient des meubles, des armes, des harnais et tout un tas de choses dont les dragons avaient envie ou besoin. L'une des professions les plus répandues à Brise-Bise était celle de joaillier. Les dragons venaient des quatre coins de Mystara pour faire transformer et assembler les bijoux de facture souvent rudimentaire créés par les humains, les elfes ou les nains et qui composaient une bonne partie de leur trésor. Les fèvres de Brise-Bise étaient parmi les plus habiles du monde. Leur art se transmettait de génération en génération et ils avaient tous des siècles d'apprentissage derrière eux.

Plusieurs centaines de dragons vivaient à demeure à Brise-Bise. Conformément aux règles édictées par le Tout-Puissant Lui-même, les dragons métamorphes conservaient leur forme originelle quand ils y résidaient. Etre accepté au sein de la cité interdite était un grand honneur et un rare privilège pour un dragon. Brise-Bise était un lieu quasi sacré et réputé inviolable. Il y régnait un climat de confiance absolue. Nombre de ses habitants entassaient leurs trésors dans leurs antres sans crainte des voleurs. Les échauffourées et les duels étaient strictement interdits. Seules les luttes de pouvoir à caractère éminemment politique étaient tolérées, à condition que les combats eux-mêmes se déroulent à l'extérieur de la cité.

Les draks et autres races apparentées aux dragons étaient acceptés, pour peu qu'il s'agisse d'espèces intelligentes. Mais ces derniers jugeaient souvent leurs grands cousins extrêmement impressionnants et ne recherchaient guère leur compagnie. Tout dragon ne respectant pas la loi dragonique étant systématiquement banni, les renégats n'avaient pas droit de cité et auraient été probablement massacrés s'ils avaient tenté de franchir l'enceinte, à plus forte raison après le vol du Collier des Dragons. Aucune race étrangère n'était admise. S'ils s'aventuraient par mégarde dans les parages, humains, elfes, nains, gnomes et petites gens seraient promptement renvoyés dans leurs foyers. Brigands, aventuriers sans scrupules et autres individus attirés par l'appât du gain, de même que toutes les créatures humanoïdes — orcs, gobelins, trolls et consorts — seraient immédiatement exécutés. Seuls les Eldars faisaient exception à la règle. Quant aux elfes du Wendar, ils vivaient sous la protection des dragons et n'étaient donc pas inquiétés.

Le plus remarquable édifice de la ville, celui qui dominait tous les autres, non seulement par sa hauteur, mais surtout par sa splendeur, était sans conteste le Temple du Tout-Puissant. S'élevant à plus de mille deux cents pieds au-dessus du fond du cratère, il était de loin la plus gigantesque construction de l'univers. Les deux dragons prirent leur essor, survolèrent les toits de la cité à tire-d'aile, puis ralentirent en approchant du temple pour décrire une longue spirale ascendante en direction du sommet. Au rez-de-chaussée se trouvait le Grand Hall aux multiples colonnes ; au premier, la Salle du Trésor, sorte de musée où était conservée la collection des plus puissants artefacts que les dragons aient accumulés au fil des ans, depuis l'aube des temps. Le Collier des Dragons, le plus précieux d'entre eux, y avait été exposé, trônant sur son piédestal bardé de sortilèges, au centre de sa chambre hexagonale, pendant plus de trois mille ans, avant qu'il n'y ait été dérobé. Les étages suivants étaient occupés par la Salle du Conseil et les loges des membres du Parlement des Dragons. Toute la moitié supérieure était réservée aux clercs. Ils y avaient leurs antres, leurs salles d'étude et de lecture, leurs lieux de culte et de recueillement.

Kharenndaën guidait son compagnon. Chaque cercle les entraînait toujours plus haut, si haut qu'ils surplombèrent bientôt les rebords du cratère. A cette altitude, les vents étaient d'une rare violence et les deux dragons devaient lutter contre de traîtresses rafales qui risquaient à tout moment de les écraser contre les murs immaculés. Ils atteignirent bientôt une forêt de flèches, de clochetons et de tourelles entre lesquels ils devaient louvoyer adroitement, en dépit des impétueuses bourrasques qui les chahutaient sans vergogne. Comme elle approchait de la tour la plus élevée, Kharenndaën piqua soudain vers une corniche qui saillait de la muraille à angle droit, juste au-dessous du toit. Elle exécuta un brusque virage en épingle à cheveux pour se poser. L'espace était restreint, à peine assez grand pour que Thelvyn puisse atterrir à ses côtés. Il visa l'autre extrémité et, freinant des deux ailes, sauta sur le rebord dépourvu de tout garde-corps.

Messire George bondit à bas de sa selle et se précipita vers l'unique abri à proximité : sorte de renfoncement dans lequel s'ouvrait une large porte flanquée de deux croisées à lancette. Alors même qu'ils s'étaient empressés de replier leurs ailes et de se ramasser sur leurs pattes pour offrir le moins de prise au vent possible, peinant pour résister aux rafales incessantes qui menaçaient de les balayer comme de vulgaires feuilles mortes, les deux dragons lui faisaient un rempart de leur corps, au demeurant fort efficace.

Avançant à pas prudents, Kharenndaën se dirigea vers le vantail. Il était parfaitement lisse et ne laissait apparaître ni clenche, ni loquet, pas même le moindre trou de serrure. Pourtant, à peine s'immobilisait-elle devant lui qu'il pivotait en silence sur ses gonds. Elle laissa passer ses compagnons, puis entra à son tour tandis que la porte se refermait sans bruit. Ils arrivèrent dans une vaste salle qui occupait tout l'étage. Elle était en grande partie plongée dans l'obscurité, de telle sorte qu'il était malaisé d'en estimer les justes proportions. Elle n'en paraissait que plus gigantesque. De grands rais de lumière jaillissaient des hautes croisées en ogive, fendant les ténèbres à intervalles réguliers, et de massives colonnes de marbre blanc montaient la garde au sommet d'un large escalier qui plongeait vers le centre, long rectangle dallé vers lequel l'unique source d'éclairage, probablement d'origine magique, était exclusivement dirigée. Les deux dragons descendirent lentement les degrés, mais le vieux chevalier demeurait hésitant, manifestement impressionné.

— Avancez, Messire George, dit une voix de stentor qui résonna sous les insondables voûtes. N'ayez crainte. Approchez.

L'intéressé s'exécuta sur-le-champ, tandis que ses compagnons se tournaient brusquement vers une simple estrade de pierre érigée au pied de la volée de marches qui leur faisait face. Le Tout-Puissant les y attendait patiemment. Il n'avait pas pris l'aspect du terrifiant dragon à trois têtes qu'il adoptait communément, mais s'était matérialisé sous la forme d'un Grand Ver cuirassé d'argent, une espèce qui avait disparu depuis des millénaires. Sans doute était-ce là sa véritable apparence.

— Vous avez trouvé le Collier des Dragons et démasqué vos ennemis, déclara l'Immortel. Je n'en espérais pas moins de vous. Malheureusement, les dragons de gemmes savent eux aussi à qui ils ont affaire, à présent. Si, jusqu'alors, ils ont toujours considéré les dragons de ce monde comme des créatures inférieures tout juste dignes de leur mépris le plus souverain, ils ne peuvent plus désormais se permettre de les sous-estimer. Je crains que vos adversaires ne soient nettement mieux préparés à l'avenir.

— Vous semblez fort bien renseigné, rétorqua Thelvyn d'un ton lourd de sous-entendus.

— Je n'ai rien à vous apprendre que vous n'ayez déjà découvert par vous-mêmes. Ce que je vous ai entendu dire entre vous et ce que vous avez raconté à Markhaën le prouve irréfutablement. Oui, je suis plus souvent avec vous que vous ne le pensez, même si vous ne me voyez pas, ajouta-t-il pour répondre au froncement de sourcils réprobateur de son interlocuteur. Je connais cependant les dragons de gemmes pour les avoir combattus jadis. Mais leur monde m'est inconnu car l'accès m'en est interdit.

— Il n'en demeure pas moins qu'à l'évidence vous saviez ce qui nous attendait, insista Thelvyn, une pointe d'agacement dans la voix. Vous auriez pu vous montrer plus explicite quand vous nous avez parlé à Celebrìnhìth.

— Oui, je l'aurais pu. Et peut-être l'aurais-je dû. A la vérité, j'aurais préféré vous préciser à quel danger vous vous exposiez. Mais, comme je vous l'ai déjà dit, j'ai dû rallier nombre de mes pairs à ma cause et il ne m'est pas toujours permis d'agir comme je l'entends. N'oubliez pas que les Immortels sont tenus de respecter certaines lois qui régissent l'univers et, notamment, celles qui garantissent l'équilibre entre le Bien et le Mal.

— Il est bon que nous fassions preuve de la plus extrême prudence quand nous décidons d'intercéder en faveur des mortels, fit une voix féminine qui semblait s'élever des ténèbres elles-mêmes.

Les trois compagnons tournèrent la tête au même moment, scrutant l'obscurité. Ils ne distinguèrent qu'une vague silhouette qui se tenait en retrait, dans le coin le plus sombre.

— Terra, chuchota Kharenndaën.

— Thelvaën, tu es encore bien jeune et inexpérimenté, surtout pour un dragon, reprit la déesse. Je persiste à croire qu'il ne nous faut prendre aucun risque inconsidéré en ce qui te concerne.

— « Aucun risque » ! s'exclama Thelvyn, comme s'il doutait d'avoir bien entendu. Je vous rappelle que vous nous avez laissés nous jeter dans la gueule du loup sans la moindre protection !

Kharenndaën et Messire George échangèrent un regard alarmé, manifestement inquiets de voir leur compagnon faire montre d'une telle impudence à l'égard des Immortels.

— Il m'est désormais possible de vous révéler ce que je sais des dragons de gemmes, lui répondit le Tout-Puissant avec un calme souverain. Tout ce que vous avez appris à leur sujet est exact et les conclusions auxquelles vous avez abouti sont pertinentes. Mais la situation est bien plus complexe que vous ne l'imaginez. Pour commencer, bien qu'ils se fassent appeler les « Maîtres », les dragons de gemmes ne sont pas les véritables instigateurs des récentes attaques qui ont secoué Mystara.

— L'un d'eux nous a dit qu'ils servaient un certain « Très-Haut », fit Thelvyn. Malheureusement, je ne peux pas vous en dire davantage.

— Moi non plus. En revanche, je peux vous confirmer qu'ils contrôlent Alessa Vayledaar, et ce, comme tu l'avais deviné, Thelvaën, depuis fort peu de temps. Elle n'est d'ailleurs pas la seule. Et prenez garde, ils peuvent également exercer leur emprise sur n'importe quel dragon, tout comme ils l'ont fait pour Murodhir et ses sbires, quoique, dans ce cas, ce soit le traître Byen Kalestraan qui ait entraîné le roi renégat dans le piège que les Maîtres lui ont tendu. N'oubliez pas non plus qu'ils ont déjà asservi le Peuple Flaem par le passé et qu'il est en leur pouvoir de récidiver. La seule chose qui les en empêche aujourd'hui, c'est qu'ils n'ont pas encore assez de puissance pour agir à leur guise dans notre monde.

— Mais d'où viennent les dragons de gemmes ? s'impatienta Thelvyn. Puisqu'ils maîtrisent une forme archaïque de notre langue, on peut en déduire qu'ils ont été en contact avec nos ancêtres à un moment ou à un autre de leur histoire. Auraient-ils déjà essayé de conquérir Mystara par le passé ?

— Oui, ce n'est pas la première fois qu'ils tentent d'envahir ce monde, répondit le Tout-Puissant. Vous avez entendu parler des Eldars et de leur parenté avec les dragons, n'est-ce pas ? Cela devrait vous aider à mieux comprendre l'origine des dragons de gemmes.

L'Immortel se tut un court instant pour s'allonger sur l'estrade de pierre, sans les quitter des yeux, tel un sphinx d'argent.

— L'heure est venue pour vous d'apprendre la véritable histoire du premier Chevalier-Dragon, reprit-il. Les dragons eux-mêmes l'ignorent car, à l'époque où la civilisation de Blackmoor rayonnait sur Mystara, ils n'avaient aucun Immortel pour les guider. Les dragons avaient déjà beaucoup évolué, en ces temps reculés. Ils avaient gagné en puissance et en sagesse et chaque espèce continuait à progresser. La magie prenait de jour en jour plus de place dans leur vie et commençait à imprégner l'essence même de leur être.

» Il existait, parmi eux, une confrérie de sorciers très puissants que la lente évolution de leur race affligeait, à tel point qu'ils avaient fini par mûrir le projet d'user de leurs pouvoirs pour accélérer le processus naturel. Ils ne voulaient pas se contenter d'attendre que leurs descendants héritent de leur magie et de leur savoir. Ils voulaient eux-mêmes accéder à une forme plus développée.

Le Tout-Puissant eut alors une hésitation et détourna les yeux.

— Je dois vous avouer que j'étais du nombre, enchaîna-t-il d'une voix mal assurée. J'étais alors un clerc au service de Terra et j'encourageais toute initiative qui me paraissait susceptible d'améliorer le sort de mes frères. Au début, leurs intentions étaient honnêtes et nobles. Mais, à l'époque dont je vous parle, ils en étaient arrivés à se prendre pour des Immortels ou, du moins, à se croire dignes de le devenir et tous leurs efforts n'étaient plus dirigés que vers ce seul et unique but. J'ai tenté de les raisonner. Je les ai mis en garde contre les dérives auxquelles peut conduire la soif de pouvoir. Je leur ai dit qu'ils demandaient trop. Mais ils ont fait la sourde oreille et je me suis finalement résigné à rompre toute relation avec eux.

» La puissance de ces sorciers n'a fait que croître. Tant et si bien qu'ils sont effectivement parvenus à mettre leur projet à exécution. Mais leur tentative a échoué : au lieu de devenir des Immortels, comme ils l'espéraient, ils se sont changés en dragons de gemmes, des dragons dont les pouvoirs surpassaient largement ceux de tous leurs contemporains et même ceux des dragons d'or et des dragons rouges d'aujourd'hui. Etant désormais les créatures les plus puissantes du monde, ils se sont cru en droit de le régenter. Ils commencèrent à imposer leur volonté aux autres nations et déclarèrent alors la guerre à Blackmoor.

» Et c'est à ce moment-là que naquit le premier malentendu qui devait avoir les désastreuses conséquences que vous savez. Les hommes de Blackmoor se méprirent sur la véritable identité de leur ennemi : pour eux, les dragons de gemmes n'étaient pas les seuls impliqués dans cette guerre. Ils crurent que tous les dragons du monde s'étaient ligués contre eux. Comme ils voyaient les leurs périr par milliers et leur civilisation s'effondrer, ils cherchèrent l'arme fatale qui aurait raison de leurs agresseurs. C'est dans ce but que les sorciers de Blackmoor créèrent l'armure et le glaive magiques du Chevalier-Dragon. Doté de ces formidables pouvoirs, le premier Chevalier-Dragon combattit si férocement les dragons qu'il faillit bien les exterminer. Alors que, pendant ce temps, les dragons de gemmes s'étaient retranchés dans leur bastion d'où ils pouvaient poursuivre leurs sombres machinations en toute impunité.

Le Grand Ver se redressa brusquement, la mine sombre, le regard torturé, comme si, à l'évocation de ces douloureux souvenirs, une vieille blessure mal refermée s'était rouverte. Puis il battit des paupières, comme pour chasser un mauvais rêve, et s'assit calmement.

— A cette époque, reprit-il d'une voix posée, les Immortels, et tout particulièrement Terra, se sentirent obligés d'intervenir pour mettre un terme à cette guerre meurtrière et sauver la noble race des dragons menacée d'extinction. Quant à moi, je m'étais retiré dans la réclusion d'un ermitage, au plus profond de la forêt, pour servir ma déesse. Terra conçut alors un plan qui lui sembla le seul moyen de faire cesser cette épouvantable hécatombe. C'était, à ses yeux, notre dernière chance de survie. Elle décida de me parrainer et réussit à faire de moi le premier Immortel de notre race. Pour résumer, disons que j'ai finalement vaincu le premier Chevalier-Dragon — c'était la seule façon de lui faire entendre raison — et qu'au bout du compte je suis parvenu à liguer les dragons et les hommes de Blackmoor contre les dragons de gemmes. Ils ont bel et bien perdu la bataille, mais ils nous ont échappé en ouvrant un transcosme par lequel ils se sont enfuis.

» Nous savions, dès le premier jour, qu'ils n'avaient battu en retraite que pour mieux rassembler leurs forces avant de repartir à l'assaut. Il nous fallait donc absolument nous assurer que les dragons seraient prêts à se défendre quand ils reviendraient. C'est pourquoi les sorciers de Blackmoor forgèrent le Collier des Dragons tandis que je créais la Prophétie qui procurerait à mon champion le soutien inconditionnel des dragons en cas de guerre.

— « Inconditionnel » ? Le terme me semble quelque peu abusif, persifla Thelvyn en fronçant les sourcils.

— Je crains fort qu'il ne le soit, effectivement, concéda le Tout-Puissant avec amertume. A l'origine, nous avions prévu que, lorsque sonnerait l'heure du combat, deux défenseurs se dresseraient devant les dragons de gemmes : le Roi-Dragon et le nouveau Chevalier-Dragon. Mais c'était compter sans certains impondérables et, en définitive, les circonstances ont fait que ces deux défenseurs ne sont plus, à présent, qu'une seule et même personne : toi, Thelvaën. Dès que les Flaems sont arrivés sur Mystara, ils ont éveillé ma méfiance. Quand j'ai acquis la certitude qu'ils étaient à la solde des dragons de gemmes, j'en ai fait part à mes pairs et je me suis efforcé d'obtenir leur appui. Terra a tout de suite répondu à mon appel et d'autres Immortels ont accepté de me soutenir. C'est grâce à eux que la Prophétie a pu se réaliser et que tu es venu au monde. Tes pouvoirs rivalisent avec ceux des Immortels, Thelvaën. Non seulement tu as hérité des miens, mais tu as bénéficié des plus puissants sortilèges de Blackmoor et tu peux à juste titre revendiquer ceux du Roi-Dragon.

» Du jour où ils se sont enfuis de Mystara, les dragons de gemmes n'ont cessé de préparer leur offensive : ils ont affûté leurs armes, appris à maîtriser de nouveaux pouvoirs, accru leur puissance et asservi de nouveaux peuples capturés dans différents mondes au cours de leurs guerres de conquête pour les enrôler dans leurs armées. Ils ont dû réduire les Flaems en esclavage alors que ceux-ci erraient d'un monde à l'autre en quête d'une nouvelle patrie et ils se sont fait fort de mettre à profit leur rivalité ancestrale avec les Alphatiens pour justifier une invasion de Mystara et s'emparer de la Radiance par la même occasion. Ils en connaissaient l'existence depuis longtemps et ils avaient fondé de grands espoirs sur cette mystérieuse source de magie. Ils furent d'ailleurs plutôt déçus en découvrant à quel point sa portée était limitée.

Le Tout-Puissant s'interrompit de nouveau pour se dresser sur ses postérieurs.

— Messire George, dit-il d'une voix impérieuse, approchez.

Le vieux chevalier se recroquevilla subitement, comme un gamin pris en flagrant délit de chapardage. Thelvyn et Kharenndaën s'écartèrent pour le laisser passer, mais il ne se résigna pas à obéir sans quelque réticence et une flagrante appréhension.

— Ne craignez rien, le rassura l'Immortel. Vous avez remarquablement servi ma cause et votre mérite n'a d'égal que votre loyauté. Mais, dans la situation présente, vous me posez un délicat problème. Vous ne pouvez paraître devant les dragons sous votre forme humaine et votre handicap, qui vous empêche de voler en tant que drak, nuit à votre mission auprès de mon fils. Or, l'avenir de Thelvaën est auprès des siens. Vous ne pouvez donc plus le suivre.

A ces mots, le vieux chevalier blêmit. Son visage se crispa douloureusement, comme s'il avait reçu un soufflet en pleine face.

— Cependant, poursuivit le Tout-Puissant, pour vous remercier de vos bons offices, qui ont largement dépassé tout ce que l'on pouvait attendre d'un fidèle serviteur, et vous récompenser de votre dévouement, j'ai décidé d'exaucer votre vœu le plus cher.

Messire George sentit tout à coup une étrange brûlure dans son bras gauche. Elle se propagea jusqu'au poignet et même au-delà, à l'endroit où aurait dû se trouver sa main. Ce n'était pas tant une sensation de douleur qu'une terrible démangeaison, un intolérable fourmillement qui n'était pas sans lui rappeler les premiers temps de son infirmité, quand son membre fantôme ne cessait de se rappeler à son bon souvenir sans qu'il puisse rien faire pour soulager ses tourments, à tel point qu'il avait bien cru perdre la tête. Pris de panique et dans un réflexe incontrôlable, il se débattit furieusement avec les lacets qui retenaient son manchon de cuir et ôta son crochet. C'est alors que, devant ses yeux écarquillés, son poignet se mit à pousser, puis à bourgeonner, comme une branche. Cinq petites excroissances apparurent et s'allongèrent progressivement pour former des doigts. Le premier moment de stupeur passé, un sourire radieux illumina son visage d'une joie incrédule quand sa nouvelle main commença de répondre à sa volonté.

— Tu dois partir, maintenant, Thelvaën, reprit le Tout-Puissant. Le Parlement t'attend. Le moment est venu pour toi de te proclamer devant tous Roi-Dragon et d'exiger le respect et le soutien qui te sont dus. Sois ferme, car il n'est plus temps de transiger. L'heure des compromis est passée.

Debout à l'extrémité de sa plate-forme, Markhaën dominait l'assistance. Il regardait avec consternation ses pairs s'agiter et s'invectiver d'un bout à l'autre de la Salle du Conseil. En tant que Premier Porte-Parole du Parlement, il était de son devoir de maintenir l'ordre, mais l'assemblée était en effervescence, la colère grondait et l'émeute menaçait. Il préférait laisser les esprits échauffés cracher leur venin avant d'essayer de les calmer.

Il sentait la présence de sa sœur dans son dos depuis un bon moment déjà et avait tenté de l'ignorer aussi longtemps qu'il l'avait pu. Mais il savait qu'il ne pourrait pas reculer éternellement l'instant fatidique et, avec un soupir résigné, il se retourna. Kharenndaën le regarda sans mot dire et tourna les talons. Il lui emboîta le pas tandis qu'elle traversait sa loge pour l'entraîner vers le couloir. Thelvyn l'y attendait, arborant fièrement le Collier des Dragons sur son large poitrail. Messire George Kirbey se tenait à ses côtés, avec, dans le regard, une expression de suprême félicité mâtinée de stupeur. Le vieux chevalier avait l'air immensément content de lui.

— Je ne pense pas que le moment soit particulièrement bien choisi, annonça Markhaën, sans laisser aux autres le temps d'ouvrir la bouche. Comme je m'en doutais, les dragons sont extrêmement perturbés. Ils craignent le Roi-Dragon qui, pour eux, demeure avant tout le Chevalier-Dragon et, à ce titre, leur pire ennemi. Ils n'ont, de surcroît, aucune intention de guerroyer pour défendre les autres races. Les Maîtres étant eux-mêmes des dragons, ils ne sont que plus réticents à se battre contre leurs frères. Je crains qu'il ne me faille un peu plus de temps pour les convaincre de vous accepter comme souverain.

— Je ne suis pas sûr que vous y parviendrez jamais, rétorqua Thelvyn. Si je veux qu'ils me reconnaissent pour chef, il me faut les convaincre moi-même.

— Si vous y tenez... fit Markhaën d'un ton dubitatif. Descendez l'escalier et suivez le couloir, sur votre gauche. Il vous conduira au pied de l'hémicycle, directement à la tribune de l'orateur d'où vous pourrez vous adresser aux membres du Parlement.

Sur ces bonnes paroles, il fit volte-face et rebroussa chemin pour rejoindre sa loge, abandonnant Thelvyn à son triste sort. Quand Markhaën regagna son poste, les dragons disputaient encore furieusement. L'auditoire était houleux. Il désespérait de parvenir à leur faire oublier leurs craintes et leur colère assez longtemps pour écouter ce qu'il avait à leur annoncer. Mais il était déjà trop tard pour tolérer pareille vésanie. Si les Immortels s'étaient donné tant de mal pour faire de Thelvyn Œil de Renard le Roi-Dragon, qui étaient-ils pour s'y opposer ?

— Silence ! tonna-t-il.

Tous les dragons se tournèrent vers lui, médusés.

— Silence, j'ai dit ! répéta-t-il avec fermeté. J'exige que vous cessiez immédiatement ces jacasseries de wivernes effarouchés. Où vous croyez-vous donc ? Si vous n'êtes pas capables de vous comporter avec la dignité qui sied à si noble assemblée, respectez au moins la solennité du lieu dans lequel vous vous trouvez !

Des murmures réprobateurs coururent dans l'assistance. Mais, quand Thelvyn parut, à la vue du Collier des Dragons, tous restèrent bouche bée. On aurait entendu une mouche voler. L'une de leurs plus anciennes légendes, celle qu'ils chérissaient par-dessus toutes, venait de prendre vie sous leurs yeux ébahis : le Roi-Dragon se dressait devant eux, en chair et en os. Thelvyn avait pris place à la tribune, campé sur ses postérieurs, adoptant l'attitude éminemment digne et assurée que les dragons respectaient instinctivement, comme pour leur prouver par sa noble prestance qu'il était en droit de porter l'emblème de la royauté.

Markhaën s'assit en réprimant un petit sourire goguenard. Maintenant qu'ils le voyaient de leurs propres yeux, ses pairs devaient bien se rendre à l'évidence : le Roi-Dragon n'était plus un mythe dont l'existence pouvait faire l'objet d'interminables chicanes, mais bel et bien une incontestable réalité. Il ne leur était plus si aisé de contester son authenticité. Il tourna son regard vers les dragons rouges. De toute évidence, Jherdar n'allait pas rendre si facilement les armes. Il pensait sans doute que cette maudite engeance de Chevalier-Dragon tentait d'usurper le titre et le pouvoir de l'héroïque Roi-Dragon, le sauveur vénéré auquel tous les dragons vouaient une véritable adoration. Il ne s'en laisserait pas conter.

Thelvyn s'assit lentement, le dos bien droit, la queue enroulée autour de ses postérieurs, le poitrail bombé, le cou élégamment incurvé pour relever la tête avec fierté. Il laissa le silence s'installer quelques instants, puis prit la parole.

— Markhaën vous a déjà parlé des dragons de

gemmes qui, en des temps fort reculés, ont été nos frères. Le Tout-Puissant m'a appris bien des choses à leur sujet. Il m'a révélé que le premier Chevalier-Dragon et Lui avaient combattu côte à côte pour les chasser de Mystara. Il m'a averti que les dragons de gemmes fomentaient leur revanche depuis des siècles. Et il m'a expliqué que, si les Immortels m'avaient fait à la fois Chevalier-Dragon et Roi-Dragon, c'était pour que, le moment venu, je puisse vous mener au combat afin de les empêcher de conquérir notre monde. Ce moment est arrivé.

— Quand tu as voulu trouver le renégat Murodhir, je t'ai prêté main-forte. Et, quand il a fallu batailler, j'ai fait ma part, gronda Jherdar. Je t'ai dit alors que je préférerais te voir porter le Collier des Dragons que le savoir perdu à jamais. Mais n'attends pas de moi que je te laisse entraîner les miens dans une guerre meurtrière sans réagir, alors que nous ne savons même rien des forces et des intentions de nos rivaux, ou prétendus tels.

— Je n'ai pas encore décrété la mobilisation générale, que je sache, rétorqua Thelvyn. Cela dit, je crains que nous ne devions nous y préparer.

— Ces fameux dragons de gemmes ont peut-être déjà tenté d'envahir notre monde, mais ils ne nous ont encore fait aucun mal, il me semble, objecta le dragon rouge.

— Ah non ? Les Maîtres ont ravagé la moitié de Mystara en s'arrangeant pour nous faire porter la responsabilité de leurs exactions. Les Maîtres ont, ce faisant, ligué toutes les autres races contre nous avec l'évidente intention de nous plonger dans une effroyable guerre pour nous détourner de notre véritable ennemi et pour nous affaiblir avant de frapper. Les Maîtres ont volé le Collier des Dragons. Il fut un temps où tu étais bien décidé à punir les coupables. Tu ne sembles plus si pressé à présent. Serais-tu dans le camp de nos adversaires, maintenant que tu sais qui ils sont ou... aurais-tu peur d'eux, par hasard ?

Ces accusations déclenchèrent un tollé général. Markhaën observait la scène avec appréhension. Thelvyn ne pouvait plus reculer. S'il avait essayé de tranquilliser le dragon rouge, il se serait abaissé. Il ne pouvait pas se le permettre. Il devait gagner l'estime des dragons et s'assurer de leur loyauté, quitte à combattre Jherdar s'il le fallait.

— Je ne suis pas dans le camp de l'ennemi, protesta fermement Jherdar. Et je ne le crains pas. Tu es inexpérimenté et tu ne sais même pas ce qu'être un dragon veut dire. Je n'ai pas de leçon à recevoir de toi. Tu brûles de livrer bataille, comme un jeune chien fou qui veut se faire les crocs. Ton impatience t'aveugle.

— Ne crois pas que je sois impatient de déclarer la guerre. Je n'ai aucune intention d'aller chercher l'ennemi là où il se trouve. Nous serions bien mal avisés de lui livrer bataille sur son propre terrain. Dans leur monde, les dragons de gemmes seront toujours en position de supériorité. En revanche, quand ils viendront envahir le nôtre, nous pourrons retourner la situation à notre avantage. Mais nous devons nous tenir prêts, non seulement à nous défendre, mais à défendre notre monde, quel que soit l'endroit où les Maîtres porteront leurs attaques. Si nous attendons que l'ennemi vienne frapper à notre porte, nous serons vaincus avant d'avoir combattu.

— Jamais ! explosa Jherdar en se ramassant sur ses postérieurs, comme un fauve près de bondir. Si l'ennemi nous attaque, alors nous riposterons, mais jamais je ne me battrai pour un monde qui nous a toujours méprisés.

Markhaën s'était raidi et s'avançait déjà, prêt à intervenir. Pris entre sa rancune à l'égard des autres races et sa peur du Roi-Dragon, Jherdar se trouvait dans une position si désespérée qu'il

serait bien capable de défier Thelvyn pour lui disputer le Collier des Dragons. Toute manifestation de violence était interdite à Brise-Bise et, s'ils voulaient se battre, les dragons étaient tenus de vider leurs querelles à l'extérieur de la cité. Mais Jherdar était dans une telle rage qu'il risquait fort de se laisser emporter. Ce ne serait pas la première fois qu'il enfreindrait la loi dans un accès de fureur. Mais Markhaën avait pour mission de la faire respecter et il ne tolérerait aucune entorse au règlement, surtout pas dans l'enceinte du Parlement.

— Oui, nous allons nous battre pour défendre les autres races, répéta Thelvyn d'un ton calme mais résolu. Nous n'avons pas le choix. Si nous laissons les Maîtres les asservir, crois-tu vraiment qu'une fois encerclés nous pourrons longtemps leur résister ? Allons-nous les regarder dévaster le monde autour de nous sans intervenir jusqu'à ce qu'ils viennent nous chercher ici ? Attendrons-nous qu'ils assiègent Brise-Bise ? Est-ce là ce que tu veux ?

— Il faudrait être idiot pour défendre ses détracteurs, s'obstina Jherdar.

— Crois-tu donc que je le ferai de gaieté de cœur ? As-tu oublié comment ils m'ont chassé ? As-tu oublié avec quel dédain ils se sont détournés de moi, alors que j'avais été leur protecteur pendant plus de cinq ans ? Penses-tu vraiment qu'il ne soit pas tentant, pour le proscrit qu'ils ont fait de moi, de les abandonner à leur triste sort, maintenant qu'ils me supplient de les secourir ? Si quelqu'un a de bonnes raisons de leur en vouloir, c'est bien moi. Mais je les défendrai quand même parce que c'est le seul espoir que j'ai de sauver les dragons.

— Eh bien, défends-les tout seul ! C'est ton devoir de nous sauver, non ? Les Immortels t'ont bien donné tous les pouvoirs du Chevalier-Dragon et du Roi-Dragon pour ça, si je ne m'abuse ?

— Si je dois me battre seul, je le ferai, rétorqua Thelvyn d'une voix glaciale. Oui, je vous défendrai, toi et les tiens, en dépit de tout ce que vous m'avez fait subir pour avoir osé me dresser contre vous quand il n'existait aucun autre moyen de vous protéger contre vous-mêmes. Oui, je te défendrai, Jherdar, si je le peux. Mais, si tu préfères te comporter en pleutre, alors tu mérites que les Maîtres fassent de toi leur esclave.

Le coup avait porté. Les dragons n'avaient que trop tendance à oublier le prix que Thelvyn avait dû payer pour accomplir son devoir de Chevalier-Dragon. Ils avaient oublié la souffrance qu'ils lui avaient infligée. Mais Jherdar ne pouvait pas pour autant se laisser humilier publiquement sans réagir. Il se redressa, ivre de rage.

— Le Roi-Dragon lui-même n'a pas le droit de me parler sur ce ton.

— Eh bien, cesse donc de me faire perdre mon temps avec tes inepties ! Tu n'as rien dit qui ne prouve ta lâcheté et ton irresponsabilité. Si tu veux me provoquer, soit ! Mais décide-toi maintenant. Ou tu me mets au défi de te soumettre, ou tu reconnais ma légitimité et obéis à ton roi. Il n'y a aucune autre alternative, ni pour toi, ni pour n'importe lequel d'entre vous. Ou vous êtes avec moi, ou vous êtes contre moi. Choisissez.

Un silence tendu envahit la Salle du Conseil, tandis que les dragons attendaient la réaction de Jherdar. Il n'y avait plus de discussion possible. Le dragon rouge était acculé : ou il prêtait allégeance au Roi-Dragon, ou il le combattait. Thelvyn avait parfaitement compris que ce débat ne mènerait nulle part. Il savait qu'en se refusant aux compromissions il poussait les dragons à défier son autorité. Il avait donc décidé de lancer le défi en premier : audacieuse initiative qui avait surpris ses auditeurs et les avait extrêmement impressionnés. Thelvyn avait vaincu des dragons de gemmes : il savait qu'il pouvait vaincre Jherdar.

Il patienta calmement, les yeux braqués sur le

dragon rouge, l'air imperturbable. Finalement, ce fut cette assurance manifeste qui ébranla son rival. Jherdar se rassit, les oreilles rabattues.

— Je ne suis pas un lâche et je ne reculerai pas, alors que le Tout-Puissant me somme de faire mon devoir en me mettant au service de son champion. Si tu te montres un chef compétent et avisé, je te suivrai. Dis-nous ce que nous devons faire.

La capitulation de Jherdar stupéfia ses pairs. Tous les dragons levèrent la tête vers lui pour le dévisager avec des regards incrédules. Mais leurs craintes et leur fureur avaient déjà cédé le pas à une dévorante curiosité : ils étaient impatients de savoir ce que le Roi-Dragon leur réservait.

— Tu as prétendu que je ne connaissais pas les forces auxquelles nous nous opposons, reprit Thelvyn. Mais ce que j'ai vu et ce que je sais me permettent de faire certaines déductions : les Maîtres ont déjà tenté de conquérir ce monde par le passé et seuls les pouvoirs conjugués du Chevalier-Dragon et des Immortels sont parvenus à les repousser. Ils ont eu des milliers d'années pour préparer leur offensive et ils ont choisi leur moment pour passer à l'action. Notre unique avantage, c'est qu'ils sont obligés de livrer bataille sur notre terrain, dans un monde où ils ne possèdent aucune place forte. Ils ne doivent à aucun prix réussir à en établir une. Nous ne pouvons pas leur laisser remporter la moindre victoire, si modeste soit-elle.

Un nouveau brouhaha s'éleva dans l'assistance. Markhaën se pencha de nouveau pour observer ses pairs. Cette fois, ce n'était plus la colère qui grondait. Ce qu'il entendait là, c'étaient bel et bien des murmures d'inquiétude. Thelvyn était finalement parvenu à leur faire regarder la réalité en face et ils commençaient à prendre conscience du terrible danger qui les menaçait. Les Immortels les avaient désignés pour sauver Mystara parce qu'ils étaient les seuls qui aient une chance de vaincre un tel ennemi. Ils n'avaient guère le choix : soit ils faisaient de leur mieux pour combattre un adversaire qui pouvait se révéler trop fort pour eux, soit ils s'avouaient vaincus par leur propre entêtement.

— Avec un peu de chance, nous pouvons encore nous préparer à les recevoir dignement, poursuivit Thelvyn. A cette fin, je suggère que nous proposions une alliance aux autres nations pour que toutes les contrées de ce monde se liguent contre l'envahisseur.

Jherdar ouvrait déjà la bouche pour protester, mais il se ravisa et se tint coi. Il consulta tout de même Markhaën du regard.

Le dragon d'or opina.

— Le Roi-Dragon a parlé. J'obéirai.

Jherdar médita cette réponse et hocha la tête. La crise de confiance était résolue. Les dragons soutiendraient leur souverain et suivraient le Roi-Dragon au combat. Ils avaient mis en doute ses compétences parce qu'ils avaient cru qu'il ne saurait pas se comporter en véritable dragon. Mais il avait prouvé sa vaillance en relevant le défi de Jherdar, de dragon à dragon. Markhaën comprenait à présent que la confrontation qu'il avait tant cherché à éviter était précisément le seul moyen auquel Thelvyn avait pu recourir pour convaincre les siens de sa légitimité : il était un chef digne de les commander.

Il se promit de ne jamais révéler à Thelvyn que les mandataires des dragons rouges, des dragons verts et des dragons noirs n'avaient cessé de harceler Jherdar pour qu'il le provoque en combat singulier. Mais, après tout, il n'aurait pas été vraiment étonné si Thelvyn avait été au courant. Le jeune Roi-Dragon semblait en savoir plus long sur la façon de se comporter en dragon que Markhaën lui-même ne l'aurait cru.

7

Kharenndaën aida son compagnon à ôter le Collier des Dragons et à en ceindre le cou de la grande statue de cristal qui trônait sur son piédestal. L'artefact retrouvait enfin sa place, dans la Salle du Trésor, au premier étage du Temple du Tout-Puissant, là où, durant des millénaires, il avait attendu la venue du légendaire Roi-Dragon. Markhaën, Jherdar et Messire George Kirbey observaient la scène en silence, à l'entrée de la chambre hexagonale. Si Markhaën, au titre de Premier Porte-Parole du Parlement, et Kharenndaën, en tant que Grande Prêtresse du Tout-Puissant, avaient le droit d'approcher le collier, ni le dragon rouge, ni le vieux chevalier ne s'y seraient aventurés. Les sortilèges qui le protégeaient étaient l'œuvre du Tout-Puissant Lui-même. Quiconque tentait de franchir ces défenses magiques était censé périr foudroyé sur-le-champ.

— J'aurais préféré que vous le gardiez sur vous, soupira Markhaën, comme Thelvyn le rejoignait. J'ignore quels pouvoirs il vous procure exactement, mais j'aurais été plus rassuré de vous savoir sous sa protection.

— Si je le portais constamment, je ne pourrais pas changer de forme à volonté. Et, si je devais l'ôter, je ne saurais pas à qui le confier et je passerais mon temps à craindre pour sa sécurité. Le temple est bien le seul endroit où je peux l'abandonner sans arrière-pensées. Et puis, je ne suis pas totalement désarmé : je bénéficie toujours des pouvoirs du Chevalier-Dragon.

Thelvyn, Kharenndaën et Messire George avaient prévu de retourner immédiatement dans les Hautes-Terres. Ils étaient prêts à partir : Kharenndaën portait déjà sa selle sur le dos et Thelvyn, son harnais. Il y avait sanglé un gigantesque estramaçon de plus de quinze pieds de long, assez semblable à celui dont Markhaën ne se séparait jamais. C'était d'ailleurs Markhaën qui avait insisté pour le lui donner, arguant que tout chef des dragons digne de ce nom se devait d'arborer une arme à sa mesure. Thelvyn avait accepté sans conviction. Il était certes une fine lame, sous sa forme d'Eldar, mais il n'avait jamais tenu une épée, en tant que dragon, et doutait d'avoir conservé toutes ses qualités de bretteur après sa métamorphose.

— Nous comptons atteindre Braejr ce soir, leur expliquait Thelvyn en se dirigeant vers l'escalier à double hélice qui menait au rez-de-chaussée. Etant donné les circonstances, nous avons tout intérêt à arriver de nuit. Tant que les autres nations ne seront pas parfaitement convaincues de notre soutien, il serait également préférable de recourir aux griffons des Thyatiens pour convoquer leurs représentants. Ce sera plus sûr.

— Pour ce que cette alliance va nous servir ! grommela Jherdar. Je ne vois toujours pas en quoi les autres races pourraient nous aider à combattre les Maîtres.

— Elles devront prendre leur propre défense en main. Ce sera déjà ça, lui rétorqua fermement Thelvyn. Si nous devions envoyer nos recrues surveiller toutes les capitales de cette partie du monde, il ne resterait plus personne pour s'opposer aux dragons de gemmes. Il est essentiel de faire clairement comprendre à chaque dirigeant qui est son véritable ennemi. C'est notre priorité. Les nôtres doivent impérativement jouir d'une totale liberté de manœuvre, sans craindre de se voir attaqués par ceux-là mêmes que nous nous efforçons de protéger.

Ils descendirent les degrés en silence pour regagner le Grand Hall.

— Nous allons battre le rappel dès aujourd'hui, annonça Markhaën, tandis qu'ils marchaient vers le portail. Tous les dragons, même ceux qui se sont retranchés dans les contrées les plus reculées, recevront l'ordre d'ouvrir l'œil. Au moindre signe suspect qui pourrait trahir la présence des Maîtres parmi nous, ils seront tenus de donner l'alerte. Dans le même temps, nous allons lever une armée et armer nos guerriers. Cependant, les nôtres seraient plus motivés s'ils pouvaient voir le Roi-Dragon de leurs propres yeux.

— Kharenndaën et moi pouvons parfaitement aller à Braejr sans toi, proposa Messire George en se tournant vers Thelvyn.

— Merci de votre sollicitude, mais j'ai un petit compte à régler avec Alessa Vayledaar. J'ai bien l'intention de briser l'emprise que les Maîtres exercent sur elle pour la faire passer aux aveux. L'entreprise n'est pas sans risques et nécessitera sans doute des pouvoirs que je suis le seul à posséder.

— Prenez garde, l'avertit Markhaën. Si vous tentez de rompre leurs sortilèges, les Maîtres vont savoir où vous êtes et ce que vous faites. Vous n'en serez que plus vulnérable à leurs attaques.

— Mais n'avez-vous pas dit que tous les dragons étaient immunisés contre leur magie ? demanda Jherdar.

— C'est ce que nous avons cru, au début, répondit Kharenndaën. Les Maîtres n'ont pas essayé de nous contrôler quand nous étions dans leur monde. Pourtant, ils tenaient Murodhir sous leur coupe.

— Oui, mais ils ont fait intervenir les pyromages pour le piéger, rectifia Thelvyn. Cela dit, je ferais tout de même mieux de me méfier.

Tous se replongèrent dans un mutisme préoccupé, en franchissant le seuil du temple pour descendre les marches du perron et gagner la vaste esplanade dallée. Le soleil était encore caché derrière le versant du volcan et l'obscurité envahissait toute la cité. Thelvyn leva la tête et inspira l'air frais du petit matin. Il suivit des yeux un vol de dragons qui louvoyaient entre les tours immaculées. Il en aperçut d'autres, assis ou couchés sur leurs corniches, aux portes de leurs antres creusés dans la paroi du cratère.

— Je sais que vous avez besoin de moi, ici, dit-il en se retournant vers les autres. Et je vous promets que je serai de retour dans les plus brefs délais.

Ayant pris congé de ses hôtes, il se ramassa sur ses postérieurs et s'élança vers le ciel, aussitôt imité par sa compagne. Kharenndaën prit position derrière lui et tous deux survolèrent la cité en direction de l'ouest, avant de s'élever en spirale pour franchir l'enceinte. Les rayons du soleil accrochèrent une myriade d'étincelles dorées à leur carapace comme ils émergeaient du banc de nuages qui leur dissimulait l'étendue sauvage du Wendar, en contrebas. En quittant Brise-Bise de si bon matin, ils pouvaient espérer atteindre Braejr deux ou trois heures après la tombée de la nuit. Ce serait un bien long voyage, d'autant plus éprouvant qu'ils l'avaient effectué en sens inverse l'avant-veille.

Thelvyn regrettait de n'avoir pu jouir d'un peu plus de temps pour visiter Brise-Bise. Il n'en avait eu qu'un bref aperçu l'après-midi précédent. Il s'était surpris à apprécier la compagnie des dragons plus qu'il ne l'aurait imaginé. Le fait qu'ils semblent enfin commencer à le considérer sous un nouveau jour y était sans doute pour beaucoup. Apparemment, ils avaient cessé de voir en lui l'ennemi à abattre. Mieux encore, la plupart d'entre eux paraissaient décidés à lui apporter leur soutien et à faire tout leur possible pour mériter sa considération, en dépit de la peur instinctive qu'il leur inspirait toujours. On lui avait même attribué de somptueux appartements au pinacle de l'une des tours du Temple du Tout-Puissant, là où résidaient habituellement les plus hauts membres de l'ordre clérical, et une kyrielle de jeunes dragons ainsi qu'une poignée d'Eldars avaient été affectés à son service.

Maintenant que son titre était plus ou moins officiellement reconnu et que sa souveraineté n'était plus discutée, il commençait à sentir peser sur ses épaules le fardeau de ses responsabilités, comme il en avait déjà fait l'expérience en montant sur le trône des Hautes-Terres. Il répugnait toujours autant à se comporter en monarque absolu. Pour lui, son rôle n'avait pas vraiment changé : il restait avant tout un défenseur. Ses devoirs de Roi-Dragon n'étaient pas très différents de ceux du Chevalier-Dragon, à la nuance près qu'il détenait désormais bien plus d'autorité pour obtenir les appuis dont il avait besoin. Il n'avait d'ailleurs pas l'intention de régner seul sur la Nation des Dragons, même si son statut de Roi-Dragon lui en donnait le droit et le pouvoir. Il avait déjà clairement stipulé qu'il entendait voir le Parlement continuer à gouverner comme par le passé. La seule différence, c'était qu'à présent il en serait membre et aurait donc son mot à dire.

Il mesurait parfaitement l'ampleur de la tâche qui l'attendait. Il lui fallait prendre la défense de tout un monde, face à un ennemi que les Immortels eux-mêmes redoutaient. Après avoir persuadé les dragons de le reconnaître pour chef, il lui restait encore à en faire autant auprès de toutes les autres nations. Commencer son règne de Roi-Dragon sous de tels auspices n'avait assurément rien d'encourageant, mais il savait que c'était là l'essence même du rôle qu'on lui avait attribué : celui de champion des causes désespérées. On ne l'avait pas choisi pour incarner le mythique Roi-Dragon en remerciement de ses bons offices, mais parce qu'il était né pour en endosser l'écrasante responsabilité. Il n'existait que pour accomplir son devoir. Il aurait été vain de chercher un autre sens à sa vie. Elle se résumait en un mot : servir.

Il faisait déjà nuit noire quand les deux dragons arrivèrent en vue de Braejr. Thelvyn ouvrait la route, assez sûr désormais de son sens de l'orientation pour guider sa compagne jusqu'à la demeure de Solveig. Il se posa dans une rue adjacente pour éviter de réveiller d'éventuels griffons endormis dans l'entrepôt. Sage précaution : à peine les deux dragons avaient-ils replié leurs ailes que déjà s'élevait un cri strident reconnaissable entre tous. Mais la bête s'apaisa rapidement et, comparées au vacarme qui les accueillait habituellement, ses tempétueuses invectives demeurèrent raisonnablement supportables. De fait, leur arrivée avait été si discrète que, lorsque, agacée par ce remue-ménage, Solveig sortit enfin du manoir, Kharenndaën avait déjà eu le temps de desseller.

— Ah, Darius ! Vous vous êtes finalement décidé à vous installer ici, à ce que je vois... lança Thelvyn d'un air entendu en avisant le beau capitaine dans le sillage de sa dulcinée.

— Non, je vous attendais, lui répondit le Thyatien sans se démonter. Je suppose que vous avez beaucoup de choses à nous raconter.

— Plus encore que vous ne le croyez. Mais laissez-moi le temps de me défaire de tout cet attirail. Je suis à vous dans une minute.

Thelvyn se saisit de son gigantesque espadon et défit les sangles de son harnais pour les remiser en lieu sûr, avant de reprendre son apparence d'Eldar. Seul un dragon aurait pu soulever un glaive de cette taille.

— Voilà, fit-il en revenant vers ses amis. Si nous entrions à l'intérieur pour discuter ? Nous avons passé toute la journée en vol et nous serions heureux d'accepter votre hospitalité.

— Mais oui, bien sûr, faites comme chez vous, acquiesça Solveig avec un petit sourire en coin, en désignant d'un ample geste l'ensemble de sa propriété.

Elle se dirigea ensuite vers le vieux chevalier pour l'aider à porter ses sacs.

— Laisse-moi te prêter main-forte, George.

— « Prêter » ? Je reconnais bien là l'avarice de ma chère associée ! railla l'intéressé. Mais tu arrives trop tard : quelqu'un s'est montré plus généreux que toi. Il me l'a donnée, lui, figure-toi, ajouta-t-il en lui agitant la main gauche sous le nez.

— Ça par exemple ! s'écria la guerrière. Qui a bien pu accomplir pareil miracle ?

— Le Tout-Puissant Lui-même, pour me récompenser de mes bons et loyaux services, plastronna Messire George d'un air fanfaron.

— Eh bien, pour un fieffé voleur comme toi, ça promet !

Solveig les escorta jusqu'au salon et envoya Taëryn leur chercher quelque chose à manger. Elle alla même jusqu'à sortir une bouteille d'eau-de-vie pour le plus grand bonheur de Messire George qui s'empressa de la déboucher tout en se lamentant sur sa vie d'aventurier qui le privait des seuls vrais plaisirs de la vie. Il n'avait pourtant pas eu à se plaindre à Brise-Bise : les Eldars s'étaient mis en quatre pour satisfaire ses moindres caprices. Pour eux, les désirs du fidèle compagnon du Roi-

Dragon étaient des ordres. Mais, en dépit de tous leurs efforts, ils n'avaient pu lui procurer sa boisson favorite.

— Alors ? Avez-vous réussi à trouver le Collier des Dragons, finalement ? s'enquit Solveig, qui avait eu du mal à tenir sa langue jusqu'à ce que tout le monde soit confortablement installé.

— Oh ça ! Pour le trouver, nous l'avons trouvé, lui assura Thelvyn.

— Et où est-il ?

— Il est resté dans le Normonde. Je l'ai confié à la garde des dragons.

— Etait-il bien là où Alessa vous l'avait indiqué ?

— Oh oui ! Nous avons suivi ses instructions à la lettre...

— Ah ! tu vois ! Je savais bien qu'on pouvait lui faire confiance.

— ... pour foncer tête baissée dans le piège qu'elle nous avait tendu. Heureusement pour nous, il s'est refermé trop tôt et nous avons pu récupérer le collier et nous échapper. Mais nous avons chèrement défendu notre peau, tu peux me croire.

— Un piège ! s'exclama Solveig, manifestement incrédule. Alessa vous a tendu un piège ! Serait-elle de mèche avec les complices de Kalestraan ?

— Si seulement ce n'était que ça ! soupira Thelvyn. Nous avons démasqué les coupables des attaques qui ont ravagé la moitié de Mystara, il y a quelques jours. Ce sont eux qui contrôlent Alessa, tout comme ils contrôlaient Kalestraan avant elle. Pour tout dire, quand les Flaems sont arrivés ici, ils étaient déjà sous leur coupe.

Devant le regard perplexe de ses auditeurs, Thelvyn estima qu'il était temps d'entrer dans les détails. Il se délesta cependant volontiers de cette tâche sur Messire George, ravi de laisser libre cours à ses talents de conteur. Il jugea que le vieux chevalier relatait leur bataille héroïque contre les dragons de gemmes avec un lyrisme un tantinet excessif, mais se garda de l'interrompre. En dépit des manifestes exagérations de l'orateur, Solveig et Darius perçurent aussitôt les alarmantes implications de son récit. Quand Messire George se tut, ils restèrent un long moment silencieux, la mine sombre, une lueur de crainte dans les prunelles.

— Ça explique bien des choses, commenta finalement Solveig. Le mieux qu'il me reste à faire, c'est d'envoyer la Garde arrêter Alessa et les plus éminents de ses confrères avant qu'ils ne tentent de nous fausser compagnie.

— Non, laisse-moi m'occuper d'elle, lui dit Thelvyn. Pour les dragons de gemmes, Alessa n'est pas une alliée, mais une esclave. Elle n'agit pas contre nous de son propre chef. Elle n'est que l'instrument de leur volonté. Quand ils n'auront plus besoin d'elle, ils la supprimeront sans hésiter. Mais, pour l'heure, elle leur est encore très utile. Ils voudront sans nul doute savoir ce que nous avons appris à leur sujet et connaître nos plans. Si je m'y prends bien, je pourrai retourner la situation à notre avantage, en me servant d'elle pour les abreuver de mensonges. Après quoi, j'ai l'intention d'essayer de la libérer de leur emprise pour la questionner. Elle détient probablement des informations qui pourraient se révéler très précieuses pour nous.

— A ta guise. Mais comment comptes-tu procéder exactement ?

— Je voudrais que tu convoques Alessa et le Capitaine Gairstaän immédiatement. Avec un peu de chance, nous prendrons les Maîtres de vitesse. Je vais leur resservir la même histoire que celle que Messire George vient de vous raconter... à ma façon. J'ai besoin de votre coopération. Il faut absolument que vous prétendiez l'entendre pour la première fois, comme si vous la découvriez en même temps qu'eux. Nous verrons bien comment Alessa réagira.

— Y a-t-il autre chose que nous puissions faire dans l'immédiat ?

Thelvyn se tourna vers Darius.

— Auriez-vous des hommes et des griffons disponibles à Braejr ? lui demanda-t-il.

— Non, mais un de nos éclaireurs devrait revenir ici demain.

— Il faudrait que vous mobilisiez assez de recrues pour délivrer mon message à toutes les nations de cette partie du monde. Même en Alphatia. Je veux que tous sachent qui est notre véritable ennemi et se préparent à défendre leur territoire. Je veux qu'ils sachent aussi que les dragons leur prêteront assistance, mais qu'ils doivent pourtant tout mettre en œuvre pour se protéger par eux-mêmes. Je veux que les représentants de chaque pays viennent ici au plus vite pour participer à un grand conseil de guerre.

Le Capitaine Gairstaän arriva quelques minutes plus tard. Alarmé par l'heure tardive de cette convocation, il avait sauté sur la première monture disponible et traversé la cité à bride abattue. La calèche d'Alessa Vayledaar franchit le portail du manoir peu de temps après lui. A en croire son regard incertain et son attitude embarrassée quand elle entra dans le salon, la magicienne semblait avoir été prise au dépourvu. *Elle doit être étonnée de me revoir,* songea Thelvyn. *Elle pensait sans doute que les Maîtres s'étaient déjà débarrassés de moi. Peut-être ne lui ont-ils pas encore dit que nous avons déjoué leur piège et que je me suis emparé du Collier des Dragons ? Si elle l'avait su, elle se serait attendue à mon retour. Il était évident que je reviendrais aussitôt à Braejr. Elle l'aurait forcément prévu.*

Après les civilités d'usage, Thelvyn entama le récit de ses mésaventures : la traversée du transcosme jusqu'au monde des Maîtres, la récupération du Collier des Dragons et la destruction du passage. Les dragons de gemmes étant parfaitement au courant de tous ces événements, il n'aurait pu les éluder ou les travestir sans risquer de se trahir. Il prit soin, cependant, de ne rien mentionner des informations qu'il avait recueillies sur eux, ni des conclusions auxquelles il était parvenu quant à leurs agissements et à leurs pouvoirs d'après ce qu'il avait pu observer dans leur monde. Tout comme il garda le silence sur les résultats de sa visite à Brise-Bise, en priant pour que les Maîtres n'en aient pas eu connaissance. Rien n'empêchait de penser, en effet, qu'il existait, parmi les dragons, quelques espions à leur solde. Il en doutait pourtant car, si tel avait été le cas, le Tout-Puissant l'aurait probablement su et l'en aurait averti.

— Je n'aurais peut-être pas dû aller directement à Brise-Bise, après avoir trouvé le collier. J'ai présumé de l'influence qu'il me procurerait. J'admets que ce n'était pas très intelligent de ma part, poursuivit-il en hochant la tête avec dépit. Mais j'étais pressé par le temps et j'avais besoin des dragons pour m'aider à contrer l'offensive de ces créatures. Malheureusement, ils ne se sont pas sentis concernés et m'ont refusé leur appui. Pis encore, ils m'ont jeté dehors et m'ont confisqué le collier. Je suppose qu'un des leurs s'est déjà institué Roi-Dragon en se servant du collier pour asseoir sa légitimité.

— Leur peur du Chevalier-Dragon les aveugle. Ils se conduisent comme de parfaits imbéciles ! s'indigna Kharenndaën, lui servant sa réplique à la virgule près.

— Mais que pouvons-nous faire, maintenant ?

s'enquit Solveig, qui jouait son rôle avec la même conviction.

— Je n'en sais trop rien, soupira Thelvyn. Je peux toujours en appeler aux pouvoirs du Chevalier-Dragon. Je sais que je rencontrerai partout la même hostilité qu'à Brise-Bise, mais, si les autres nations veulent que je les défende, il faudra bien que leurs dirigeants fassent taire leurs soupçons. Ils ont autant besoin de moi que j'ai besoin d'eux.

Darius haussa les épaules avec un air sceptique.

— Je vais envoyer un messager à l'Empereur Cornélius demain matin. S'il accepte de vous apporter son soutien, nous pourrons utiliser les griffons du Service Diplomatique pour relayer votre proposition à tous les gouvernements du continent. Ce qui ne veut pas dire que vos émissaires seront reçus et, moins encore, écoutés.

— L'appui des Flaems vous est acquis, affirma Alessa en dévisageant intensément Thelvyn. Puisque, apparemment, Byen Kalestraan s'était allié à ces créatures pour s'arroger la couronne, il semblerait normal que les pyromages flaemois fassent tout ce qui est en leur pouvoir pour se racheter en contrecarrant les répercussions de son ignoble trahison.

— Maintenant que vous savez exactement ce que tramait Kalestraan, croyez-vous que ça puisse vous aider à percer à jour ses secrets ? s'enquit Thelvyn. Peut-être pourrez-vous trouver de nouveaux indices. C'est que, voyez-vous, je ne sais pratiquement rien de ces « Maîtres » et tout ce que vous pourriez apprendre à leur sujet me serait fort utile. Votre collaboration me serait très précieuse, Alessa.

— Je ne vous promets rien, mais je ferai de mon mieux pour qu'elle soit fructueuse, lui assura la magicienne en se levant. Maintenant, si vous voulez bien m'excuser, je préférerais commencer mes recherches immédiatement. Je ne lésinerai ni sur les moyens, si sur mon temps pour vous aider, même si je dois y passer la nuit et mettre tous mes confrères de l'Académie à contribution.

Taëryn s'empressa d'aller chercher son châle qu'il lui drapa sur les épaules comme elle passait la porte, puis l'escorta jusqu'à sa calèche. Alessa n'avait pas encore franchi le seuil du salon que déjà Messire George se lançait dans de grandes considérations stratégiques, discutant avec Solveig des tactiques les plus appropriées pour gérer au mieux la situation. Il pensait que cela donnerait plus de vraisemblance à leur petite mise en scène et ne ferait qu'endormir davantage la méfiance de la magicienne. Pour le moment, elle semblait avoir mordu à l'hameçon et il avait bien l'intention de ferrer le poisson.

— C'était presque trop facile, lâcha Thelvyn, dès qu'il entendit la calèche cahoter sur les pavés. Je craignais de devoir prolonger cette petite comédie jusque tard dans la nuit, mais notre amie a semblé bien pressée de nous abandonner. Je me demande si je dois en être plus inquiet que soulagé. A mon sens, elle est partie conférer avec ses mentors pour leur rapporter tout ce qu'elle vient d'apprendre. Mais rien ne nous dit qu'ils ne sont pas déjà au courant. Peut-être entendent-ils tout ce qu'elle entend ? Si tel est le cas, ils veulent sans doute lui donner de nouvelles instructions. Elle n'aurait donc fait que répondre à leur appel. Ce qui n'est pas des plus rassurants...

Harl Gairstaän fronça les sourcils et considéra ses interlocuteurs d'un air préoccupé. Il n'avait pas été mis dans la confidence, mais les commentaires de Thelvyn étaient trop éloquents pour ne pas comprendre qu'Alessa Vayledaar était soupçonnée de collaboration avec l'ennemi.

— Bon. Et maintenant ? s'impatienta Solveig.

— Maintenant, je vais la suivre, lui répondit Thelvyn. Et comme je ne veux pas risquer de me faire distancer, je dois partir sur-le-champ. Sait-on jamais, elle pourrait prendre une initiative que nous n'avons pas prévue. Messire George, j'ai besoin de vos talents de voleur patenté pour me faire entrer dans ses appartements.

— L'enfance de l'art, mon garçon, se rengorgea le vieux chevalier, qui avala son eau-de-vie d'un trait en se mettant au garde-à-vous.

— Quand j'en aurai fini, je ramènerai Alessa ici, lança Thelvyn en se dirigeant à pas pressés vers la porte. Profitez-en pour expliquer la situation au Capitaine Gairstaän.

Pour entrer dans l'Académie, Messire George ne chercha guère les complications. Son plan était la simplicité même : ils passeraient par la porte principale — aussi discrètement que possible, s'entend — et emprunteraient les couloirs et les escaliers qui menaient aux appartements d'Alessa Vayledaar, comme s'ils venaient lui rendre visite. Après tout, ils étaient censés être en bons termes avec elle et personne ne donnerait l'alerte s'ils étaient surpris en chemin. Thelvyn n'était pas aussi à l'aise qu'auparavant sous son apparence d'Eldar et il aimait autant ne pas avoir à jouer les maraudeurs. En outre, comme le lui avait fait remarquer Messire George, il était peu probable qu'ils rencontrent quelqu'un à une heure aussi tardive.

Au demeurant, Thelvyn avait bien d'autres sujets d'inquiétude. Il appréhendait ce qui allait se passer quand il essaierait de briser l'emprise des Maîtres. Ils pouvaient obliger la magicienne à se battre contre lui ou même tenter de le contrôler. Il espérait cependant que ses pouvoirs cléricaux seraient à même de le protéger. Quant aux pyromages, il semblait douteux qu'ils s'en prennent à un dragon, doté, de surcroît, des pouvoirs du Chevalier-Dragon. Les erreurs de Byen Kalestraan leur avaient servi de leçon. Non, ce qu'il craignait plus que tout, c'était que les Maîtres préfèrent éliminer Alessa plutôt que de la laisser trahir leurs secrets. Quand il passerait à l'action, il aurait intérêt à faire vite s'il voulait la garder en vie.

Messire George le mena sans encombre jusqu'à la porte de la magicienne. Le vieux chevalier ne demeura à ses côtés que le temps de crocheter la serrure, puis Thelvyn l'envoya surveiller l'escalier en lui recommandant d'employer tous les moyens pour empêcher quiconque de venir le déranger. Messire George ne se le fit pas dire deux fois. De toute façon, il aurait constitué plus une charge qu'un appui. Les Maîtres auraient pu tenter de s'en prendre à lui ou de se servir de lui comme otage s'ils poussaient Alessa à se venger de Thelvyn. Il était plus prudent, pour l'un comme pour l'autre, qu'il reste en dehors de cette affaire.

Demeuré seul, Thelvyn colla l'oreille à la porte. Il était sûr d'avoir entendu des voix à l'intérieur. Pas de doute, il percevait bien de vagues murmures. Il entrebâilla le vantail sans bruit. Il perçut alors distinctement la voix d'Alessa et une sorte de grondement guttural étouffé qu'il avait appris à reconnaître : c'était une voix de dragon. Mais celle-ci semblait étrangement lointaine, comme filtrée. Ce qui, à la réflexion, n'avait rien de surprenant : il voyait mal comment un dragon de gemmes aurait pu se faufiler dans la chambre de la magicienne.

Il s'aventura plus avant et jeta un coup d'œil inquisiteur. Comme il s'y attendait, Alessa était seule. Exception faite de la faible clarté dispensée par une petite lampe, la pièce était plongée dans la pénombre. La silhouette de la jeune femme se découpait dans le halo jaunâtre. Elle se tenait debout, face à la fenêtre, immobile, comme si elle était absorbée dans la contemplation du paysage nocturne. Sa main droite était posée sur son sein gauche, au niveau d'une petite broche épinglée sur le devant de sa robe à haut col rigide. Thelvyn ne pouvait pas la voir nettement parce que Alessa était légèrement de profil. Mais il se souvenait avoir déjà aperçu semblable insigne sur la poitrine d'autres pyromages. Si sa mémoire était bonne, il ne s'agissait que d'un bijou de pacotille : un vulgaire bout de verroterie serti de bronze.

Alessa avait parlé d'un ton monocorde et mécanique, puis s'était tue. A présent, la voix lui répondait, semblant surgir de l'espace, juste à côté d'elle. Thelvyn eut pourtant l'étrange impression qu'il l'entendait... de l'intérieur, comme si elle résonnait dans sa tête.

— Tu n'as rien à te reprocher. Tu as fait de ton mieux. Ce n'est pas ta faute si le piège n'a pas fonctionné.

— Mon devoir est de vous servir, répondit la magicienne.

Sa voix était étrangement atone et ne laissait pas percevoir la moindre émotion, tant et si bien que Thelvyn se demanda si ces mots étaient un serment ou une plainte.

— Je crains hélas que ton dévouement n'ait plus aucun objet, à présent. J'ai cru qu'ils ne soupçonneraient rien de ton double jeu, mais il semble que je me sois trompé. Le seul service que tu puisses me rendre, désormais, c'est de garder mes secrets...

Thelvyn n'eut guère besoin d'en entendre davantage. Il avait vu comment les pyromages de la forteresse avaient été réduits au silence : il fallait agir sans tarder. Il avait prévu d'user de ses pouvoirs pour briser ceux des Maîtres, mais il n'était plus temps de finasser. Prenant exemple sur le vieux chevalier, il décréta qu'en pareil cas la solution la plus simple serait aussi la meilleure. Quelques années auparavant, Perrantin lui avait enseigné un sortilège qu'il n'avait encore jamais utilisé, pour la bonne raison qu'il nécessitait un contact physique avec la personne ou la créature visées. Bondissant avec l'agilité d'un bretteur confirmé, Thelvyn rejoignit Alessa en deux enjambées et la saisit par la nuque, en formulant l'incantation appropriée. Elle perdit instantanément connaissance, sans avoir seulement pu percevoir sa présence.

Doutant que ce sort soit suffisamment puissant pour parvenir à trancher les liens qui enchaînaient la magicienne à son mentor, il agrippa la broche agrafée au devant de sa robe et l'arracha d'un geste vif, mobilisant toute sa volonté pour chasser l'entité qui en avait pris possession. La pierre rougeoya brièvement, puis l'éclat disparut comme il enfermait le bijou dans son poing.

— En avez-vous fini, à présent ? demanda-t-il, s'adressant à l'objet magique avec une conscience aiguë du ridicule de la scène.

Il avait eu l'impression de parler dans le vide, mais, à son grand étonnement, il obtint une réponse. Pourtant, la mystérieuse voix ne se fit pas entendre dans la pièce, comme elle l'avait fait jusqu'alors, mais bel et bien directement dans sa tête.

J'en ai fini avec toi... pour l'instant. Peut-être t'ai-je sous-estimé. Tu as plus de ressources que je ne le pensais.

— Et surtout beaucoup de chance, rétorqua Thelvyn, bien décidé à ne pas s'en laisser conter.

Et beaucoup de chance, assurément. Dans le conflit qui nous oppose, il pourrait sembler, a priori, qu'aucun de nous ne soit en position de force, puisque chaque adversaire ignore tout de l'autre. Malheureusement pour toi, je sais bien des choses à ton sujet, bien plus que tu n'en sauras jamais sur moi. Tu viens juste de découvrir mon existence, alors que je n'ai cessé de te surveiller depuis le jour de ta naissance. Je t'ai vu grandir, Thelvyn Œil de Renard. Je lis dans ton âme à livre ouvert.

— C'est possible. Mais, dans ce cas, vous savez également que je suis né pour vous combattre. Cela fait des millénaires que votre retour est attendu. Vous ne me prendrez pas au dépourvu.

C'est vrai... en partie. Seulement en partie. Tu crois m'effrayer, mais ta menace ne fait que confirmer ma supériorité. Tes paroles en elles-mêmes prouvent l'étendue de ton ignorance et la précarité de ta situation.

— Vous avez l'air bien sûr de vous, répliqua Thelvyn sans s'émouvoir. A croire que vous êtes condamné à répéter éternellement la même erreur. Mais ce n'est pas à moi de vous détromper. Laissez-moi cependant vous rappeler qu'à eux deux le Chevalier-Dragon et le Tout-Puissant ont réussi à vous mettre en fuite une première fois.

Ce qui s'est passé autrefois ne me concerne pas et ne m'intéresse pas davantage. Tu ne peux rien contre moi, quand bien même tu bénéficierais de l'appui des dragons — a fortiori sans eux. Tu aurais déjà rendu les armes, si tu connaissais ma force.

— Nous verrons bien, fit Thelvyn, pour écourter le débat.

Il commençait à trouver son ennemi un peu trop disert, surtout pour quelqu'un qui venait de perdre à la fois son meilleur espion et le contrôle de son précieux cristal ensorcelé. Il suspectait qu'il le faisait parler pour gagner du temps et lui tendre un piège. Le moment semblait bien choisi pour clore la conversation et détruire le dangereux artefact par la même occasion. Thelvyn balaya la pièce d'un rapide coup d'œil. Avisant la cheminée, il s'empressa d'aller y jeter la broche, puis recula de quelques pas. Un objet magique de cette puissance, qui pouvait relier les esprits d'un monde à l'autre, requérait assurément un traitement de choc. Quoique Thelvyn n'ait pas vraiment l'habitude de recourir à ses pouvoirs mentaux, il avait tout de même réussi à s'emparer du cristal par la seule force de sa volonté, et ce, sans grande difficulté. S'il se concentrait suffisamment, il devrait rapidement parvenir à ses fins. A peine commençait-il à s'absorber en lui-même que la broche s'embrasait dans un flamboiement écarlate avant de jeter un éclair si aveuglant que Thelvyn dut détourner les yeux. Quand la lumière disparut, le cristal n'était plus que poussière et le bronze avait fondu.

Fidèle au poste, Messire George faisait les cent pas sur le palier, juste devant l'escalier, quand, du coin de l'œil, il lui sembla voir la porte de la magicienne entourée d'un rayonnement phosphorescent. Pris de panique, il se précipita dans la pièce et s'arrêta net, la main sur la clenche. Armé d'un tisonnier, Thelvyn était accroupi devant la cheminée et remuait quelque chose dans l'âtre. Alessa Vayledaar gisait sur le plancher.

— Tu n'as rien, mon garçon ? s'enquit-il d'une voix altérée.

— Tout va bien, le rassura Thelvyn en remettant le tisonnier à sa place. Voyons maintenant si notre Belle au bois dormant veut bien se réveiller.

Messire George se dirigea vers le corps inerte de la magicienne et se pencha sur elle. Il chuchota à son oreille et elle souleva lentement les paupières. Le vieux chevalier l'aida à se redresser. Elle se frotta les yeux et sembla reprendre ses esprits.

— Ouh ! ça... tourne, ça tourne, bredouilla-t-elle en portant la main à sa nuque.

— De simples vertiges. Ça devrait passer rapidement, la tranquillisa Messire George. Vous avez mal à la tête ?

— Un peu. On m'a frappée ?

— Pas à proprement parler. De toute façon, c'était le seul moyen de vous sauver la vie, lui répondit Thelvyn. Les Maîtres ont l'art et la manière de supprimer leurs victimes sur commande et dans d'atroces souffrances. J'ai vu ce qu'ont enduré les complices de Kalestraan avant de mourir et je peux vous garantir que je vous ai épargné un véritable supplice. J'ai été obligé de vous plonger dans l'inconscience pour vous soustraire in extremis à l'influence de votre mentor au moment même où il s'apprêtait à vous tuer.

Alessa laissa échapper un petit « Oh ! » embarrassé. Elle commençait à comprendre ce qui s'était passé. Elle semblait mortifiée.

— Je suppose que je devrais vous remercier, fit-elle en baissant les yeux.

— Pour le moins, rétorqua Thelvyn. Mais le temps presse et nous ferions mieux de retourner immédiatement chez Solveig. Nous vous expliquerons deux ou trois petites choses en chemin.

Alessa fit atteler sa calèche et Messire George profita du trajet pour lui exposer la situation. Au fil de son récit, la magicienne voyait se préciser le rôle qu'on lui avait fait jouer et la part qu'elle avait prise aux funestes mésaventures de ses interlocuteurs. Elle commençait à entrevoir les conséquences de ses actes et se sentait gagnée par la colère. Elle avait voulu défendre sa patrie et n'avait fait que la conduire à sa perte. Thelvyn et Messire George n'avaient jamais eu l'occasion de mesurer à quel point le bonheur de son peuple lui tenait à cœur, puisqu'elle était déjà sous l'emprise des Maîtres quand ils étaient revenus à Braejr. Mais, à voir son désarroi et sa fureur, lorsqu'ils lui révélèrent que les Flaems avaient été réduits en esclavage et manipulés depuis plus d'un siècle, ils comprirent mieux pourquoi Solveig ne jurait que par sa loyauté et son patriotisme.

Arrivés au manoir, ils emmenèrent Alessa à l'office et la firent asseoir, tandis que Messire George lui préparait une décoction de sa fabrication, sous le regard réprobateur de Taëryn qui s'empressa d'aller chercher sa maîtresse. Comme la magicienne se plaignait de terribles maux de tête, le vieux chevalier se précipita dans le salon pour récupérer une petite fiole dans un de ses sacs rempli de potions, d'onguents et autres médecines. Il revint, accompagné de Solveig, de Darius et de Kharenndaën. Il tenait à la main un flacon de verre sombre, presque noir, qu'il déboucha en le plaçant sous les narines de la jeune femme.

— Inspirez, lui ordonna-t-il au moment où une volute de vapeur blanche s'échappait du goulot.

Elle obéit sans hésiter. Dans l'instant qui suivit, elle affirma qu'elle se sentait déjà beaucoup mieux.

— C'est un remède souverain contre la gueule de bois. Perrantin m'en a fait cadeau, il y a des années, expliqua le vieux chevalier en se tournant vers Thelvyn. Je ne m'en suis jamais servi, bien sûr. Mais j'ai pensé que, dans ce cas, ça pourrait marcher.

— Si je comprends bien, j'ai eu de la chance que ce ne soit pas du poison, maugréa la Supérieure de l'Académie.

— Notre ami Perrantin est un éminent magicien, s'indigna Messire George. En outre, il a souvent eu l'occasion d'éprouver cette mixture, je peux vous l'assurer. Nous avons passé de longues soirées d'hiver ensemble, lui et moi...

— Et puis nous voulons vous faire parler avant de vous supprimer, plaisanta Thelvyn avec un petit sourire ironique.

— J'ai bien peur de ne pas pouvoir vous dire grand-chose, soupira la magicienne.

— Que savez-vous des Maîtres ? la pressa-t-il aussitôt.

— Malheureusement, je n'ai jamais été dans leurs secrets. Quel besoin aurait-il eu de m'expliquer quoi que ce soit ? Il lui suffisait de m'interroger pour obtenir les informations qu'il cherchait et de commander pour que j'obéisse. Je n'ai jamais pensé à le questionner. Je voulais seulement le servir de mon mieux. Il me présentait les choses de telle sorte que ce qu'il me demandait me paraissait parfaitement logique et ses intentions, on ne peut plus honnêtes. Pour moi, il voulait le bien de mon peuple.

— Mais qui est ce « il », Alessa ? s'enquit Thelvyn. Un des complices de Kalestraan a mentionné un certain « Très-Haut ». Est-ce de lui que vous parlez ? Est-ce avec lui que je me suis entretenu cette nuit, dans votre chambre ?

— C'est possible. Je ne connais pas son nom. Quant aux Maîtres, je ne sais presque rien à leur sujet parce que je n'ai jamais eu affaire à eux. Je suppose qu'ils sont soumis au Très-Haut, comme vous l'appelez, puisque, à l'entendre, tout le monde est à sa merci.

— L'avez-vous vu ? Est-ce un dragon de gemmes ?

La magicienne secoua énergiquement la tête.

— Non. J'ai entr'aperçu les dragons de gemmes dans mes rêves et je peux vous affirmer que le Très-Haut est différent. Il m'est parfois apparu en songe. Il ressemble certes vaguement à un dragon, mais il est bien plus horrible.

Kharenndaën fronça les sourcils avec une expression de manifeste incompréhension.

— « Plus horrible » ? fit-elle, troublée. Je ne vois pas ce qu'il y a d'horrible chez un dragon.

Trop intrigué par la réponse d'Alessa pour relever la remarque de sa compagne, Thelvyn poursuivait son interrogatoire.

— Vous l'avez vu en songe, dites-vous ? Avez-vous vu autre chose dans vos rêves ? Un paysage, par exemple ? Un désert de sable gris balayé par un vent glacé ?

— Mais oui ! s'extasia la magicienne, interloquée. Comment savez-vous cela ?

— Nous y sommes allés. C'est le monde auquel

conduisait le transcosme que vous nous avez indiqué.

— Je vous jure que je l'ignorais. Pour moi, c'était le monde où les miens avaient vécu avant d'arriver ici. Un monde où ils restèrent de longues années, en compagnie d'individus d'autres races et de créatures étranges, tous venus d'univers différents. Ils devaient travailler dans de stériles champs jaunâtres, protégés du vent et du sable par de hautes montagnes, et construire de gigantesques machines d'acier au cœur de noires forteresses. J'ai vu de tels édifices dans mes rêves, mais je croyais que ce n'étaient que des visions, des images surgissant du passé qui avaient été effacées de notre mémoire quand nous avons été envoyés ici pour préparer l'invasion des Maîtres, esclaves d'autant plus dociles qu'ils ne sont pas conscients de l'être.

Thelvyn hocha la tête.

— C'est bien ce que je pensais.

— La forteresse que vous m'avez décrite, celle où vous avez trouvé le Collier des Dragons, reprit Alessa, ne croyez pas qu'il s'agisse d'une de leurs places fortes. Je l'ai vue dans mes rêves. Ce n'est qu'un avant-poste. Celles dont je vous parle sont autrement importantes. Elles sont plus au nord. Ce sont de véritables cités fortifiées où les Maîtres vivent avec leurs armées de serfs. C'est là que se trouve le Très-Haut.

— Bon à savoir... murmura Thelvyn d'un air absorbé.

Le vieux chevalier le dévisagea avec inquiétude.

— Il y a tant de choses qui me reviennent à l'esprit, maintenant, poursuivit la jeune femme. Je suis notamment sûre qu'il existe un transcosme beaucoup plus grand que celui que vous avez emprunté et qui relie directement notre monde au quartier général des Maîtres, c'est-à-dire à l'endroit d'où ils lanceront leur invasion. Mais je les soupçonne d'avoir bien d'autres passages qui s'ouvrent en différents points de notre monde.

— Nous étions parvenus aux mêmes conclusions. Ça expliquerait comment ils ont pu porter leurs attaques simultanément au cœur de contrées si éloignées les unes des autres et disparaître aussi soudainement qu'ils étaient venus. Il faut croire qu'ils ont parfaitement exploré Mystara avant de donner l'assaut. Je me suis souvent demandé pourquoi les pyromages dépensaient tant de temps et d'énergie à enrichir une si prestigieuse bibliothèque pour le peu d'usage qu'ils en faisaient. Mais, à présent, ça ne m'étonnerait pas que ce soit pour fournir aux Maîtres toutes les informations dont ils avaient besoin sur notre monde et sur les races qui le peuplent.

Messire George haussa les épaules.

— Ça semble plausible. Au fait, tu ne nous en as encore rien dit, as-tu retiré quelque chose de ta conversation avec le Très-Haut ?

Thelvyn considéra son auditoire avec un petit air satisfait.

— Je crois bien, oui... plus qu'il n'avait l'intention de me révéler, en tout cas. Il m'a dit deux ou trois choses dont je viens seulement de comprendre le sens. Quand j'ai évoqué la première guerre de conquête des dragons de gemmes pour s'emparer de notre monde, il m'a affirmé qu'il n'était ni concerné ni intéressé. Et pour cause, puisque, d'après Alessa, ce n'est pas un dragon de gemmes. Ce qui m'amène à penser qu'en fait, quand les dragons de gemmes ont fui Mystara après leur défaite, leur chemin a dû croiser celui du Très-Haut. Ils sont alors tombés sous sa coupe. Auquel cas, ils ne sont donc rien de plus que des esclaves à son service et, tout comme Alessa, ils ne le soupçonnent même pas,

— Crois-tu qu'il serait possible de reproduire ce que tu as fait pour Alessa à une plus grande échelle ? s'enquit Solveig. Si nous pouvions libérer tous ses prisonniers, nous pourrions retourner ses propres armées contre lui.

— Peut-être... lui répondit Thelvyn d'un ton peu convaincu. Si je pouvais maîtriser sa volonté, ou, mieux encore, le détruire, il est certain que ce serait la fin de tous nos ennuis. Mais, si je n'y parviens pas, je ne vois pas ce que nous pourrions faire, à part combattre ses armées.

— Sans vouloir paraître défaitiste, face à des créatures aussi puissantes que les dragons de gemmes, il me semble que nous n'avons aucune chance de l'emporter, objecta Alessa. Surtout sans le soutien des dragons.

— Il se trouve justement que nous pouvons compter sur leur appui, lui annonça Thelvyn. Quand je vous ai dit, tout à l'heure, qu'ils m'avaient jeté dehors et qu'ils avaient confisqué le collier, c'était pour que les Maîtres ne voient pas les choses autrement.

Alessa se redressa brusquement en écarquillant les yeux.

— Pardon ?

— Thelvyn est bel et bien le Roi-Dragon, lui expliqua Kharenndaën. Il est accepté et reconnu comme tel par la Nation des Dragons tout entière. Les dragons sont prêts à le suivre au combat et sont en train de lever une armée en ce moment même. Mais les Maîtres l'ignorent et ne peuvent donc que sous-estimer nos forces. C'est exactement ce que nous voulions.

— Mais nous aurons intérêt à agir vite si nous entendons profiter de cet avantage, enchaîna Thelvyn. (Il se tourna vers son hôtesse.) Je ne voudrais pas t'importuner, ma chère Solveig, mais ne pourrais-tu pas nous débarrasser de ces maudits griffons pour que Kharenndaën puisse récupérer son antre ?

— Je ferai le nécessaire dès demain, si tu y

tiens, acquiesça la barbare. Serait-ce indiscret de te demander pourquoi ?

— Parce que l'heure est venue pour moi d'assumer mes nouvelles responsabilités. Sauf cas de force majeure, vous ne me verrez plus désormais que sous ma véritable apparence. Je suis un dragon et, à partir de maintenant, je vivrai comme un dragon.

8

Ce furent les gardes frontaliers de Rocklogis qui, les premiers, donnèrent l'alerte. Ils surveillaient les Steppes d'Ethengar depuis les sommets, quand ils aperçurent un rideau de fumée noire à l'horizon. Ils crurent d'abord à un feu de broussailles, quoique le phénomène puisse paraître insolite en pleines giboulées de printemps. Quelques minutes plus tard, ce fut un véritable raz de marée : des centaines de chevaux sauvages déferlèrent sur les plaines avec un grondement de tonnerre. Fuyant quelque épouvantable menace venue du nord, les bêtes affolées déboulaient au triple galop, suivies de près par des hordes d'Ethengars, toutes tribus confondues — apparemment, devant un danger commun, les guerriers des steppes avaient oublié leurs vieilles rivalités de clan. Ils étaient encore à des lieues de distance, mais chevauchaient à bride abattue, droit sur les montagnes, et, au grand dam des nains, n'avaient manifestement pas l'intention de s'arrêter avant de les avoir atteintes.

Une délégation de sept jeunes cavaliers arriva bientôt à la frontière. Chacun arborait les couleurs d'un clan différent. Les Ethengars menaient une vie de nomades et avaient pour habitude de prévoir une monture de rechange dans leurs déplacements. Mais ceux-ci tiraient derrière eux une quinzaine de chevaux et ce luxe de précautions tendait à prouver qu'ils projetaient un bien long périple. Ils empruntèrent la Route de la Styrdal, en direction de l'une des plus importantes forteresses de Rocklogis : Fort Denwarf. Aux sentinelles qui les interpellaient, ils demandèrent à parler au commandant du fort et sollicitèrent auprès de lui l'autorisation de rejoindre Dengar. Ils avaient d'alarmantes nouvelles pour le Roi Daroban, arguaient-ils, ainsi qu'une requête à lui soumettre au nom de leur peuple tout entier. Ils bredouillaient, mêlant leur langage à celui des nains, avalant la moitié des mots dans leur précipitation. Le Général Balar, fils de Balic, un solide guerrier du Clan Torkrest chargé du commandement du fort, n'avait pourtant rien d'un alarmiste, mais, devant leur flagrant désarroi, il leur fit aussitôt remettre un laissez-passer.

Ils reprirent immédiatement la route et chevauchèrent toute la nuit, changeant fréquemment de monture sans jamais ralentir l'allure. Ce ne fut pas avant que les pauvres bêtes ne soient à bout de forces qu'ils se résignèrent à faire halte. L'aube était encore loin quand ils se remirent en selle. En milieu de matinée, ils étaient aux portes de la capitale, découvrant avec stupéfaction l'état des murailles et des tours de guet toujours en réfection depuis l'attaque nocturne des dragons de gemmes. Ils présentèrent aux sentinelles les documents signés de la main du Général Balar et furent conduits aux écuries de la caserne principale, où leurs chevaux furent pris en charge par de jeunes soldats en garnison. Quatre des émissaires préférèrent pourtant rester avec leurs montures — chez les Ethengars, le cheval n'était pas seulement le meilleur ami de l'homme, mais presque son égal — tandis que leur porte-parole et deux de ses compagnons étaient escortés jusqu'à la basse ville.

Pour des nomades, habitués au grand air et aux

immenses étendues des steppes, les profondes galeries de Dengar avaient quelque chose d'oppressant. Les seuls toits qu'ils aient jamais connus n'étaient guère plus solides que leur toile de tente et ces longs tunnels sombres et confinés semblaient se refermer sur eux comme un tombeau. Non pas qu'ils aient vraiment peur — non, il en fallait plus pour effrayer d'aussi farouches guerriers —, mais ils ne pouvaient s'empêcher de jeter de petits coups d'œil anxieux vers la voûte comme s'ils s'attendaient qu'elle leur tombe sur la tête d'un instant à l'autre. Trop fiers cependant pour rien laisser paraître de leur fébrilité, ils avançaient d'un pas ferme et résolu, sur les talons de leur guide qui les entraînait à travers Bas-Dengar vers le palais.

Quand ils franchirent le seuil de la Salle du Trône, Daroban se tenait assis dans son fauteuil royal et tenait audience en compagnie de ses deux fils. Tous trois étaient assaillis par une foule de conseillers, de généraux entourés de leurs états-majors et autres guerriers nains en grands conciliabules : les trois Ethengars arrivaient manifestement au beau milieu de la tourmente. Un humain se tenait sur les marches qui conduisaient au trône. Un Thyatien, à en juger par son uniforme. Il venait apparemment de délivrer son message et de remettre au roi un rapport que celui-ci parcourait des yeux. C'étaient probablement les nouvelles dont il était porteur qui avaient provoqué ce tempétueux branle-bas de combat. Tous se turent pourtant pour se retourner vers les visiteurs quand le garde en faction à la porte annonça leur entrée.

Le porte-parole des Ethengars s'approcha du trône et s'immobilisa au pied de l'estrade pour mettre le genou à terre, comme cela se pratiquait chez lui pour saluer un chef de tribu.

— Grand Roi de Rocklogis, accepte le salut de Kaïhatu, du clan du Cheval Rouge, envoyé par les siens pour t'avertir d'un grand danger, récita-t-il, ayant manifestement préparé son discours. Kaïhatu ne parle pas seulement au nom de son clan, mais au nom de tous les Ethengars. Les ennemis sont devenus frères devant l'envahisseur qui ravage leurs terres.

» La première attaque a eu lieu il y a trois lunes. Des créatures ailées ont fondu sur nous, comme des aigles sur leurs proies. Elles ont fait fuir nos bêtes, détruit nos chariots et incendié nos yourtes. Les miens ont d'abord cru à un raid de dragons, mais Kaïhatu n'a jamais vu de dragon avec une carapace qui brille comme des pierres précieuses. Certains sont couverts de rubis, d'autres de saphirs, d'autres encore d'ambre, de cristal ou d'onyx. Jamais personne n'a entendu parler de dragons incrustés de joyaux chez les Ethengars.

— Les dragons de gemmes ! souffla le Roi Daroban en hochant lentement la tête. (Il se tourna vers le Thyatien.) Le Roi-Dragon a dit vrai. Non pas que j'aie douté de sa parole, mais, en dépit de ses mises en garde, je suis persuadé que lui-même ne s'attendait pas à une si prompte offensive.

— Probablement pas, acquiesça le Thyatien. Les Maîtres savent qu'ils ont été découverts et que leur tentative pour semer la terreur et faire accuser les dragons à leur place a échoué. Puisqu'il n'est plus temps pour eux de jouer les créatures de l'ombre, peut-être ont-ils pensé qu'en nous prenant de vitesse ils nous empêcheraient de rassembler nos forces. Même si le Roi-Dragon l'avait prévu, qu'aurait-il pu faire de plus ?

— Certes, reconnut Daroban en se tournant de nouveau vers l'Ethengar. Kaïhatu, voici Darius Glantri, qui a quitté Braejr, ce matin même, pour se rendre à Thyatis et avertir l'Empereur Cornélius de l'invasion des Maîtres. Il a eu l'obligeance de s'arrêter ici en chemin pour nous annoncer la nouvelle, sans se douter de l'importance qu'elle allait revêtir à la lumière des présents événements. Grâce à lui, nous pouvons comprendre bien des choses qui seraient encore longtemps demeurées une insoluble énigme, pour vous comme pour nous.

— Vous les appelez « les Maîtres », répondit le jeune guerrier. Ce nom leur va bien. Ils ne sont pas venus seuls : il y a des humains avec eux et d'autres créatures qui ne ressemblent ni à des humains ni à des nains ; des hordes de monstres, aussi, qu'ils ont lâchées sur les steppes et qui détruisent tout sur leur passage. Les dragons étincelants les mènent au combat. Ce sont eux qui commandent. Tous les autres ne font qu'obéir.

— Ce sont les armées d'esclaves dont je vous ai parlé, expliqua Darius à l'intention du roi des nains. Auriez-vous une idée de leur nombre ? s'enquit-il auprès de l'Ethengar.

Kaïhatu secoua la tête avec un geste d'impuissance.

— Ils se déplacent trop vite et sont dispersés tout le long de la lisière nord des steppes, d'est en ouest. Ils sont comme les brins d'herbe sur la plaine. Les dragons étincelants ne sont sans doute pas plus d'une centaine, mais leurs guerriers sont regroupés en armées d'environ cinq mille hommes et les miens ont parlé d'au moins cinq armées. Il y en a peut-être d'autres, plus loin à l'est et à l'ouest, là où nous ne pouvons pas les voir.

Daroban soupira.

— Qu'allons-nous faire ? Votre ennemi est aussi le nôtre et celui de toutes les autres nations de ce monde. Nous serons à vos côtés dans ce combat. Mais nous n'avons pas les forces nécessaires pour vous aider à les chasser des steppes.

— Pour les steppes, il est trop tard, trancha le guerrier sans ciller. Les clans ont déjà fui devant l'envahisseur. Kaïhatu est seulement venu vous prévenir, car, après avoir ravagé nos terres, les

Maîtres viendront peut-être ravager les vôtres. Kaïhatu pense que vous devez masser vos armées à la frontière nord. Mais Kaïhatu est aussi venu demander asile pour son peuple. Les Ethengars ne peuvent pas rester dans les steppes ou ils vont mourir. Kaïhatu te prie, Grand Roi de Rocklogis : laisse les miens se réfugier dans tes montagnes.

Daroban ne réfléchit qu'un bref instant avant de donner son accord.

— Qu'il en soit fait selon ton désir. Guide ton peuple dans nos montagnes. J'espère qu'elles leur fourniront un abri sûr. Mais il se peut que nous soyons bientôt amenés à nous battre côte à côte pour les défendre contre notre ennemi commun.

— La Nation des Dragons a promis de nous prêter assistance, intervint Darius. Avec votre permission, je vais de ce pas récupérer mon griffon pour retourner à Braejr et prévenir le Roi-Dragon. Il aura cependant besoin d'un peu de temps pour rassembler ses troupes et les conduire jusqu'ici. Il faut donc vous préparer à vous défendre seuls et à tenir vos positions pendant quelques jours.

Kaïhatu remercia le Roi Daroban, invita d'un geste ses deux compagnons à le suivre et quitta la Salle du Trône en compagnie de Darius Glantri. Ils n'avaient pas encore franchi le seuil que déjà le monarque se levait brusquement, arrachant sa couronne pour la jeter sur son fauteuil avec un juron, avant de se mettre à marcher de long en large, les sourcils froncés, les mains derrière le dos, manifestement plongé dans de sombres méditations.

— C'est sans espoir, lâcha-t-il finalement. Ces maudits dragons de gemmes peuvent aller et venir à leur guise sans que nous puissions rien faire pour les arrêter. Il faut regarder les choses en face : ils sont tout simplement trop forts pour nous. Ils couvrent en une heure une distance que nous mettons des jours entiers à parcourir et leur souffle détruit en une seconde des murailles que nous avons mis des années à bâtir. Cela dit, ce qui les avantage sur terre pourrait fort les désavantager en dessous. Dans nos tunnels, leur taille jouera contre eux. Nous devons immédiatement faire évacuer toutes les hautes villes et stocker des vivres. Enfants, vieillards et invalides devront être regroupés dans nos cavernes. Nous ne livrerons pas nos forteresses et nos fiefs sans combattre, mais nos véritables places fortes seront désormais souterraines.

Thorinn opina.

— Ça devrait nous permettre de résister jusqu'à l'arrivée des dragons.

Daroban se figea pour le dévisager d'un air incrédule.

— Parce que tu fais encore confiance à ton ancien ami ? Tu crois vraiment qu'il va se battre pour nous ? Ne te méprends pas : j'espère que tu as raison. Mais je crains que ce ne soient de vaines espérances, en vérité. Quant à moi, je ne peux me résoudre à prêter foi à ses allégations. Loyal ou pas, un dragon reste un dragon. Et je ne croirai au soutien des dragons que lorsque je les aurai vus, de mes propres yeux, venir à la rescousse.

— Ils viendront, soyez-en certain, affirma Thorinn. En attendant, compter seulement sur l'inviolabilité de nos cités souterraines me semble bien hasardeux. Comme cet Ethengar nous l'a dit tout à l'heure, les Maîtres ont levé des armées de milliers d'hommes et d'autres créatures féroces. Si les dragons sont handicapés par leur taille pour s'immiscer dans nos étroites galeries, leurs soldats, eux, ne devraient avoir aucune difficulté à les envahir. Cependant, avant d'en arriver là, il leur faudra bien emprunter la Route de la Styrdal et franchir le Pas de Denwarf. A mon avis, mieux vaut les retenir à l'extérieur de nos frontières que les attendre bien gentiment ici. Père, donnez-moi autant de guerriers que vous pourrez m'en fournir sans mettre en péril la sûreté de Dengar. Je me charge de leur barrer la route.

— Oui, je pensais effectivement qu'il faudrait renforcer la garnison de Fort Denwarf, de toute façon, approuva le roi. Pars immédiatement pour en avertir Balar. Nous t'enverrons des soldats, des armes et des vivres dès que possible. Il nous faut aussi penser à consolider Fort Evekarr au nord-est et à défendre la vallée de la Hrap. Tu prendras des dispositions en ce sens. Quant à toi, Dhorinn, tu superviseras la défense de Dengar.

Abasourdi, Dhorinn leva vers son père un regard débordant de gratitude. Il n'avait plus pris le commandement d'une armée depuis sa terrible blessure dans la bataille des Terres Brisées, des années auparavant, et avait dû se contenter de jouer les conseillers militaires à la Cour qui en comptait déjà pléthore. Assumer la défense de la capitale lui épargnerait les pénibles chevauchées et les longues marches que son état de santé lui interdisait, tout en lui permettant de faire la preuve de ses qualités de chef et de stratège : une occasion unique de se revaloriser qu'il ne laisserait certainement pas passer.

Puisqu'il devait se rendre à Fort Denwarf au plus tôt, Thorinn envoya un messager demander aux Ethengars de l'attendre pour qu'ils puissent faire route ensemble. Même en terrain accidenté — et Dieu sait que traverser les montagnes de Rocklogis n'était pas une sinécure —, il n'y avait pas plus rapide que les guerriers des steppes. Seuls les dragons ou les émissaires thyatiens montés sur leurs griffons auraient pu rivaliser avec eux. Thorinn s'empressa de revêtir son armure, se saisit de ses armes et gagna la haute ville aussi vite que sa fierté et le poids de son accoutrement le lui permettaient, tant et si bien qu'il rejoignit les écuries de la caserne principale à peine plus d'un quart d'heure après Kaïhatu.

Les sept guerriers se dirent ravis et très honorés de le compter parmi eux. Ils étaient extrêmement reconnaissants au Roi Daroban d'avoir autorisé les leurs à chercher refuge sur son territoire. A la vérité, ils s'étaient même attendus à un refus catégorique. Ils auraient accepté de servir de guides au digne fils d'un si généreux monarque jusqu'au bout du monde, s'il l'avait voulu. Thorinn savait pourtant combien ils étaient impatients de retourner auprès des leurs pour leur annoncer la bonne nouvelle. Chaque seconde qui passait mettait un peu plus en péril la survie de leur peuple et il leur promit de ne pas les retarder. Il choisit deux des meilleurs coursiers du royaume et se mit aussitôt en selle, tenant sa deuxième monture par la bride. L'instant d'après, il franchissait les portes de Dengar avec ses compagnons de route.

Contrairement à la majorité des nains, Thorinn n'était pas seulement habitué à monter à cheval, mais se montrait même un excellent cavalier, talent qu'il avait eu tout le temps de perfectionner aux côtés de Solveig Pluie d'Or et de Messire George Kirbey au cours de leurs nombreuses expéditions. Il n'en demeurait pas moins qu'il avait du mal à suivre le train d'enfer que les nomades lui imposaient. A pareille allure, rester en équilibre exigeait de lui un effort constant et les accidents du terrain, une vigilance de tous les instants. Mais il lui restait encore de longues heures de chevauchée avant d'atteindre Fort Denwarf et il aurait tout le temps de réfléchir aux problèmes qui le préoccupaient.

Quant aux nains, Thelvyn Œil de Renard n'aurait pas pu mieux choisir son moment pour trouver le Collier des Dragons. Thorinn ne doutait pas un instant que son ancien compagnon d'aventure viendrait à la rescousse et rallierait les dragons sous sa bannière royale pour défendre Rocklogis. Malheureusement, quand bien même les nains n'auraient assurément pu rêver plus puissants alliés — et si tant est qu'ils puissent compter sur de prompts renforts —, Thorinn n'était pas persuadé que cela suffirait. Contraints de fuir devant l'envahisseur, les Ethengars n'avaient aucune idée précise ni du danger qu'il représentait ni de l'ampleur exacte de ses forces. Combien peut-il bien exister de dragons sur Mystara ? se disait le nain. A supposer qu'ils répondent tous à l'appel du Roi-Dragon, leur nombre ne devait guère se monter à plus de deux mille...

En outre, il se demandait combien de temps il faudrait à Thelvyn pour lever une armée et la conduire jusqu'en Rocklogis. Pas moins de trois ou quatre jours, assurément. Les nains pourraient-ils résister aussi longtemps aux assauts de l'ennemi ? Il comprenait à présent combien il serait vain de défendre le Pas de Denwarf. Il parviendrait peut-être à retenir la piétaille un bon moment, mais les Maîtres finiraient inéluctablement par l'emporter. Rien ne pourrait arrêter les dragons de gemmes. Il leur suffirait de foncer à tire-d'aile sur Fort Denwarf pour réduire l'unique bastion de la frontière nord en ruine. Il commençait à se ranger à l'avis de son père : leur seul espoir serait de se calfeutrer dans leurs cavernes et de les défendre aussi longtemps que possible jusqu'à ce que les dragons viennent leur porter secours.

Thorinn passa toute la journée à tourner et retourner le problème dans sa tête. En pure perte. Il ne voyait pas comment Rocklogis pourrait échapper à une invasion massive. Les nains avaient tout simplement affaire à trop forte partie. Tout avantageait l'adversaire. Thorinn ne pouvait que prier Kaguyar pour que les Maîtres soient miraculeusement retenus dans les Steppes d'Ethengar et retardés d'autant dans leur conquête de Rocklogis. Peut-être ne fonceraient-ils pas tout de suite vers le sud, préférant filer vers l'ouest pour envahir les Hautes-Terres et enrôler dans leurs armées leurs anciens esclaves ?

La petite troupe n'atteignit Fort Denwarf que quelques bonnes heures après la tombée de la nuit. Mais Thorinn s'estimait déjà heureux d'avoir réussi à couvrir un tel trajet en une seule journée. Les sentinelles le reconnurent avant même qu'il n'ait pu se présenter et le Général Balar s'empressa de venir le saluer. Thorinn réclama des vivres et des provisions de fourrage pour ses compagnons, s'assura qu'ils seraient confortablement installés pour la nuit et confia ses deux coursiers aux garçons d'écurie.

Après cette harassante chevauchée, il avait besoin de se dégourdir les jambes. Aussi demeura-t-il longtemps dans la cour intérieure de la forteresse, l'arpentant de long en large tout en exposant au Général Balar la stratégie qu'avait arrêtée son père et le rôle qu'il était lui-même censé jouer dans la défense du royaume.

— Quant à moi, je n'ai pas grand-chose de neuf à vous apprendre, lui dit le commandant du fort. Les Ethengars continuent à se replier vers le sud et certains clans ont déjà rejoint nos montagnes. J'ai hésité à les arrêter à la frontière et, sans vouloir critiquer la décision du roi, je ne me sens pas tranquille à l'idée de les laisser pénétrer librement sur notre territoire.

— Nous avons tout à y gagner, lui rétorqua Thorinn. A l'heure qu'il est, personne ne hait davantage ces envahisseurs que les Ethengars. N'oubliez pas qu'ils ont perdu leurs terres, leurs bêtes et sans doute nombre de leurs frères. Si l'ennemi tente de contourner le Pas de Denwarf en prenant à travers la montagne, il trouvera à qui parler.

Toutes les dispositions avaient été prises pour soutenir un siège et Fort Denwarf était déjà sur le pied de guerre. La forteresse n'avait pas souffert de trop gros dommages lors de la première attaque des dragons de gemmes. Le donjon était toujours décapité, son altitude rendant les réparations trop difficiles. Thorinn regrettait qu'il n'y ait pas davantage de catapultes sur place. Lors de l'invasion des Hautes-Terres, l'année précédente, il avait pu constater qu'elles constituaient les seules armes efficaces contre les dragons. Les défenses de Fort Denwarf avaient été conçues pour repousser des envahisseurs plus... terre à terre, les Ethengars en particulier. De toute façon, il savait que, face aux dragons de gemmes, le combat était perdu d'avance.

Le lendemain, au point du jour, Thorinn rejoignit la tour de guet qui dominait le défilé, à une douzaine de milles en amont de la forteresse. Du haut de son parapet, on jouissait d'un vaste panorama sur les steppes. Un écran de fumée noire barrait l'étendue herbeuse d'un bout à l'autre. A croire que les Maîtres voulaient embraser l'intégralité des plaines dans un seul gigantesque incendie. Apparemment, les nomades avaient déjà rejoint les contreforts, car il ne distinguait aucun mouvement dans la partie sud des steppes, ni le long de leur frontière avec Rocklogis. Aucun signe non plus des attaquants au nord, bien que Thorinn n'ait pu dire avec certitude s'il apercevait des formes noires dans la fumée ou si c'était le bouillonnement des nuages qui lui donnait cette impression. Quoi qu'il en soit, tout portait à croire que les envahisseurs n'atteindraient pas les montagnes de Rocklogis avant deux jours.

Les renforts et le ravitaillement promis commencèrent à arriver en début d'après-midi. Malheureusement, ce premier convoi comptait fort peu de catapultes et de grandes arbalètes, seules machines de guerre à pouvoir lancer avec la force nécessaire des traits assez gros pour transpercer la carapace d'un dragon. Au demeurant, Thorinn n'était pas persuadé que celle des dragons de gemmes ne résisterait pas aux carreaux et aux épieux les plus acérés. Les nains fabriquaient en revanche de puissantes balistes, mais il y avait fort peu de chances pour qu'elles parviennent à atteindre un dragon en plein vol.

A la tombée de la nuit, le rougeoiement des feux qui ravageaient les steppes pouvait être aperçu depuis les plus hautes tours de la forteresse et, durant toute la journée du lendemain, le rempart fuligineux ne cessa de s'élever, toujours plus haut, toujours plus dense. Le vent du nord s'était levé, attisant les flammes et poussant devant lui l'épais rideau noir vers Rocklogis. Les nuages de fumée s'agglutinaient au-dessus des défenseurs comme un ciel d'orage, plongeant les montagnes dans une pénombre crépusculaire. Une insoutenable odeur de brûlé les prenait à la gorge et la fumée les asphyxiait.

Un second convoi arriva dans l'après-midi. Mais Thorinn renvoya une partie des troupes fraîches et la majorité des chariots de matériel vers le sud où ils seraient plus utiles qu'à la frontière. Il partageait désormais les vues de son père et avait modifié sa stratégie en conséquence. Il remit au colonel du régiment une lettre expliquant les raisons de ce revirement et demandant qu'on cesse d'envoyer des renforts vers le nord. Quand les dragons de gemmes attaqueraient pour de bon, les défenseurs se verraient fatalement obligés d'abandonner Fort Denwarf. Leur nombre et la puissance de leur arsenal n'y pourraient rien changer.

Au soir de ce deuxième jour, l'incendie qui ravageait les plaines ressemblait à une mer de feu montant lentement à l'assaut des contreforts. La lumière des flammes paraissait se livrer à quelque sabbat démoniaque, dansant une ronde échevelée sur les parois des pics et sur les murailles du fort.

Quand l'aube se leva, l'écran de fumée noire s'étirait d'un bout à l'autre de l'horizon et se dressait si haut qu'il dominait les sommets des Altan Tepes toutes proches. Comme la vague de flammes commençait à submerger les broussailles et les arbustes au pied des montagnes, des feux se déclarèrent par centaines. Il n'y avait cependant toujours aucun signe des envahisseurs. Apparemment, leurs armées avançaient à couvert derrière le rideau de fumée et de flammes, poussant l'incendie devant elles pour qu'il leur ouvre la voie.

Thorinn ordonna alors aux défenseurs de Fort Denwarf de revêtir leurs armures et de fourbir leurs armes. L'invasion de Rocklogis était imminente. Il nourrissait pourtant encore un dernier espoir : que les assaillants changent brusquement de cap au dernier moment pour faire route vers l'ouest. La lame incendiaire déferlait maintenant sur les contreforts, s'attaquant avec voracité aux bois clairsemés des pentes. Mais le versant était trop aride et les bouquets d'arbres, trop rares et trop maigres pour entretenir le feu qui s'essoufflait. Il avait beaucoup plu dans les montagnes, ce printemps, et la flore gorgée d'eau refusait de se laisser brûler vive.

Le lourd rideau de fumée noire ne cessait d'épaissir à mesure que le brasier progressait. Il engloutissait tout. Pourtant, comme les derniers feux rendaient l'âme, il finit enfin par se dissiper. Pour la première fois, les nains purent voir ce que l'incendie avait laissé derrière lui. Ils en furent accablés. L'océan de verdure qu'ils avaient si souvent contemplé n'était plus désormais qu'un immense tapis de cendres encore fumant, une terre stérile et désolée. Au premier plan, les troupes ennemies s'efforçaient de se regrouper le long de la Styrdal, dans le but manifeste de lancer une attaque décisive sur le Pas de Denwarf.

Thorinn gagna la tour de guet, en amont de la

forteresse, pour tenter d'estimer les forces qu'il devrait bientôt affronter. Quatre divisions, de près de cinq mille guerriers chacune, arrivaient par l'ouest, en tête d'un interminable convoi de chariots de ravitaillement et de machines de guerre. A l'est, au moins cinq autres de même importance se succédaient en un flot discontinu, à perte de vue. Les soldats marchaient au pas cadencé, tous de races différentes, dont certaines que le nain n'avait jamais vues et qui semblaient n'avoir rien de commun avec lui, pas même une vague silhouette humanoïde.

Certes, ce spectacle n'avait rien de rassurant, mais au moins Thorinn savait-il maintenant à quoi s'en tenir : l'invasion de Rocklogis ne faisait plus l'ombre d'un doute et les forces ennemies se montaient à plus de cinquante mille hommes, tous en route pour le Pas de Denwarf. Il avait cependant la quasi-certitude qu'ils ne tenteraient pas de prendre le défilé le jour même ni le lendemain. Les régiments étaient encore trop éparpillés et il imaginait, non sans une certaine jubilation, dans quel piteux état devait être la piétaille après une marche forcée sur toute la longueur des steppes, dans la fournaise, la poussière et la fumée. Il pouvait aussi raisonnablement espérer soutenir un siège de plusieurs jours, si tant est que les Maîtres ne se mettent pas de la partie. Bizarrement, les dragons de gemmes ne s'étaient toujours pas manifestés.

Cette curieuse absence inquiétait Thorinn. Il craignait que les monstres n'aient profité du providentiel écran de fumée pour franchir les montagnes et porter directement leurs attaques sur les cités et les bastions du Sud. Il en eut le cœur net un peu plus tard dans la soirée. La nuit était tombée depuis plus d'une heure quand les sentinelles repérèrent des dragons de gemmes volant par petits groupes au centre du défilé, juste hors de portée des balistes du fort. Ils piquaient droit vers le midi, à tire-d'aile, sans même un regard pour la forteresse frontalière.

Si on les lui avait plusieurs fois décrits, Thorinn n'avait jamais eu l'occasion de les examiner de visu. Il s'était souvent demandé jusqu'à quel point ils différaient des dragons de Mystara. Ils étaient assurément plus grands que tous les dragons qu'il avait déjà vus et la forme de leur tête et de leur crête les distinguait de toutes les espèces qu'il connaissait. Leur carapace étincelante leur donnait une apparence tout à fait singulière : ils ressemblaient moins à des êtres vivants qu'à des statues de pierre ou de joyaux animées par magie. Il les regardait foncer vers le sud et s'interrogeait sur leurs objectifs et sur leur plan de bataille, tout en priant pour que tous ses compatriotes se soient déjà réfugiés dans leurs cavernes souterraines.

La nuit se passa sans heurt, dans l'attente et l'angoisse. Mais, si longue et éprouvante qu'elle ait pu paraître aux défenseurs nains, elle fut encore trop courte, car, pour nombre d'entre eux, le nouveau jour qui se levait serait aussi le dernier : le combat semblait désormais inévitable. Aux premières heures de la matinée, les sentinelles des postes avancés avaient déjà rejoint le fort. Elles apportaient d'alarmantes nouvelles : les armées adverses avaient commencé leur lente progression sur la Route de la Styrdal, sans attendre les deux ou trois compagnies de l'Est qui tardaient à rejoindre le gros des troupes. Fort Denwarf serait assailli avant le crépuscule.

Pour la dixième fois, Thorinn étudia ses plans de défense. Il en avait prévu un, pour le cas où la piétaille attaquerait en premier, et un deuxième, totalement différent, si les dragons de gemmes donnaient l'assaut avant l'arrivée de leurs soldats. Il savait qu'il lui faudrait tôt ou tard affronter les Maîtres, à plus forte raison s'il parvenait à repousser leurs armées. La seule hypothèse qu'il n'avait pas envisagée, c'était que Thelvyn et ses dragons arrivent à la dernière minute pour les sauver de la débâcle. Il ne doutait pas une seconde qu'ils viendraient, mais il savait qu'il leur faudrait du temps pour s'organiser. Thelvyn était trop intelligent pour se jeter dans la bataille sans s'y être convenablement préparé. Il attendrait d'avoir rassemblé une force assez puissante pour tenir tête aux Maîtres et à leurs armées avant de s'élancer au secours de ses alliés.

En fin d'après-midi, juste au moment où le soleil commençait à sombrer derrière les sommets, l'avant-garde de l'armée ennemie pénétrait dans le défilé pour s'immobiliser bientôt à distance respectueuse des portes de Fort Denwarf, juste hors de portée des flèches de grand arc et des carreaux d'arbalète légère. D'impressionnantes tours de siège furent alors poussées en position d'assaut tandis qu'une partie des chariots de ravitaillement étaient alignés en rempart pour protéger la soldatesque qui, loin de se préparer à l'offensive, s'apprêtait manifestement à dresser le camp pour la nuit. Selon toute vraisemblance, l'ennemi n'avait aucune intention de guerroyer dans l'obscurité. Ce qui aurait pu les avantager, en terrain découvert, n'aurait fait que leur compliquer la tâche, sur un champ de bataille aussi réduit. Miser sur une attaque nocturne permettait habituellement de profiter des ténèbres pour dissimuler les mouvements de troupes. Mais cette tactique était réservée à ceux qui connaissaient assez le terrain pour manœuvrer dans le noir et surprendre l'adversaire. Or, dans l'affrontement qui s'annonçait, les nains avaient indubitablement l'avantage d'être chez eux et, quant à l'effet de surprise, il ne fallait pas y compter : il n'y avait pas trente-six façons d'assiéger une citadelle à flanc de montagne quand une seule route y menait.

Les assaillants furent d'ailleurs obligés de bivouaquer sur la route elle-même puisque, sur les sept ou huit derniers milles, l'unique voie d'accès à la forteresse avait été taillée à flanc de paroi, au-dessus du ravin au fond duquel coulait la Styrdal. Avec, d'un côté, l'abîme et, de l'autre, une muraille rocheuse aussi verticale qu'une falaise, ils n'avaient guère le choix. Quoique la route ait été avant tout tracée pour relier entre elles la tour de guet qui dominait le défilé et la forteresse elle-même, les nains ne laissaient jamais rien au hasard quand il s'agissait de défendre leurs fiefs et de protéger leur trésor.

Thorinn attendit patiemment que l'obscurité soit totale, accordant aux assaillants tout le temps de s'installer aussi confortablement que possible pour la nuit. Cela faisait déjà plusieurs heures qu'il les surveillait depuis les remparts et il n'avait aucune peine à croire qu'ils étaient des esclaves soumis corps et âme à la volonté des Maîtres. Ils se comportaient comme des automates, n'échangeant guère que de rares murmures étouffés. Pas de ces plaisanteries de corps de garde ou de ces chansons à boire qui animent immanquablement les veillées d'armes autour du feu de camp. Les soldats ne riaient pas plus qu'ils ne narguaient l'ennemi d'apostrophes gaillardes. Ils vaquaient simplement à leurs occupations, avec une économie de gestes et de paroles qui avait quelque chose de presque effrayant.

— Ça fait longtemps que vous avez joué aux quilles, Général ? demanda-t-il au commandant du fort, qui se tenait à ses côtés.

— Oh ! à ce petit jeu-là, mes hommes sont imbattables ! répondit le nain en souriant dans sa barbe. Voulez-vous en faire une partie cette nuit ?

— Pourquoi ne pas commencer dès maintenant ? Sait-on jamais, les Maîtres pourraient venir nous interrompre. Profitons-en pendant qu'ils ne sont pas encore là.

Moins d'une dizaine de minutes plus tard, les défenseurs de Fort Denwarf entamaient la « partie de quilles » en question : une énorme baliste catapulta sa lourde charge dans les airs avec un claquement mat et un grincement de bois sec. Un gros bloc de pierre s'éleva lentement au-dessus du portail, puis survola la route sur une centaine d'aunes avant de s'écraser à la base de la tour d'assaut la plus proche. Le Général n'avait pas menti : ses soldats étaient effectivement à leur affaire. La tour se mit d'abord à chanceler dangereusement, puis pencha progressivement avant de s'effondrer, comme au ralenti. Le projectile, quant à lui, continua sur sa lancée, prenant de la vitesse avec la déclivité de la pente pour heurter de plein fouet plusieurs chariots de ravitaillement, immédiatement réduits en miettes.

Les nains exécutaient toujours la moindre chose avec un soin méticuleux et peaufinaient leurs plans de défense avec une stupéfiante précision dans le détail. Ils avaient bien sûr déjà envisagé un tel scénario de bataille, bien avant la construction de la forteresse, et avaient calculé l'inclinaison de la route au pouce près. En outre, au fil des ans, ils avaient accumulé les munitions, taillant sans relâche des blocs de pierre arrachés à la montagne, les arrondissant patiemment, les polissant avec amour pour se constituer une réserve de projectiles de toutes les tailles, du boulet d'une cinquantaine de kilos à la masse de plusieurs tonnes. Certes, même les nains ne pouvaient envoyer une telle charge à plus d'un demi-mille et, de toute façon, la route faisait un coude et disparaissait derrière la paroi à guère plus de distance des remparts. Mais ils avaient trouvé un ingénieux moyen de pallier cet inconvénient. La chaussée était large, en pente et flanquée d'un côté par la paroi verticale de la montagne. Il aurait été stupide de perdre le bénéfice de cette magnifique piste de bowling à cause d'un malheureux petit virage. Aussi avaient-ils construit, tout le long de la route, du côté du ravin, un solide muret légèrement concave qui s'élevait progressivement jusqu'à atteindre sa hauteur maximale juste au niveau de la courbe, de telle sorte que les énormes boules de pierre ricochaient dans le tournant pour rouler à une vitesse vertigineuse jusqu'au bout du parcours, détruisant tout sur leur passage.

Pendant la journée, les défenseurs du fort avaient mis toutes leurs balistes en batterie dans la cour extérieure, juste derrière le mur d'enceinte, et avaient soigneusement empilé leurs munitions. Aussi pouvaient-ils mitrailler les assiégeants sans relâche : à peine le premier boulet avait-il atteint sa cible qu'ils retendaient le mécanisme et plaçaient la charge suivante, de sorte que les tirs s'enchaînaient à une cadence infernale. Les trois premières rafales avaient détruit toutes les tours d'assaut et broyé tous les chariots de l'ennemi. Devant les énormes boulets qui dévalaient la pente, les assaillants s'égaillaient en hurlant. Mais il n'y avait aucun refuge, aucune issue et ils couraient en tous sens, se piétinant les uns les autres dans leurs tentatives désespérées d'échapper aux rouleaux compresseurs qui ricochaient entre la paroi et le muret, prenant toujours plus de vitesse pour les écraser : un véritable jeu de massacre.

Pour l'instant, les défenseurs de Fort Denwarf avaient largement l'avantage : leurs adversaires étaient pris au piège, incapables d'échapper à l'avalanche meurtrière. Ils ne pouvaient ni se défendre ni, à plus forte raison, riposter. Mais Thorinn se gardait bien de crier victoire. Il savait trop combien la chance pouvait tourner en une fraction de seconde. Les nains continuaient leurs attaques, réarmant leurs balistes aussi vite qu'ils les relâchaient, quand, soudain, l'une des plus hautes tours de la forteresse explosa dans un gigantesque brasier et s'effondra avec fracas. Tous les yeux s'étaient déjà levés. Là, zébrant le firmament, de gigantesques ombres noires plongeaient sur eux en crachant le feu.

Les nains n'avaient pas vraiment été pris au dépourvu. Thorinn avait toujours su que les Maîtres voleraient au secours de leurs soldats s'il mettait à mal leur armée. A l'exception de la trentaine d'artilleurs qui s'activaient aux balistes, il avait déjà ordonné à tous les défenseurs du fort d'emprunter les passages secrets creusés sous l'édifice pour rejoindre Stahl et Evemur : l'inéluctable retraite vers le sud avait déjà commencé. Aussi l'abandon définitif de la forteresse put-il se faire avec autant de rapidité que de facilité. Les nains envoyèrent leur dernière salve, puis se précipitèrent vers les escaliers souterrains du donjon pour se faufiler à travers les profondes galeries creusées dans la montagne. L'instant d'après, ils s'immobilisèrent devant une anfractuosité de la paroi. Le premier de la colonne y glissa la main et activa le mécanisme. Un pan de roche se détacha pour pivoter vers l'extérieur et, l'un après l'autre, tous les nains se fondirent dans les ténèbres.

Thorinn et le Général Balar fermaient la marche. Par égard pour les longues années de service de son aîné, Thorinn franchit la porte dérobée en premier, laissant ainsi le commandant du fort la tirer derrière lui. En quelques minutes, les ultimes défenseurs de Fort Denwarf avaient disparu sans laisser de trace, abandonnant dans leur sillage une forteresse déserte.

— Il y a encore une semaine, je n'aurais jamais voulu croire que nous serions un jour obligés de céder Denwarf à un quelconque ennemi, chuchota Balar, qui s'était plaqué contre la paroi de pierre, l'oreille collée à la porte. Ça me fend le cœur de devoir partir alors que les murs sont encore debout. Mais, avec ces maudits dragons incendiant nos tours, il est inutile d'essayer de défendre le fort. J'espère seulement que ces créatures du diable ne vont pas le raser.

— Ça m'étonnerait qu'ils s'en donnent la peine, le rassura Thorinn. De toute façon, nous le reconstruirons. J'ai bien peur que nos bâtisseurs n'aient du pain sur la planche quand tout ça sera enfin terminé.

Le Général Balar n'avait rien entendu de suspect : l'ennemi ne s'était pas lancé à leur poursuite. Il n'en omit pas pour autant d'actionner les systèmes de sécurité qui couvriraient leur retraite en provoquant une avalanche de gigantesques blocs de pierre si quelqu'un tentait de déclencher le mécanisme de l'autre côté. Il pivota alors brusquement et, regardant droit devant lui, se mit en route d'un pas martial. Le temps des regrets était passé : il avait déjà tourné la page. Les deux nains s'enfoncèrent rapidement dans le tunnel. A une centaine d'aunes de là, ils débouchèrent dans une petite caverne où un détachement de soldats les attendaient, leurs paquetages sur le dos, certains, une lampe magique à la main pour les guider — quoique les nains voient assez bien la nuit pour trouver leur chemin dans l'obscurité. Quand Thorinn et Balar eurent chargé leurs havresacs, la troupe se mit en ordre de marche, en rangs par deux, et s'engagea dans le passage au fond de la caverne.

Qu'est-ce qui peut bien se passer, là-haut ? se demandait Thorinn. Les Maîtres ont-ils déjà découvert que l'oiseau s'est envolé ? Après tout, le plus tôt serait le mieux. A quoi bon s'acharner sur une forteresse vide ? Avec un peu de chance, ils déclareraient forfait et Fort Denwarf serait épargné. La seule chose qu'il regrettait vraiment, c'était d'avoir dû laisser ses deux fiers coursiers derrière lui. Non pas qu'une longue marche lui fasse peur. Il était encore trop jeune et trop robuste pour cela. Seulement, avec des chevaux, il aurait pu rejoindre Dengar beaucoup plus vite et, vu la tournure que prenaient les événements, la rapidité serait un facteur déterminant. Malheureusement, maintenant que les Maîtres étaient entrés dans Rocklogis, aucune route ne serait sûre et chevaucher à bride abattue en terrain découvert n'aurait pas été très prudent. Nul doute qu'ils l'avaient déjà devancé. A l'heure qu'il est, se disait-il, la plupart de nos cités sont déjà assiégées.

Las ! que pouvait-il y faire ? Pas grand-chose. Les nains de Fort Denwarf venaient probablement de livrer leur dernière bataille pour la défense de leur patrie. Dorénavant, leur unique chance de survie serait de se réfugier dans leurs places fortes souterraines en priant pour que le Roi-Dragon vienne les secourir. Mais combien de temps leur faudrait-il attendre ces renforts ? Si ça se trouve, ils sont déjà en chemin, songeait Thorinn. Mais il aurait été plus réaliste de ne pas compter sur eux avant trois ou quatre jours.

Même s'il savait ne rien pouvoir faire pour sauver Rocklogis, Thorinn voulait absolument regagner Dengar dans les plus brefs délais. Si la basse ville était assiégée, il ne se pardonnerait jamais d'être arrivé trop tard pour la défendre.

La colonne avançait au pas de gymnastique depuis près de deux heures quand le tunnel déboucha dans une deuxième petite caverne où les soldats firent halte pour se reposer. Ils n'osèrent cependant pas s'attarder trop longtemps. Ils allaient bientôt se retrouver à l'air libre et préféraient profiter de la nuit pour cheminer sous le couvert des ténèbres. Courageux, habiles et patients, les nains étaient d'infatigables terrassiers, mais creuser un tunnel à même la roche exigeait des années de travail et percer celui qui reliait Fort Denwarf au fin fond du ravin de la

Styrdal, au cœur même de la montagne, constituait déjà, en soi, un remarquable exploit.

Après quelques minutes de répit, la troupe s'engagea dans une galerie latérale qu'elle suivit sur un bon mille avant d'atteindre une porte dérobée s'ouvrant au creux du défilé. La peur au ventre, Thorinn s'arrêta un instant pour jeter un coup d'œil vers le nord : il s'attendait à voir Fort Denwarf en flammes. Mais les faibles lueurs jaunâtres qui scintillaient au loin eurent tôt fait de le rassurer. Apparemment, la forteresse n'avait pas encore été incendiée et il y avait peu de risques pour qu'elle le soit maintenant. Ses compagnons avaient déjà franchi la Styrdal sur le simple pont de corde qu'il avait fait construire deux jours auparavant et dont il coupa lui-même les amarres quand tous furent parvenus sur la rive opposée. Lorsque le jour se lèverait, il ne resterait aucune trace de leur passage.

La suite du parcours les entraîna dans la montagne, à l'ouest du vallon, sur de sinueuses pistes serpentant entre profonds ravins et bois touffus. Même avec sa vue perçante, aucun dragon volant au-dessus d'eux n'aurait pu les repérer. Plus de dix-huit lieues séparaient Fort Denwarf de Stahl. Si endurant fût-il, aucun nain ne pouvait couvrir pareille distance en une nuit. Le soleil se hissait déjà au sommet de l'Eperon de Denwarf, sur la rive orientale de la rivière, quand ils parvinrent enfin à l'entrée d'un second passage secret. Ils franchirent la porte dérobée en file indienne et firent halte pour se reposer. Il leur restait encore quatre lieues à parcourir à travers un dédale de sombres galeries pour arriver à Stahl.

Epuisés, ils ne se remirent pas en route avant midi. Après une marche forcée dans les entrailles de la montagne, ils pénétrèrent dans les tunnels qui menaient à la basse ville en fin d'après-midi. Les soldats de Fort Denwarf n'avaient cessé d'arriver depuis le matin et l'un des commandants de la garnison locale les attendait à la sortie.

— Bienvenue, Thorinn Terreur des Ours ! l'accueillit le soldat, qui l'avait immédiatement reconnu. Alors, c'est donc vrai ? Fort Denwarf est tombé ?

— Nous avons dû l'abandonner aux griffes de l'ennemi, lui confirma Thorinn en s'écartant de la porte pour qu'on puisse la refermer derrière lui. Qu'en est-il de Stahl ? Avez-vous déjà condamné l'entrée à la basse ville ?

— Oui, et juste à temps. Cela fait deux jours que les Maîtres nous harcèlent, mais il nous faut tout de même essayer de remonter entre deux attaques pour ramener des vivres, des armes et du matériel, sinon le ravitaillement ne tarderait pas à manquer. Nous espérons néanmoins que nous ne serons pas obligés de leur livrer la haute ville avant qu'ils ne l'assiègent pour de bon.

Thorinn fut escorté jusqu'à la résidence du gouverneur de Stahl où il put enfin prendre un bain et un repas digne de ce nom, le premier depuis qu'il avait quitté Fort Denwarf. Dès qu'il en eut l'occasion, il interrogea son hôte et s'enquit de la situation à travers tout le royaume. Mais le gouverneur n'avait pas grand-chose à lui apprendre. Outre les Maîtres eux-mêmes, rien ne bougeait sur le territoire national. Toutes les routes ayant été coupées, les cités étaient isolées et donc ipso facto en état de siège.

Pour le gouverneur de Stahl, l'arrivée de la garnison de Fort Denwarf au grand complet était une véritable aubaine. L'ennemi attaquerait probablement sa cité en premier et il avait compris, dès le départ, qu'il lui reviendrait de soutenir le siège le plus longtemps possible pour protéger les autres cités, plus au sud. Mais Thorinn craignait qu'une autre armée adverse n'ait emprunté l'un des défilés du nord-est, mettant ainsi en péril toute la région orientale du royaume et peut-être même la capitale. Après tout, les Maîtres pouvaient fort bien se désintéresser des bourgades provinciales pour se ruer sur Dengar. Par prudence, Thorinn décida donc de détacher une partie des effectifs du Général Balar à Dengar sans plus tarder.

Les envahisseurs commencèrent à descendre le défilé le lendemain matin. La route coupait la Styrdal à une dizaine de milles, en aval de Fort Denwarf, et leur armée s'égrenait des flancs de la montagne à la rive occidentale. Campé sur les remparts, à la porte nord de la ville, Thorinn les regardait approcher. Ils semblaient avoir perdu toutes leurs machines de guerre dans la bataille de Fort Denwarf et Thorinn espérait que cela permettrait aux défenseurs de Stahl de résister d'autant plus longtemps à l'assaut. A moins que les dragons de gemmes ne viennent leur prêter main-forte, évidemment...

— Ils devraient être devant nos murs ce soir, commenta le Général Balar, qui se tenait à ses côtés en compagnie du gouverneur. Je me demande s'ils sauront conserver leurs distances, après la bonne correction que nous leur avons donnée à Denwarf.

— Ils seront sans doute plus méfiants, lui répondit Thorinn. La seule question que je me pose, moi, c'est de savoir s'ils vont passer directement à l'offensive ou s'ils vont attendre les Maîtres pour agir.

— Stahl ne sera pas facile à défendre, affirma le gouverneur en caressant machinalement sa longue barbe blanche.

Bien qu'il n'ait rien d'un guerrier, il semblait impatient d'en découdre.

— Notre problème majeur, ici, c'est que nous n'avons pas moins de huit portes à garder, poursuivit-il. Sept à l'est et à l'ouest et une au sud.

Thorinn était tout à fait conscient du problème.

Stahl dominait une colline au bout d'une langue de terre qui s'enfonçait entre deux rivières. Quoique ces dernières eussent créé une barrière naturelle protégeant efficacement l'accès au mur d'enceinte, les soldats ne pouvaient être partout à la fois, et défendre huit portes en même temps relevait assurément de la gageure. Si les Maîtres rasent la ville, se disait Thorinn, elle sera rebâtie différemment.

— Resterez-vous à Stahl, Général Balar ? demanda-t-il à son voisin.

— J'en ai l'intention, répondit le militaire. Je tiens à demeurer auprès de mes hommes jusqu'au bout. Et puis, si je reste ici, vous pourrez partir pour Dengar dès maintenant. Vous feriez mieux de vous mettre en route, avant que les Maîtres ne s'en mêlent.

Thorinn opina.

— Oui, je suppose que je devrais déjà être en chemin. Si je quitte Stahl sur l'heure, je n'atteindrai pas la capitale avant après-demain au plus tôt. Avec un peu de chance, les troupes du Roi-Dragon arriveront en même temps que moi.

Le Général Balar soupira, manifestement dubitatif.

— Que Kaguyar vous entende !

9

Thelvyn et Kharenndaën approchaient de Brise-Bise. Il faisait encore jour et ils volaient à basse altitude. C'était la première fois qu'ils pouvaient se présenter à découvert sans avoir à se soucier de l'accueil qui leur serait réservé. Ce ne fut pourtant pas sans quelque appréhension que Thelvyn vit une dizaine de dragons prendre leur essor pour venir à leur rencontre. Auraient-ils révisé leur jugement pendant son absence ? Allaient-ils lui barrer la route, l'éconduire ou même, pourquoi pas, l'attaquer ? Du coin de l'œil, il surveilla la réaction de sa compagne. Mais Kharenndaën ne semblait nullement perturbée. A dire vrai, elle avait même plutôt l'air enchantée. Il s'efforça donc de refouler ses craintes et poursuivit son chemin comme si de rien n'était, sans toutefois parvenir à détacher les yeux des dragons qui, à présent, lui faisaient face. Ils étaient douze en tout, deux de chaque espèce. Quand ils décrivirent un large cercle pour venir prendre position juste devant lui, il sentit l'inquiétude le gagner. D'autant plus qu'entre-temps d'autres dragons avaient quitté la cité interdite et s'apprêtaient à rejoindre leurs congénères.

Ce ne fut pas avant qu'ils se soient rangés en formation — les premiers, en pointe de flèche à l'avant et le reste, alignés en ordre parfait sur deux files, une à sa gauche et une à la droite de sa compagne — qu'il comprit enfin de quoi il retournait : le Roi-Dragon avait droit à une haie d'honneur. S'il en fut surpris, il le fut plus encore de l'émotion qu'il en ressentit. Il était indubitablement touché par cette marque de respect et, malgré tout, extrêmement impressionné. Il avait toujours considéré les dragons comme des créatures individualistes, de grands solitaires, renfermés, méfiants, farouchement attachés à leur indépendance et peu enclins, pour le moins, aux manifestations de sympathie.

Escortés par leurs gardes, Thelvyn et Kharenndaën entamèrent une lente descente vers Brise-Bise totalement plongée dans l'ombre du cratère à cette heure tardive de la journée. Empourpré de fierté, Messire George exultait. Tout juste s'il ne se dressait pas sur ses étriers. A le voir, il aurait déjà envoyé les couleurs et claironné son arrivée s'il avait eu un drapeau à agiter ou une trompette à emboucher. Thelvyn, quant à lui, commençait à se demander où diable on l'emmenait lorsqu'il aperçut Markhaën qui approchait à tire-d'aile.

— Je suppose que vous avez déjà appris l'invasion des Steppes d'Ethengar, lui dit Thelvyn, quand le Premier Porte-Parole fut à sa hauteur.

— La nouvelle nous est parvenue cette nuit, acquiesça Markhaën en ralentissant sa course. Dès que je l'ai entendue, je me suis douté que vous reviendriez ici sans tarder et j'ai battu le rassemblement ce matin pour entamer les préparatifs de guerre.

— Excellente initiative, applaudit Thelvyn. Si je comprends bien, les dragons se sont enfin décidés à accepter l'idée de se lancer dans la bataille.

— Ils ont eu quelques jours pour réfléchir à la situation depuis votre départ. Ils commencent à mesurer pleinement l'ampleur du danger qui les menace. Vous pouvez constater par vous-même qu'ils ont également cessé de vous considérer en ennemi. Comme quoi, tout finit par arriver !

Le grand dragon d'or lui proposa alors de réquisitionner ses appartements dans le Temple du Tout-Puissant pour réunir à la hâte un conseil de guerre improvisé. Thelvyn s'empressa d'accepter. L'idée se révéla fort bonne. Ils ne s'étaient pas encore posés que déjà Jherdar les rejoignait, et nombre d'autres chefs de clan continuèrent à arriver dans la demi-heure qui suivit, tandis que Thelvyn et Kharenndaën prenaient un rapide dîner.

— Nous sommes allés jeter un coup d'œil du côté des steppes en chemin, expliqua Thelvyn, quand tous se furent regroupés dans son antre. Je ne peux pas vous dire combien de dragons de gemmes sont mobilisés, car nous avons dû veiller à garder nos distances, mais ce que je peux affirmer, c'est que leurs troupes se montent à plus de cent mille hommes. Comme vous le savez, ils ont déclenché un gigantesque incendie qui ravage les steppes : une véritable muraille de flammes ! Je n'ai jamais rien vu de tel. Au train où vont les choses, demain à cette heure-ci, les steppes ne seront plus qu'un immense désert de cendres.

— Quant à nous, nous avons envoyé quelques discrets éclaireurs du côté de Rocklogis, l'informa Markhaën. D'après la rumeur locale, les dragons de gemmes seraient au moins deux cents. Les Ethengars n'ont cessé de refluer vers les montagnes pour échapper au désastre. Je ne pense pas que nous puissions être prêts à contre-attaquer avant que le royaume des nains n'ait été à son tour envahi.

— C'est certes malheureux, mais c'est une évidence, reconnut Thelvyn. Je veux attendre d'avoir obtenu des informations précises sur les effectifs ennemis avant d'entreprendre quoi que ce soit. Si nous parvenons à anéantir les Maîtres ou à les mettre en fuite, vaincre leur armée ne devrait plus être qu'une simple formalité.

— Croyez-vous vraiment que ce sera si facile ? lui demanda Jherdar avec une flagrante incrédulité. Les Maîtres doivent tout de même bien savoir que nous sommes largement de taille à écraser leurs troupes et, maintenant que le Roi-Dragon est revenu, ils doivent bien se douter que nous allons leur tomber dessus à un moment ou à un autre.

— Pas forcément. Voyez-vous, nous avons à cet égard un très net avantage sur eux. Un avantage tout à fait inespéré, d'ailleurs. Les Maîtres sont persuadés que les dragons m'ont rejeté et banni. En ce qui les concerne, le Roi-Dragon est en exil. Il erre comme une âme en peine, quémandant au tout-venant un soutien que les siens lui ont refusé. Je suppose que c'est même pour ça qu'ils ont ouvert les hostilités maintenant, profitant qu'il n'y ait encore aucun adversaire désireux ou capable de se dresser devant eux.

— Mais comment diable ont-ils pu parvenir à de telles conclusions ? s'enquit le dragon rouge, manifestement incrédule.

— Vous vous souvenez de cette espionne dont je vous ai parlé, cette pyromagicienne flaemoise que je suis retourné voir à Braejr avec la ferme intention de lui tirer les vers du nez ? Eh bien, avant de la libérer de l'emprise des Maîtres, je lui ai fait un compte rendu très subjectif de la situation et j'ai émaillé mon récit de fausses informations. C'est elle qui les a communiquées à nos ennemis. J'ai appris depuis qu'elle servait un certain Très-Haut, qui semble n'avoir rien à voir avec les dragons. J'imagine que les Maîtres ne sont, en fait, que les esclaves de cette mystérieuse entité, bien qu'ils l'ignorent eux-mêmes.

— Tout compte fait, il semble que nous ayons plus d'atouts dans notre jeu que je ne le pensais, commenta Markhaën.

— Il ne faut pas pour autant nous leurrer, l'avertit Thelvyn. Il se peut que je les aie effectivement grugés, mais il se peut aussi qu'ils aient préféré me le laisser croire, sans être dupes de la supercherie. N'oubliez pas que nous avons affaire à des experts : les dragons de gemmes sont passés maîtres dans la conquête de mondes étrangers. Ils ont asservi des races entières pour les enrôler dans leurs armées. Il leur suffirait d'ouvrir un transcosme pour lancer à l'assaut des centaines de milliers de guerriers quand et où bon leur semble. Nous devons nous montrer extrêmement prudents. Quitte à laisser Rocklogis endurer un interminable siège, nous devons prendre le temps de rassembler nos forces et de préparer soigneusement notre offensive. Si, pour l'heure, nous pouvons encore compter sur l'effet de surprise, à trop vouloir précipiter les choses nous risquerions bel et bien de le perdre.

A ces mots, tous les dragons se turent, une expression d'inquiétude mâtinée de respect dans les prunelles. Ils restèrent un long moment silencieux, plongés dans leurs réflexions. Maintenant qu'il avait toute leur attention et la certitude de leur appui, Thelvyn tenait à leur faire bien comprendre à quel genre d'ennemi ils allaient s'attaquer. Il se méfiait de leur impulsivité. Bien qu'il n'en ait rien dit, il savait que les dragons n'étaient pas habitués à coordonner des manœuvres de grande envergure et, moins encore, à se concerter avant d'agir, en dépit des manifestes efforts de coopération qu'ils avaient accomplis pour repousser les Alphatiens et qui avaient donné d'excellents résultats. Mais ce qu'il redoutait plus que tout, c'était cette inébranlable foi qu'ils avaient en leur propre invulnérabilité. A l'exception du Chevalier-Dragon, les dragons n'avaient jamais rencontré quiconque qui ait pu représenter une menace sérieuse pour eux et mettre en péril leur suprématie. Ils étaient toujours convaincus qu'ils pourraient conquérir l'univers tout entier s'ils le voulaient.

— Combien de recrues pouvons-nous espérer mobiliser pour défendre Rocklogis en une semaine ? demanda-t-il.

Jherdar prit le temps de peser sa réponse.

— Nous avons déjà commencé à lever une armée, dès votre départ dans l'Ouest, et nous avons alerté tous les Royaumes Invisibles quand nous avons appris l'invasion des steppes. Pour l'instant, nous n'avons pas plus d'un millier de guerriers à Brise-Bise. En trois ou quatre jours, nous devrions parvenir à en réunir un millier de plus et, si vous nous laissez la semaine entière, peut-être encore un millier supplémentaire.

— Il ne faut pas oublier que nous ne pourrons pas concentrer une telle armée en un même lieu pendant très longtemps, intervint Markhaën. Ne serait-ce que par manque de nourriture.

Thelvyn hocha la tête.

— Jherdar, savez-vous où se trouve l'ancienne cité de Darmouk ?

— Non, répondit le dragon rouge, visiblement désarçonné par la question.

Darmouk était l'antre de Thelvyn, son fief et l'endroit où était entreposé son trésor. Il l'avait gagné de haute lutte en affrontant le roi renégat Kardayeur. Le trésor d'un dragon était sacré pour ses pairs et aucun dragon loyal n'aurait osé violer pareil secret. C'eût été un impardonnable sacrilège.

— Vous n'aurez aucune peine à la trouver, reprit Thelvyn. Ce serait le lieu idéal pour établir notre camp retranché. J'envisage de vous y envoyer avec vos troupes dans un ou deux jours.

— C'est un peu trop près de Rocklogis, tu ne crois pas ? objecta Kharenndaën.

— Certes, mais Darmouk fera un parfait bastion pour nous, insista-t-il.

Il eut un petit sourire ironique devant les regards consternés de ses auditeurs.

— J'apprécie vos scrupules, leur dit-il, mais, vu les circonstances, mon droit de propriété est bien le cadet de mes soucis. Nous remporterons peut-être cette bataille, mais nous aurons une longue guerre à soutenir et le pire est encore à venir. Nous aurons besoin de camps retranchés disséminés un peu partout, entre les Hautes-Terres et Alphatia. Où que les Maîtres frappent, nous devrons être à même de répliquer et d'envoyer des centaines de dragons à la rescousse dans les plus brefs délais. Il est hors de question qu'ils nous prennent de vitesse.

Jherdar s'inclina.

— Bien. Les désirs de Sa Majesté sont des ordres. Et je peux lui assurer que mes propres lieutenants veilleront jour et nuit sur son trésor.

— Je suis sûr que ce sera inutile, intervint Messire George. Croyez-vous vraiment que quelqu'un se risquerait à voler le Roi-Dragon ?

Dès que leurs plans de bataille eurent été arrêtés et les missions de chacun, bien définies, le conseil de guerre fut dissous et tous s'empressèrent de regagner leur poste pour prendre les mesures nécessaires. Messire George se retira dans sa chambre — l'une des nombreuses chambres d'ami que comptaient les appartements royaux et que les Eldars avaient meublée à sa convenance pendant son absence. Quant à Thelvyn, il était un peu rassuré. Il s'était fait un monde de constituer une telle armée et ne voyait pas sans soulagement les choses se mettre rapidement en place. Du moins, plus rapidement et plus facilement qu'il n'aurait osé l'espérer. Il commençait aussi à voir ses sujets d'un autre œil : ils remontaient dans son estime. Il avait toujours eu l'impression — tout à fait fondée, d'ailleurs — que les dragons pouvaient se montrer extrêmement butés, contrariants et qu'avec eux il fallait toujours employer la manière forte. Or, il avait absolument besoin de leur faire confiance. Il voulait être sûr de leur dévouement à sa cause.

Kharenndaën et lui n'avaient guère eu qu'un court instant de repos pour se remettre de la fatigue du voyage, après leur vol de longue haleine entre Braejr et Brise-Bise, et ils étaient harassés. Quand Markhaën revint auprès d'eux, après avoir raccompagné ses pairs jusqu'à la porte, il trouva sa sœur blottie contre Thelvyn, se frottant la joue contre le cou de son compagnon.

— Vous ne pourriez pas vous montrer un peu moins démonstratifs, vous deux ? grommela-t-il en secouant la tête d'un air réprobateur.

— Oh ! pour l'amour du ciel, ne me privez pas de la seule consolation qui me reste ! protesta Thelvyn avec un petit sourire complice. (Il se rembrunit aussitôt.) Alors ? Que pensez-vous de tout ça ? Croyez-vous qu'ils vont me suivre ? s'enquit-il en désignant du bout du museau les places qu'occupaient encore ses auditeurs quelques minutes plus tôt.

— Je suis convaincu que vous pouvez compter sur eux, le rassura Markhaën en s'asseyant devant lui. Ils ont eu le temps de réfléchir et ils ont bien été obligés d'admettre qu'ils ne seraient plus nulle part en sécurité s'ils ne défendaient pas les autres nations du monde dans lequel ils vivent. Quand ils ont découvert que les dragons de gemmes étaient responsables de la Guerre du Chevalier-Dragon et, par voie de conséquence, de la quasi-extermination de leur race, leur désir de vengeance s'est brusquement réveillé. En outre, ils ont été outrés d'apprendre que les Maîtres les considéraient comme des êtres inférieurs, des proies faciles qu'ils n'auraient aucune peine à réduire à leur merci. Jherdar et tous les dragons rouges sont déjà impatients d'en découdre et le soutien des dragons d'or vous est acquis.

Thelvyn opina avec lassitude.

— Nous ne sommes pas au bout de nos peines, soupira-t-il. J'aurais tellement préféré offrir à mon peuple la garantie d'un avenir meilleur au lieu de l'entraîner dans une guerre dont nous n'avons aucune certitude de sortir vainqueurs.

Markhaën releva vivement la tête.

— « Votre » peuple ?

— Je commence à me faire assez bien à l'idée d'être un dragon, figurez-vous. Je voudrais avoir plus de temps pour me familiariser avec mes compatriotes, mais les nains nous attendent. Je suis sûr que Thorinn Terreur des Ours leur a déjà annoncé notre venue. Ils doivent passer leur temps à surveiller le ciel en priant Kaguyar pour que nous n'arrivions pas trop tard.

— Vous semblez convaincu que les Maîtres vont pousser leurs attaques jusqu'en Rocklogis.

— Ne vous êtes-vous pas demandé pourquoi ils avaient lancé leur première offensive sur les steppes et pourquoi ils semblaient se diriger droit sur le royaume des nains ? Ce n'est certainement pas par goût de la victoire facile. Ils ne doivent pas ignorer que déloger les nains de leurs cavernes ne sera pas une sinécure. Mais, en attaquant les steppes, puis Rocklogis, et peut-être même Alfheim et Traladara ensuite, ils coupent le continent en deux. Avec leurs armées au beau milieu, Thyatis isolé d'un côté et Darokin et les Hautes-Terres de l'autre, aucune défense concertée ne sera plus possible.

Markhaën branla lentement du chef.

— Que croyez-vous qu'il va se passer quand nous interviendrons ? Pensez-vous que les Maîtres vont battre en retraite ou qu'au contraire ils ouvriront de nouveaux passages pour faire déferler leurs armées d'esclaves jusqu'à ce que nous ployions sous le nombre ?

— Honnêtement, je n'en sais rien. C'est la raison pour laquelle je tiens absolument à ce que nous mobilisions toutes nos forces avant d'attaquer. Nous n'aurons pas de seconde chance, Markhaën. Il faut que nous frappions un coup décisif et, si possible, fatal. Il faut qu'ils n'aient pas d'autre solution que la fuite. Notre unique atout tient à leur ignorance. N'oubliez pas que nous misons notre va-tout sur l'effet de surprise. J'espère seulement que nous n'avons pas de traîtres parmi nous pour les renseigner sur nos moindres faits et gestes.

Markhaën parut si scandalisé par cette idée qu'il en resta interdit.

— Les Maîtres ne peuvent sûrement pas contrôler des dragons, s'insurgea-t-il finalement.

— Tu as déjà oublié Murodhir ? lui rétorqua Kharenndaën. Nous ne devons jamais sous-estimer l'ennemi. Laissons aux Maîtres ce privilège, puisqu'ils semblent si enclins à le faire. C'est là une erreur qui pourrait leur coûter cher.

Thorinn Terreur des Ours quitta Stahl comme il y était venu : en empruntant les galeries souterraines. Mais, cette fois, il partit à l'aube et seul. Toutes les troupes dépêchées à Dengar avaient pris la route la veille. Il regrettait de ne pas en avoir fait autant. A un jour près, il aurait encore pu faire le trajet à cheval. Avec deux vaillants coursiers, il aurait rejoint la capitale en un temps record. Mais, à présent, il était trop tard. L'ennemi avait déjà assiégé la cité. Il lui faudrait donc rejoindre la capitale à pied et il ne pouvait espérer toucher au but avant le lendemain soir quand bien même il forcerait l'allure jusqu'aux limites de l'endurance.

Le passage secret qui reliait Stahl à Dengar était

l'un des plus remarquables chefs-d'œuvre de Rocklogis et sans doute le plus rude défi que le génie des nains ait eu à relever. Il parcourait plus de trois lieues sous la partie orientale du Lac Stahl et s'enfonçait dans la profondeur du soubassement glaiseux. La voûte était soutenue tous les dix pas par d'énormes étais métalliques pour prévenir toute inondation. Mais Thorinn ne pouvait s'empêcher d'appréhender une telle traversée sachant qu'il avait près de deux cents pieds d'eau au-dessus de la tête. En fait, au cours des deux longues heures qu'il passa dans cette portion du tunnel, il ne vit pas vraiment la différence avec le reste.

Le passage débouchait dans une région boisée, à plus de trente-cinq milles à l'est du lac, et s'achevait par un goulet barré d'une porte dissimulée au creux d'un amas de rochers. Quand Thorinn en émergea, il se retrouva au sommet d'un tertre qui lui offrait un bon point de vue vers l'ouest, à travers un bouquet d'arbres. Il était alors plus de midi et, là-bas, de l'autre côté du lac, la bataille faisait rage. Thorinn était trop loin pour suivre le déroulement des combats, mais les colonnes de fumée noire et le nuage de cendres qui engloutissait Stahl ne laissaient aucun doute sur la tournure des événements.

Plissant les yeux, il ne tarda pas à distinguer une armée en marche qui avançait sur la grand-route. Elle avait déjà franchi le pont enjambant la Styrdal et son avant-garde n'était guère à plus de dix milles au nord-ouest de l'endroit où il se trouvait. Quand l'ennemi s'était préparé à assiéger Stahl, la nuit précédente, Thorinn avait présumé qu'il entendait prendre la ville avant de poursuivre l'invasion de Rocklogis. Mais, en fait, l'armée assiégeante s'était scindée en deux et la première moitié avait repris la route en direction de Dengar. Le nain se disait qu'il avait bien fait de quitter Stahl puisqu'il pourrait ainsi annoncer l'arrivée des assiégeants, avec près d'un jour d'avance sur eux.

Talonné par une armée entière, Thorinn savait qu'il devait engager une course contre la montre. Chaque heure gagnée sur l'ennemi pouvait se révéler capitale. Dengar était nettement mieux défendue que Stahl et, contre les assauts d'une troupe classique, la haute ville pouvait tenir des jours durant. Contre une attaque de dragons, en revanche, ce serait évidemment une tout autre histoire. Suivant la piste qui se faufilait à travers bois, juste au pied des montagnes orientales, Thorinn forçait l'allure. Il marcha ainsi vers le sud toute la journée et une bonne partie de la soirée. Il dut pourtant se résigner à faire halte peu avant minuit : il commençait à avoir du mal à trouver son chemin dans l'obscurité à travers les futaies.

Le ciel pâlissait à peine quand Thorinn se remit en route, le lendemain matin. Il retrouva aussitôt la cadence soutenue de la veille. Moins d'une heure après son départ, il ralentit pourtant le pas, regardant autour de lui avec attention. Il reconnaissait cet endroit pour y être déjà venu plusieurs fois. Au terme d'une minutieuse inspection, il finit par repérer l'éboulis de grosses pierres moussues qu'il cherchait. Nichée au creux d'un dénivelé, entre deux collines, la brèche était presque invisible. Je n'aurais jamais réussi à la trouver dans les ténèbres, se dit-il. Somme toute, j'ai bien fait de prendre un peu de repos. Ce qui lui ôta toute mauvaise conscience et ne lui redonna que plus d'allant. Il dut se délester de son havresac pour se glisser entre les rochers qui masquaient la porte d'un étroit tunnel coupant à travers la montagne pour filer directement sur Dengar. Ce raccourci permettait de gagner près de cinq lieues sur la route principale qui devait contourner l'avancée du massif montagneux vers l'ouest, en direction d'Evemur.

Le passage avait été tracé au cordeau : une parfaite ligne droite. Les parois en étaient impeccablement lisses et le sol, sans la moindre aspérité. Thorinn en profita pour accélérer l'allure. En dépit de ses efforts, il se passa bien des heures avant qu'il n'atteigne enfin le vantail métallique qui donnait accès aux sombres galeries de Bas-Dengar. Quand il le referma derrière lui, prenant bien soin de remettre en place tous les mécanismes secrets qui en gardaient l'entrée, la nuit était déjà bien avancée. Les nains tendaient toujours deux ou trois pièges dans leurs tunnels secrets, même en temps de paix, pour le cas — fort improbable au demeurant — où quelque vieil ennemi ou une bande de voleurs en trouveraient l'accès. Précaution supplémentaire : seuls les généraux et les plus hauts gradés de l'armée connaissaient le fonctionnement de ces ingénieuses chausse-trapes et pouvaient donc ouvrir les portes dérobées.

La cité semblait bien calme quand Thorinn en emprunta les ruelles souterraines. Il ne rencontra personne et gagna donc le palais sans se faire remarquer. De mémoire de nain, Dengar n'avait jamais été assiégée. Pourtant, Thorinn avait la nette impression qu'il régnait dans la capitale une tension inhabituelle, comme si personne n'osait ni parler ni se montrer. En approchant du palais, il remarqua des ombres furtives derrière les croisées et des regards inquiets dans l'entrebâillement des portes.

La demeure royale elle-même paraissait encore plus sombre que le reste, à tel point qu'on aurait pu la croire endormie. Certes, l'heure était tardive, mais Thorinn s'étonna tout de même de ne pas croiser âme qui vive. Tant et si bien qu'il en vint à se demander si le siège n'avait pas déjà commencé. Bien qu'il sût pertinemment que l'armée des envahisseurs se trouvait encore loin derrière lui, rien n'empêchait de penser que d'autres forces ennemies aient rejoint Dengar en prenant une direction différente. Il s'apprêtait à remonter vers la haute ville, quand il aperçut Dhorinn qui sortait des appartements royaux.

— Thorinn ! s'exclama ce dernier, manifestement stupéfait de le voir. Tu viens d'arriver ?

— A l'instant. La cité serait-elle en état de siège ?

Dhorinn se rembrunit et hocha tristement la tête.

— Il y a trois jours, une armée de près de cinquante mille hommes a franchi la frontière en passant par la vallée de la Hrap. Ils ont dressé le camp dans les plaines, au pied de la ville, aujourd'hui même. Mais, jusqu'à maintenant, ils se sont contentés d'y rester. Et Stahl ? Les troupes que tu nous as envoyées sont ici depuis quelques heures à peine. C'est bien pourquoi je suis si surpris de te voir. Je ne t'attendais pas si tôt.

— J'ai dû mettre les bouchées doubles, lui expliqua Thorinn, tandis que tous deux se dirigeaient vers sa chambre pour qu'il puisse se délester de son fardeau. Les assaillants — du moins, leur armée de l'ouest — ont attaqué Stahl avant-hier. Quand je suis parti, hier matin, je me suis aperçu que la moitié de leurs effectifs me suivaient.

Dhorinn fronça les sourcils.

— D'après toi, vont-ils à Evemur ou se dirigent-ils par ici ?

— En les voyant, j'ai tout de suite pensé qu'ils marchaient sur Dengar.

Son frère venait de lui ouvrir la porte et il s'interrompit pour franchir le seuil, tout en faisant glisser les sangles de son sac sur ses épaules. A peine entré, il le laissa tomber à terre avec un soupir d'aise.

— Je ne pouvais évidemment pas savoir qu'il y avait déjà cinquante mille hommes ici, reprit-il. Ce qui laisserait à penser qu'ils allaient sur Evemur, en fait. Quant à Stahl, j'ai bien peur que la bataille n'ait déjà commencé. J'ai vu de la fumée qui s'élevait en plusieurs points de la haute ville. Il faut reconnaître que Stahl n'est pas facile à défendre, d'autant moins face à une telle multitude. En outre, la basse ville n'a de ville que le nom. A l'heure qu'il est, elle est peut-être tombée. Ça dépend si les dragons de gemmes ont attaqué ou non.

— Ce qui m'inquiète vraiment pour nous, ici, c'est que les assiégeants semblent attendre l'arrivée des Maîtres. Apparemment, ils n'envahiront pas la cité tant que leurs mentors n'auront pas brisé nos défenses pour leur ouvrir la voie. Honnêtement, c'est exactement ce que je ferais, si j'étais à leur place. Une armée de cinquante mille hommes peut paraître une force colossale, mais, sans l'aide des Maîtres, elle risque de subir de lourdes pertes avant de réussir à atteindre les portes de la ville.

— Si les Maîtres doivent attaquer, ils attaqueront, fit Thorinn avec philosophie. Nous ne pouvons rien y changer, de toute façon. Comment voudrais-tu que nous soutenions un siège face à de tels adversaires ? Non, mon seul espoir, c'est que Thelvyn intervienne avant que les Maîtres ne passent à l'offensive, ou du moins pas trop longtemps après. Il ne devrait plus tarder, maintenant.

— Han han... Thelvyn... fit vaguement Dhorinn en s'absorbant subitement dans l'examen de ses bottes.

— Eh bien quoi, Thelvyn ? le pressa son cadet, pris de soupçon.

— Il faut que je te prévienne, Thorinn. Le peuple ne croit absolument pas à une intervention des dragons. Le Sénat a même contraint Père à arrêter son plan de bataille en conséquence. J'ai reçu l'ordre de défendre coûte que coûte la haute ville.

— Mais c'est ridicule ! tempêta Thorinn. Les nains ont toujours su que leur meilleure protection consistait à fermer les portes de Bas-Dengar et de se barricader sous terre. Ils se sont d'ailleurs toujours tenus prêts à le faire à la moindre alerte. Alors ce n'est pas quand l'ennemi est à un mille de l'enceinte qu'ils vont changer de tactique, tout de même ! C'est de la folie !

— Nos généraux partent du principe que nous ne pouvons pas nous permettre d'attendre sans bouger que les Maîtres passent à l'offensive, lui expliqua patiemment son frère. La plupart d'entre nous craignent que les Maîtres ne parviennent à nous faire sortir de notre trou comme une meute chasse le lièvre de son terrier. Et tout le monde s'accorde à penser que les dragons ne viendront jamais. Tu vas te faire mal voir si tu t'obstines à proclamer que le Roi-Dragon sera fidèle à sa parole. Père lui-même n'y croit plus.

Une rude journée s'annonçait et Thorinn se retira pour la nuit. Il devait se reposer s'il voulait recouvrer toutes ses forces en prévision de la prochaine bataille. Mais il avait du mal à trouver le sommeil. Ce que son aîné lui avait appris le perturbait au plus haut point. Il était déçu. Mais, à y bien réfléchir, il n'était pas vraiment surpris que les nains n'accordent aucune foi à la parole d'un dragon. Par le passé, rien ne les avait certes encouragés à penser que les dragons pourraient un jour leur prêter assistance. Ce qui le préoccupait encore davantage, c'était que, non contents de n'accorder aucune confiance aux dragons, les nains semblaient bel et bien avoir perdu toute confiance en eux.

Plus il y pensait, plus l'inconcevable vérité se faisait jour. Il savait mieux que quiconque à quelle sorte d'ennemi son peuple avait affaire : il avait vu les steppes disparaître sous un torrent de flammes ; il avait vu les Maîtres à l'œuvre à Fort Denwarf. Il lui fallait bien admettre que les siens ne pourraient jamais gagner cette guerre tout seuls.

En fait, la seule différence qui existait entre lui et ses compatriotes, c'est que Thelvyn Œil de Renard était son ami et qu'il croyait dur comme fer à la loyauté du Roi-Dragon.

Thorinn endossa son armure et rassembla ses armes avant l'aube. Il prit un frugal petit déjeuner en compagnie de son père qui lui rappela le rôle prépondérant qu'il avait à jouer dans la défense du royaume, puis il remonta la longue route qui conduisait à Haut-Dengar. Son frère l'y avait devancé aux dernières heures de la nuit. Il tenait à être à son poste au cas où l'ennemi ouvrirait les hostilités au petit matin. Le Roi Daroban resterait dans la basse ville, abandonnant la défense de Haut-Dengar à ses fils, tandis que lui-même se préparait à assumer le commandement de Bas-Dengar, si jamais ils ne devaient pas revenir.

Thorinn trouva son frère posté derrière le parapet, au sommet de la barbacane. Le soleil était encore caché derrière les montagnes et la vallée, plongée dans l'ombre, comme si la nuit rechignait à quitter les forêts. Il aperçut des milliers de feux de camp entre les arbres, petits points de lumière scintillant comme des étoiles au firmament. Il vit aussi que l'ennemi s'apprêtait à entreprendre l'éprouvante ascension jusqu'à Haut-Dengar. Ses effectifs s'étaient rassemblés en une longue colonne qui débutait au pied de la rampe serpentine menant à la Porte des Trois Routes. Il jeta un coup d'œil inquiet vers le ciel : aucun signe des Maîtres.

— Il semble bien que ce soit pour aujourd'hui, commenta Dhorinn. Il est donc temps pour moi de te remettre le commandement de la haute ville.

— Que me chantes-tu là ? protesta Thorinn en secouant la tête. C'est toi qui as pris en charge la défense de cette cité ; c'est toi qui as mis en place tout le dispositif et c'est toi le mieux placé pour coordonner les actions au moment du combat.

— Si tu vas par là, de nous deux, tu es celui qui a le plus d'expérience puisque tu as déjà bataillé contre nos assiégeants.

— Oui, mais je ne sais rien des armes ni des forces dont nous disposons. Quant à l'expérience, je ne suis qu'un bleu à côté de toi.

— Je te remercie de ta confiance, Thorinn, mais, pour être tout à fait franc, j'ai de bonnes raisons pour te passer le commandement. Si les Maîtres attaquent, je ne vois pas pourquoi je sacrifierais la vie de nos guerriers pour tenir la haute ville, alors que nos cavernes sont bien plus sûres et beaucoup plus faciles à défendre. Pour ne rien te cacher, j'ai l'intention de passer outre aux ordres du Sénat et d'abandonner Haut-Dengar à la furie des dragons de gemmes. Mais je sais qu'en agissant de la sorte je serai pris pour un lâche et je crains que la défense de la capitale ne soit confiée à quelque général trop content de sacrifier ses hommes à son ambition et assez stupide pour prendre de dangereuses initiatives. J'imagine déjà le désastre s'il tentait une sortie ! Toi, en revanche, ils n'oseront pas te traiter de couard. Ils se plieront à tes décisions même s'ils les réprouvent parce qu'ils estimeront ne pas être en droit de faire autrement.

— Je comprends ton inquiétude, mais je n'accepterai pas le commandement de la ville. Je te promets de te soutenir. Sois assuré que je prendrai ton parti quelles que soient les accusations portées contre toi. Ça m'étonnerait qu'ils se risquent à traiter les deux fils du roi de lâches !

Sur ces bonnes paroles, Thorinn se détourna pour quitter son poste. Mais son frère le retint par le bras.

— Nous savons aussi bien l'un que l'autre qui montera sur le trône et c'est sur lui que doit rejaillir l'honneur de la victoire. Tu dois prendre en charge la défense de Dengar, Thorinn.

— Quant à savoir qui de nous deux portera la couronne, ça reste à voir, répliqua fermement son cadet. A mon humble avis, le royaume a besoin d'un souverain aussi patient que sage, qualités qui sont aussi les tiennes. Mais, puisque les nains accordent plus de valeur à la bravoure qu'à la sagesse, tu ferais bien de t'illustrer au combat pour rallier tous les suffrages.

Les assaillants entamèrent la lente ascension de la côte abrupte qui menait aux portes de Dengar en milieu de matinée. Ils ne semblaient guère pressés d'y arriver. Avaient-ils tiré les leçons de l'attaque de Fort Denwarf ? En tout cas, les guerriers de la section d'assaut postée en première ligne portaient tous l'armure lourde et poussaient devant eux de massives barricades montées sur roues, manifestement conçues pour dévier les plus gros projectiles. Ils avançaient en formation serrée, portant leurs larges pavois au-dessus de leur tête pour se protéger des jets de pierres ou des boulets que les défenseurs auraient pu leur envoyer depuis les remparts. Thorinn les regardait progresser, se demandant s'ils comptaient vraiment s'acharner sur le mur d'enceinte, avec la masse d'efforts, de temps et d'énergie qu'une telle entreprise nécessitait et les inévitables pertes en effectif et en matériel qu'elle sous-entendait, alors qu'en quelques minutes les Maîtres pouvaient réduire en miettes bastions, tours et murailles sans la moindre difficulté.

Il savait qu'une seconde armée pouvait venir grossir les rangs de l'ennemi dans quelques heures et se torturait l'esprit, cherchant à deviner les intentions de l'adversaire pour contrecarrer au mieux ses actions. Les forces concentrées au pied de Dengar semblaient pourtant bien se préparer à une offensive imminente. Voulaient-ils simplement amorcer le siège, en prenant position au sommet du plateau pour laisser le temps aux renforts d'arriver avant de lancer l'assaut final, ou savaient-ils que les Maîtres allaient attaquer d'un instant à l'autre pour leur ouvrir la voie, donnant ainsi le signal d'une inéluctable invasion de Haut-Dengar ? Il jugea plus prudent de se préparer au pire.

Il attendit que son frère ait achevé son bref entretien avec un émissaire, lui demandant de transmettre l'ordre d'assembler les troupes sur les murs extérieurs, puis, dès que le planton fut parti, se rapprocha de Dhorinn pour lui parler à voix basse.

— Je peux me tromper, mais je crois bien que les Maîtres ne vont pas tarder à se manifester, lui dit-il. Quand leurs troupes se sont trouvées en fâcheuse posture à Fort Denwarf, ils ont immédiatement volé à leur secours. Pour intervenir si rapidement, ils devaient se tenir déjà prêts depuis un bon moment. Certes, je n'en ai repéré aucun au-dessus de Stahl quand la cité a été assiégée, mais j'étais déjà loin lorsque leur armée a donné l'assaut et je n'ai pas pu voir grand-chose.

— Inutile d'argumenter, Thorinn. Tu es bien placé pour analyser la situation et je ne mets pas ta parole en doute, répondit Dhorinn en jetant un regard inquiet à la colonne qui se rapprochait inexorablement. Que faut-il faire, d'après toi ?

— Je pense que cette piétaille ne monte la rampe que pour se mettre en position devant nos portes et se ruer à l'assaut quand les Maîtres nous auront chassés des remparts. Ça nous place devant un cruel dilemme : nous ne pouvons assurément pas laisser nos assaillants arriver jusqu'aux portes de la ville, mais, en les attaquant, nous ne ferons probablement que hâter la venue des Maîtres qui ne manqueront pas d'intervenir si nous mettons à mal leurs recrues.

Dhorinn opina.

— Dans ce cas, nous devrons frapper vite et

fort, tout en nous tenant prêts à nous replier vers Bas-Dengar à la moindre alerte. Ça me paraît jouable.

— Alors, allons-y !

Dhorinn partit sur-le-champ pour mettre leur nouveau plan d'action à exécution. L'ennemi était déjà en marche et les défenseurs de Dengar n'auraient que peu de temps pour réajuster le tir. Son frère étant plus au fait du dispositif de défense mis en œuvre, Thorinn trouva tout à fait normal de s'en remettre complètement à lui et se contenta de surveiller l'avancée des assaillants depuis le chemin de ronde, tout en essayant d'anticiper ce qui allait se passer dans les prochaines heures. Il s'attendait à voir surgir les Maîtres d'un instant à l'autre, probablement au moment précis où leurs troupes atteindraient la barbacane. Il savait que les dragons de gemmes arriveraient à tire-d'aile dès qu'ils verraient les nains lancer leur contre-offensive.

Quand les assiégeants parvinrent à mi-parcours, Thorinn sentit la tension monter d'un cran, non seulement la sienne, mais aussi celle de tous les guerriers qui l'entouraient. La rampe serpentait à flanc de coteau, décrivant toute une série de lacets avant de rejoindre la Porte des Trois Routes, au sommet du plateau. Le premier des pièges qu'elle comportait se trouvait juste à l'endroit que la section d'assaut venait d'atteindre, en plein virage, là où la chaussée se resserrait, à l'aplomb d'un à-pic, n'offrant aux marcheurs aucune possibilité de reculer, de faire demi-tour ou de prendre la fuite.

C'est alors qu'un grondement sourd se fit entendre, ébranlant le sol et même les remparts sur lesquels Thorinn avait pris position, comme si la montagne s'ébrouait. Les assiégeants se figèrent brusquement, jetant des regards anxieux autour d'eux, attendant avec appréhension que les secousses veuillent bien cesser. Quand le calme sembla revenu, juste au moment où, se sentant désormais hors de danger, ils allaient se remettre en marche, la route se détacha tout à coup du versant sur toute la longueur qui courait du virage qu'ils venaient d'atteindre à celui qui le précédait et bascula dans le vide dans une avalanche assourdissante. Le premier quart de la colonne, soldats, bêtes, machines de guerre, tous dévalèrent la pente dans un torrent de pierraille, entraînant dans leur chute ceux qui les suivaient.

En quelques secondes, la moitié inférieure de la pente disparut sous un énorme nuage de poussière qui envahit la plaine. Thorinn avait beau plisser les yeux, il ne voyait plus rien de ce qui se passait en contrebas. Mais il entendait nettement les cris déchirants des blessés et les ordres aboyés çà et là dans la tourmente. Les défenseurs stationnés sur le mur d'enceinte laissèrent exploser leur joie à grand renfort de « hourra ! », de « vivat ! », se congratulant à l'envi, narguant l'ennemi de provocations bravaches, évacuant par là même la tension des heures passées. Leur premier coup d'essai était un coup de maître et leur redonnait du cœur au ventre. L'espoir perdu renaissait.

Thorinn, quant à lui, se gardait bien de crier victoire. Il craignait fort que ce triomphe inattendu ne soit ce qu'il est convenu d'appeler un baroud d'honneur. Toute autre armée que celle des Maîtres aurait déjà été mise en déroute, mais, si les envahisseurs avaient sans aucun doute perdu des milliers de soldats, ils en avaient encore des dizaines de milliers en réserve dans la vallée, sans compter les renforts qui ne tarderaient plus à arriver. Certes, une large portion de la rampe avait été détruite, créant un infranchissable obstacle qui aurait retenu la plupart des armées rivales des jours durant. Mais les Maîtres se moquaient bien des routes coupées, eux. Ils étaient probablement déjà là, tout près, surveillant le spectacle et attendant leur heure.

Ils n'attendirent pas longtemps. Un silence de mort retomba sur les remparts comme les menaçantes silhouettes noires se découpaient dans le ciel, droit devant, presque à l'aplomb de la haute ville : les dragons de gemmes piquaient sur les défenseurs depuis les cimes de l'Everast. Tout occupés à savourer la débâcle de l'armée assiégeante, les nains ne les avaient même pas vus approcher. Ils survolèrent la cité, passèrent en rase-mottes au-dessus du mur d'enceinte, comme pour narguer l'adversaire, puis plongèrent vers les forêts en contrebas.

Suivant des yeux leur trajectoire, Thorinn se pencha par-dessus le parapet, mais ne put guère que les voir disparaître dans le nuage de poussière provoqué par l'avalanche. Même lorsque celui-ci eut commencé à se dissiper, il ne put rien distinguer qui lui aurait permis de deviner les intentions des Maîtres. Pour l'heure, ils semblaient se contenter de rassembler leurs troupes en vue d'un nouvel assaut. Les soldats avaient rejoint leurs compagnies et, parfaitement alignés en ordre de bataille, se tenaient au garde-à-vous, immobiles, arme au poing, prêts à repartir à la charge. Thorinn ne comprenait pas vraiment où ils voulaient en venir. La rampe d'accès était détruite à mi-parcours et, à moins de déferler en masse pour franchir l'énorme brèche en se montant les uns sur les autres sous le tir nourri de pierres et de flèches des défenseurs, il ne voyait pas comment ils pourraient gagner les portes de Dengar et poursuivre l'invasion.

Un long moment d'attente fébrile commença pour les nains tandis que l'ennemi réorganisait ses troupes. La nouvelle tactique qu'il semblait mettre en œuvre défiait l'entendement : loin de se ranger en une longue colonne au pied de la rampe, comme ils l'avaient fait précédemment, les soldats avaient été répartis en deux groupes bien distincts, un de chaque côté de la route, à bonne distance. Deux dragons prenaient position à l'arrière-garde de chacune des deux divisions. Agglutinés au parapet, les nains observaient leur curieux manège en silence, la gorge nouée par l'appréhension. Tout à coup, les quatre dragons se dressèrent sur leurs postérieurs, face aux remparts, étirant le cou, déployant leurs ailes pour se maintenir en équilibre. Ils levèrent brusquement leurs pattes antérieures et les tendirent en avant dans ce geste caractéristique du magicien qui s'apprête à jeter un sort.

Leur étrange carapace se mit alors à scintiller comme des joyaux brillant de mille feux : pour deux d'entre eux, comme des rubis, pour le troisième, comme du cristal et, pour le dernier, comme des émeraudes. C'est alors que, dans un éclair si éblouissant que Thorinn dut détourner le regard, les quatre créatures disparurent. Mais, loin de s'évanouir avec eux, les quatre rayons aveuglants demeurèrent dans leur sillage, baissant progressivement d'intensité tout en s'étirant en de gigantesques courbes, tels des arcs-en-ciel reliant entre eux la plaine et la cité. Les divisions de soldats se fractionnèrent alors en colonnes par deux qui se rangèrent méthodiquement en quatre lignes impeccablement droites, au pied de chaque demi-cercle lumineux. Enfin, sous les yeux écarquillés des nains, les assaillants avancèrent dans la lumière et furent littéralement aspirés.

Une fraction de seconde plus tard, ils commencèrent à déferler devant les murs de Haut-Dengar, surgissant des ponts magiques comme des rats vomis des égouts. Pendant quelques minutes, les assiégeants purent se déployer au sommet du plateau sans être inquiétés. Ce fut seulement quand les premiers grappins tintèrent sur la pierre des créneaux que les nains sortirent enfin de leur torpeur. Ils réagirent aussitôt. Les flèches sifflèrent en rafales, les balistes catapultèrent leurs projectiles et les cordes furent coupées à tour de bras, alors même que les assaillants escaladaient déjà les murailles. Mais la situation des défenseurs était désespérée. Ils ne s'étaient pas attendus à batailler si tôt aux portes de la capitale. La plupart d'entre eux étaient encore aux postes avancés qui protégeaient l'accès à la rampe.

Les nains furent vite débordés. La bataille ne faisait pourtant que commencer. Ils se trouvaient confrontés à des adversaires qui n'avaient rien de commun avec eux : des êtres arachnéens qui pouvaient monter le long d'une corde en moins de temps qu'il n'en fallait pour la trancher ; des guerriers-scarabées caparaçonnés d'un cuir si épais qu'il les protégeait mieux qu'une armure et résistait tant aux pointes de flèche qu'aux coups de hache ; des bretteurs de vif-argent, trois fois plus grands qu'aucun humain, et dont les bras, tranchants comme des épées, étaient si démesurés qu'on ne pouvait même pas les approcher pour riposter. Enfin vinrent les Maîtres, fondant sur eux en vagues successives depuis les cimes.

Thorinn se démenait comme un beau diable pour tenir sa position et empêcher, avec la douzaine de soldats qui l'épaulaient, la horde grouillante de submerger les remparts pour atteindre les portes et ouvrir la cité à l'invasion ennemie. Il avait perdu son frère de vue depuis un bon moment déjà. Dhorinn était parti chercher des renforts pour défendre la barbacane. Thorinn estimait, quant à lui, qu'il était déjà trop tard, non seulement pour défendre le mur d'enceinte, mais peut-être même pour ceux qui s'y trouvaient de battre en retraite vers la basse ville. Il continuait pourtant à lutter avec acharnement, balançant sa hache de guerre de droite et de gauche pour trancher les cordes des grappins qui pleuvaient sur le parapet. Comme un guerrier ennemi, plus bête qu'humain, sautait déjà entre deux créneaux, il se rua sur lui pour se livrer à un duel sans merci.

Il venait de décapiter le monstre quand, soudain, les assaillants refluèrent vers le bord du plateau. Surpris par ce brusque repli, Thorinn et ses compagnons jetèrent des regards en tous sens, cherchant désespérément d'où venait la menace. Ses yeux se posèrent alors sur l'un des plus gigantesques dragons de gemmes qui fonçait sur la barbacane à tombeau ouvert. Il se posa au sommet de la rampe, replia ses ailes et attendit paisiblement l'arrivée de ses lieutenants : une poignée de créatures élancées, aussi vives et souples dans les airs que sur terre, et qui ressemblaient vaguement à des wivernes. Elles atterrirent sur leurs postérieurs et se tinrent debout, un gigantesque vouge serré entre leurs griffes.

Le dragon de jade se dressa alors sur ses pattes arrière et, sans crier gare, se rua sur le portail de la barbacane. Thorinn et ses soldats évacuèrent en hâte : leur poste de combat était devenu un endroit où il ne ferait pas bon demeurer une seconde de plus. Courant à toutes jambes, ils ne virent donc pas le dragon de jade porter son attaque. Mais ils sentirent parfaitement les vibrations quand le coup heurta les vantaux avec fracas. Les épaisses traverses d'acier se brisèrent net sous la violence du choc et les battants de chêne faillirent sauter de leurs gonds. Le mur d'enceinte lui-même trembla, à tel point que le parapet surplombant la porte se lézarda et s'effondra dans un torrent de pierres.

Deux autres dragons de gemmes arrivèrent en renfort pour empoigner les vantaux et les écarter de force. Le passage à peine dégagé, le dragon de jade se rua dans la cour extérieure avec la manifeste intention d'enfoncer la porte de la seconde enceinte. Il n'avait pas fait trois pas que le sol se dérobait sous lui. Avec un hurlement terrifiant, il tomba dans le piège et s'empala sur les pics qui en tapissaient le fond. Cette énorme trappe avait été conçue pour engloutir un bataillon entier et était largement assez vaste pour contenir un dragon. Dhorinn avait ordonné qu'on règle la résistance des supports soutenant les plates-formes rétractables à son minimum et le poids du dragon avait fait le reste.

Quand le dragon de jade avait brusquement disparu dans le gouffre mortel, les nains n'avaient pu retenir des exclamations de triomphe. Leur joie fut de courte durée. La chance avait voulu qu'ils réussissent à se débarrasser d'un des Maîtres, mais, dans quelques minutes, la haute ville allait tomber aux griffes de l'ennemi. Thorinn ne prit pas le temps de voir la réaction des autres dragons de gemmes à la perte de l'un des leurs et ordonna le repli général. Avec l'effondrement de la barbacane, les défenseurs de la première enceinte pouvaient aisément se retrouver pris au piège avant d'avoir atteint la seconde. Courant à perdre haleine, Thorinn jeta un ultime coup d'œil en arrière. Les Maîtres semblaient venir de partout à la fois. Une vingtaine d'entre eux s'attaquaient déjà aux remparts, arrachant les merlons à grands coups de pattes et de queue pour préparer le déferlement de leur armée.

Tout à coup, un étrange silence tomba sur le champ de bataille. Saisi d'inquiétude, Thorinn s'immobilisa et fit volte-face. Les Maîtres s'étaient figés, la tête tournée vers le nord. Ils poussèrent soudain des cris de rage et de dépit, puis reculèrent vers le bord du plateau. Quelques instants plus tard, une nuée de dragons obscurcit le ciel, des dragons rouges, des dragons noirs, des dragons d'or, venant du nord et de l'est, dans un vrombissement de battements d'ailes.

Brandissant boucliers, haches et masses d'armes, les défenseurs acclamèrent leurs providentiels alliés. Pour la première fois de leur histoire, les nains riaient de voir des dragons fondre sur leur capitale et pleuraient de joie en admirant la grâce et la majesté de ces fiers guerriers ailés chevauchant le vent.

10

Si incroyable que cela puisse paraître, les dragons de gemmes semblaient bel et bien décidés à occuper le terrain. Ils n'étaient pourtant qu'une vingtaine, tant au sommet qu'au pied du plateau, face à des régiments entiers de plusieurs centaines chacun. Mais, si l'arrivée des dragons de Mystara ne semblait nullement les impressionner, elle avait eu au moins le mérite d'interrompre leur attaque sur les remparts de Dengar. Livrée à elle-même, ne sachant plus si elle devait poursuivre l'offensive ou se replier pour faire face à la menace imprévue, l'armée des Maîtres semblait tétanisée sur place.

Le Collier des Dragons autour du cou, Thelvyn menait ses troupes à l'assaut. Surveillant le champ de bataille de son regard perçant, il tentait d'évaluer au mieux la situation. Il lui fallait arrêter son plan d'action. Il n'avait que quelques secondes pour prendre sa décision. Finalement, il se tourna vers Markhaën, qui volait à deux ou trois milles de distance, sur sa droite, et hocha la tête. Le Premier Porte-Parole répondit de même et bifurqua brusquement, entraînant la majorité des dragons dans son sillage : quelque huit cents guerriers en tout. Thelvyn poursuivit sa route, emmenant les deux cents restants vers Dengar. Markhaën conduirait son escadre vers la partie occidentale de Rocklogis, tandis que Jherdar, avec son millier de recrues, s'occuperait de la partie orientale. Thelvyn, quant à lui, tenait en priorité à libérer la capitale.

Ses dragons survolèrent la vallée avant de piquer vers la cité en déployant largement leurs ailes pour réduire leur vitesse. Kharenndaën commença alors à s'écarter du gros de la troupe avec un petit détachement pour foncer sur quatre dragons de gemmes postés au pied de la rampe, tandis que Thelvyn dirigeait les autres vers ceux qui avaient pris position au sommet du plateau. Il les examina rapidement et choisit sa cible : le plus imposant des dragons d'ambre, un fier guerrier largement aussi grand que lui, qui se tenait juste devant le portail enfoncé de la barbacane.

Il prit une brusque accélération et plongea vers l'extrémité supérieure de la rampe, comptant profiter de son élan, une fois au sol, pour se ruer sur son rival. Mais, pour la première fois depuis des semaines, il fut trahi par son manque d'expérience : les dragons n'étaient pas aussi agiles sur la terre ferme qu'il l'aurait cru. Plus courtes et moins puissantes que leurs postérieurs, leurs pattes antérieures les déséquilibraient à la course. A la deuxième enjambée, il trébucha et, incapable de se rétablir, tomba face contre terre. Il n'eut pas le temps de mordre la poussière. Déjà le dragon d'ambre passait à l'offensive, le catapultant en arrière avec une telle force qu'il fut à deux doigts de basculer dans le vide. Il ne s'était pas encore relevé que deux jeunes dragons d'or de son escadrille s'abattaient sur son rival. Dans la seconde qui suivit, Thelvyn les vit avec stupeur s'écraser en hurlant, définitivement hors de combat.

Voilà qui donnait à réfléchir. Thelvyn se ramassa sur ses postérieurs et hérissa sa crête souveraine : posture menaçante propre à dissuader son adversaire de repartir aussitôt à l'attaque. Il avait besoin de se ménager quelques instants de répit pour analyser la situation. *Il y a quelque chose qui cloche*, se dit-il. Quand il les avait combattus dans leur propre monde, les Maîtres ne lui avaient pas paru beaucoup plus puissants que ses propres congénères — tant en matière de magie que de force physique pure, maints dragons d'or n'auraient rien eu à leur envier — et pourtant, à présent, ils semblaient de taille à l'emporter à un contre trois. Mais Mystara était leur patrie d'origine, le monde où leurs ancêtres, sorciers dragons parvenus au summum de leur art, leur avaient donné naissance. Peut-être cette terre leur insuffle-t-elle un regain d'énergie ? songeait-il. En tout cas, que ce soit parce qu'ils étaient revenus chez eux ou grâce à quelque extraordinaire sortilège, les dragons de gemmes étaient subitement devenus nettement plus forts et d'autant plus dangereux.

Thelvyn se demandait s'il ne s'était pas un peu trop fié à ses talents naturels de guerrier, sans tenir compte de son manque d'entraînement. Toujours tapi au ras du sol, il commença à tourner autour de son rival pour gagner du temps et préparer sa riposte. Une image s'imposa tout à coup à son esprit : celle de Kharenndaën renversant le dragon de gemmes qui l'avait attaqué dans la salle du collier, à l'intérieur de la forteresse des Maîtres. Il se souvint alors qu'elle avait employé par deux fois cette tactique avec succès. Il se détendit comme un ressort et fonça tête baissée sur son adversaire, courbant le cou au dernier moment pour le heurter en pleine poitrine. Il ne lui restait plus qu'à se redresser pour le faire basculer sur le dos... en théorie.

Que s'était-il passé au juste ? Il aurait été bien en peine de le dire. Tout ce qu'il savait, c'est qu'il avait été projeté à terre, qu'il ne lui restait plus une once d'air dans les poumons et qu'il était plongé dans le noir complet. Il ne se rappelait même pas ce qu'il avait voulu faire et ne savait plus très bien où il se trouvait. Une terrible douleur se chargea de le ramener à la réalité. Les mâchoires du dragon d'ambre venaient de se refermer en tenailles sur son cou. Luttant pour reprendre haleine, il se débattit faiblement, convaincu que sa dernière heure était arrivée.

Craignant pour la vie du Roi-Dragon, deux membres de son escorte fondirent alors sur le dragon d'ambre, un sur chaque flanc. Bien qu'il fût plus corpulent qu'eux, ils auraient dû le dominer aisément. Comme les jeunes dragons d'or s'acharnaient sur ses ailes, les déchirant à grands coups de griffes rageurs, le dragon d'ambre finit par lâcher prise, redressant brusquement la tête avec un rugissement de fureur. Il pivota d'un bloc. Sa queue hérissée d'ergots acérés siffla tel un knout, atteignant en pleine tempe un de ses agresseurs qui s'effondra, inerte. Comme l'autre battait déjà en retraite, il le rejoignit d'un bond, le saisit par la queue et le propulsa contre les remparts. Le second dragon d'or se fracassa sur la muraille avec un horrible craquement d'os brisés. Débarrassé de ces deux trublions, le dragon d'ambre se retourna vers le Roi-Dragon, seule proie qu'il jugeait digne d'accaparer son attention. Il était fermement résolu à l'éliminer pendant qu'il était encore à sa merci.

Thelvyn avait enfin recouvré son souffle et se relevait péniblement, encore étourdi, quand, tout à coup, il se redressa sur ses postérieurs, bombant le torse, toisant son adversaire avec morgue. Pour la première fois depuis qu'il avait posé les yeux sur lui, le Collier des Dragons révélait son pouvoir. Alors même qu'il tenait encore à peine sur ses pattes chancelantes, il avait senti monter en lui une incroyable force. Une énergie nouvelle courait dans ses veines, l'électrisant comme du vif-argent. Il se rappela subitement que le collier était censé décupler les pouvoirs de celui qui le portait. Cependant, jusqu'à présent, personne ne lui avait dit comment il agissait ni de quelle façon il fallait s'y prendre pour invoquer sa magie. En un éclair, il comprit pourquoi le fabuleux artefact n'avait jusqu'alors rien dévoilé de sa puissance : il avait été conçu pour répondre à un besoin précis, celui du seul combattant qui oserait défier les Maîtres ; il n'avait été créé que pour faire de lui le seul être capable de les terrasser.

Le dragon d'ambre hésita, manifestement troublé par l'attitude arrogante de son rival qui semblait avoir soudainement recouvré toute sa vaillance, en dépit des terribles coups qu'il lui avait portés. Comptant peut-être sur l'effet de surprise, il chargea brusquement, cornes en avant, tel un taureau en furie, dans l'évidente intention de le pousser par-dessus le bord du plateau. Au lieu de reculer, Thelvyn se campa fermement sur ses postérieurs. Au moment où la collision semblait inévitable, il pivota de côté et, d'un revers, frappa son rival à la mâchoire. Le choc fut si violent que le dragon d'ambre tomba à la renverse, assommé.

Il reprit pourtant aussitôt ses esprits, secoua la tête et tenta de se relever. Mais à peine se redressait-il que Thelvyn lui assenait un deuxième coup qui le laissa sans connaissance. Cette fois, Thelvyn n'attendit pas qu'il reprenne conscience. Il lui agrippa la queue pour le traîner jusqu'au bord du plateau, puis, rassemblant ses forces, le fit tournoyer dans les airs et lâcha prise pour le catapulter vers le ciel. Au même instant, il prit une profonde inspiration pour utiliser son souffle. Le dragon d'ambre disparut dans une formidable explosion de flammes. Son cadavre calciné plongea vers la forêt en contrebas, tel un météorite ardent laissant dans son sillage une traînée de fumée noire.

Thelvyn ne prit pas le temps de savourer sa victoire. Inquiet pour ses guerriers, il fit aussitôt volte-face, prêt à se jeter dans la mêlée. Mais il constata sur-le-champ qu'il n'avait aucune raison de s'alarmer. Les autres dragons de gemmes ne semblaient pas posséder la vigueur de leur chef et ils avaient manifestement le dessous. Ployant sous le nombre, accablés par la mort de leur leader, ils prirent leur envol pour s'enfuir vers le nord sans demander leur reste. Mais leurs adversaires n'entendaient pas les laisser s'en tirer à si bon compte et une douzaine d'entre eux les prirent en chasse.

Thelvyn les suivit des yeux, se demandant s'il devait, lui aussi, se lancer à leur poursuite. Tel qu'il l'avait initialement prévu, son plan de défense devait se dérouler en deux temps : premièrement, attaquer les Maîtres par surprise — ce qui avait apparemment parfaitement réussi — et, deuxièmement, les chasser, non seulement de Rocklogis, mais bel et bien de Mystara, avant qu'ils n'aient le temps d'appeler des renforts pour organiser leur contre-offensive. Cependant, il hésitait. Dengar n'était pas encore délivrée de l'envahisseur. Les nains se battaient toujours pour déloger les derniers assiégeants de leurs remparts et, de toute évidence, ils avaient besoin d'un sérieux coup de main.

Quand il se retourna vers l'enceinte de la haute ville, il fut stupéfait de voir Thorinn Terreur des Ours lui faire de grands signes depuis le chemin de ronde. Il se dirigea vers lui sans plus tarder. Les nains bâtissaient les plus hautes murailles du monde et il dut se dresser sur ses pattes arrière, s'agrippant des antérieurs aux créneaux, et étirer le cou pour parvenir à hisser sa tête à hauteur de son compagnon. A peine s'était-il approché que déjà les défenseurs l'acclamaient à grands cris.

— Eh bien, tout le monde a l'air ravi de me voir ici, on dirait, commenta-t-il d'un ton sarcastique. Aurait-on cru que je ne viendrais pas, par hasard ?

— Personne n'a douté de toi un seul instant, protesta Thorinn avec conviction. Mais, sans vouloir jouer les rabat-joie, tu aurais peut-être pu arriver un peu plus tôt.

— Pas vraiment, non. Il m'a fallu attendre

d'avoir levé une armée assez puissante pour détruire les Maîtres ou, tout au moins, pour les obliger à quitter Mystara avant qu'ils ne puissent battre le rappel. Je devrais d'ailleurs déjà être sur leurs talons, mais tu as encore fort à faire avec les troupes considérables qu'ils ont laissées derrière eux. Crois-tu pouvoir régler ce problème par toi-même, si je t'envoie quelques-unes de mes recrues pour t'aider ?

— Des dragons, tu veux dire ? Alors là, c'est comme si c'était fait ! répondit le nain, sachant parfaitement que les dragons feraient le plus gros du travail. Mais... euh... tes petits camarades ont bien compris que nous sommes leurs alliés, maintenant, n'est-ce pas ?

— Normalement...

Thorinn s'esclaffa. Les circonstances ne prêtaient certes pas à rire et il n'était pas persuadé que Thelvyn goûterait la plaisanterie. Mais il était clair que son ancien compagnon d'aventure n'avait rien perdu de son sens de l'humour et il était enchanté de constater que, même sur un sujet aussi épineux, ils avaient retrouvé leur ancienne complicité.

— Thorinn !

Il se retourna à l'appel de son frère. Dhorinn arpentait les remparts à sa recherche. Le nain avançait en boitant. Sa démarche claudicante, encore plus marquée qu'à l'accoutumée, et son armure cabossée témoignaient avec éloquence de la part active qu'il avait prise au combat. Il semblait épuisé. A la vue d'une tête de dragon émergeant au-dessus du parapet, à quelques pas de lui, il se figea, brusquement alarmé.

— Thelvyn, tu te souviens de mon frère, n'est-ce pas ? intervint aussitôt Thorinn, soucieux de rappeler à son aîné que ce dragon-là était un vieil ami, tout en l'encourageant d'un geste à s'approcher. Si tu prends la peine de venir bavarder avec ton cadet, lui dit-il, je suppose que Dengar est sauvée ?

Dhorinn ne répondit à son invite qu'au prix d'un effort surhumain. La légendaire terreur des dragons s'était emparée de lui et il devait se faire violence pour la maîtriser.

— Nous sommes en train de regrouper les derniers prisonniers dans la cour intérieure, expliqua-t-il sans quitter le dragon des yeux. Je te cherchais. J'ai eu peur pour toi quand j'ai vu le parapet s'effondrer.

— Eh bien, je suis encore entier, comme tu peux le constater, le rassura Thorinn. Et j'ai la ferme intention de réunir une section de nos meilleurs guerriers pour les conduire à travers les passages secrets. Les dragons sont certes venus nous prêter main-forte, mais ce n'est pas une raison pour nous croiser les bras. Nous avons tout de même notre rôle à jouer.

— Bien entendu, acquiesça Dhorinn.

Quand il s'agissait de prendre part au combat, les nains étaient toujours au premier rang.

— De mon côté, il faut que je m'occupe de faire réparer la rampe, poursuivit-il. Je dois aussi envoyer un message au palais pour avertir Père que le danger est passé. Car il est bien passé, n'est-ce pas ?

— Il devrait l'être à la tombée de la nuit, lui répondit Thelvyn. Il nous reste encore à poursuivre les derniers dragons de gemmes qui nous ont échappé, si possible pour les détruire ou, tout au moins, pour les chasser de notre monde. Apparemment, ils sont arrivés ici en passant par les montagnes, au nord des steppes, et il se peut que nous soyons obligés de les pourchasser jusque-là. Si vous pensez être à même de gérer la situation sans lui, j'aimerais que Thorinn puisse m'accompagner.

— T'accompagner ! s'exclama Thorinn, pris de court.

— Toutes les cités de Rocklogis ont été assiégées. Leurs défenseurs seront certes ravis de voir mes dragons les débarrasser des envahisseurs, mais ils vont sans doute avoir besoin d'être rassurés sur les intentions de ces improbables alliés...

Dhorinn se faisait manifestement une joie de conserver le commandement de la capitale, quand bien même il devrait pour cela retourner au front. Le royaume avait besoin d'hommes forts pour le défendre : c'était le moment ou jamais de faire ses preuves. Pour un farouche guerrier comme lui, privé de combats depuis plus de huit ans, démontrer sa valeur revêtait une importance cruciale, à tel point qu'il parvenait à surmonter son infirmité par la seule force de sa volonté.

En dehors des dégâts infligés à la barbacane, la haute ville avait subi peu de dommages. Les dragons de gemmes s'étaient certes acharnés sur les tours de guet et nombre des tours flanquantes étaient en ruine, mais les nains étaient d'excellents bâtisseurs qui ne rechignaient jamais à la tâche. Et puis, ils avaient craint bien pis.

Quant à la bataille qui se jouait dans la vallée en contrebas, elle était pratiquement terminée. Les Maîtres avaient tous été tués ou mis en fuite et Kharenndaën avait lancé une vingtaine de dragons rouges à l'assaut de l'armée assiégeante qui ne cessait de céder du terrain. Pressée par l'ennemi, elle se repliait en ordre dispersé vers un canyon, à quelques milles de là. La gorge était sans issue et le piège n'allait pas tarder à se refermer. Il n'y aurait aucun survivant. Les dragons rouges se montraient rarement magnanimes. Kharenndaën avait d'ailleurs passé la majeure partie de son temps à s'efforcer de modérer leur très nette propension à la cruauté. A l'exception de la garde personnelle de Thelvyn, tous les dragons d'or s'étaient lancés à la poursuite des Maîtres, leur taille, leur rapidité et leurs pouvoirs magiques, supérieurs à ceux des autres espèces, les désignant tout naturellement pour livrer bataille à de tels adversaires.

Thelvyn confia le commandement des jeunes dragons rouges à l'un des clercs de son escorte et demanda à Kharenndaën de prendre Thorinn sur son dos, puisqu'elle avait justement apporté sa selle dans ce but. Volant aussi vite que possible, Thelvyn et sa compagne firent le tour complet des cités de Rocklogis, en commençant par Kurdal et Smaggeft sur les rives du Lac Klintest, à l'est, avant de franchir les montagnes pour rejoindre Evemur, puis Stahl. Les dragons de Mystara avaient déjà chassé les Maîtres de toutes les villes assiégées, ne laissant derrière eux qu'un petit détachement pour s'occuper de la piétaille. Thorinn s'entretenait brièvement avec chacun des gouverneurs et des commandants des garnisons locales, puis ils reprenaient la route.

En fin d'après-midi, ils arrivèrent enfin à Fort Denwarf. Thorinn était taraudé de scrupules depuis que, contraint et forcé, il avait abandonné la forteresse à l'ennemi. Mais, pressé de s'enfoncer plus avant pour mener à bien l'invasion du royaume, celui-ci n'avait pas voulu perdre son temps à détruire un bastion qui était, de toute façon, déjà tombé, et les dommages étaient minimes. Le jeune prince comptait ordonner au Général Balar de ramener de Stahl un petit bataillon dans deux ou trois jours pour commencer les réparations nécessaires. Les nains se sentiraient plus en sécurité quand leurs frontières seraient de nouveau sous bonne garde. Les dragons mystariens avaient déjà tué plus d'une quarantaine de dragons de gemmes. Le reste avait fui à travers les steppes pour rejoindre leur base, quelque part dans la Cordillère Wendarienne, avec près de deux mille dragons à leurs trousses.

Les plus mal lotis étaient encore les Ethengars, toujours éparpillés dans les forêts des contreforts, à la frontière nord de Rocklogis. Ils avaient bien vu les Maîtres rebrousser chemin, talonnés par une nuée de dragons, mais ils n'avaient pas compris ce qui se passait. Les guerriers des steppes craignaient les dragons comme la peste et Thelvyn eut beau tout faire pour tenter de les approcher, il ne parvint jamais à les faire sortir de leur retraite. Il ne semblait y avoir aucun moyen de leur expliquer la situation avant que les nains ne soient revenus à Fort Denwarf. Au demeurant, les steppes ayant été complètement brûlées, ils n'auraient guère d'autre solution que de s'installer à demeure dans les montagnes de Rocklogis. Du nord au sud, des Terres Nordiques, à l'est, aux Hautes-Terres, à l'ouest, il ne restait pas un brin d'herbe, pas une goutte d'eau. Il faudrait des mois avant que les troupeaux ne retrouvent leurs pâturages et les Ethengars, leur terre.

La nuit était tombée depuis longtemps quand les trois compagnons regagnèrent Dengar. Les lumières de la haute ville scintillaient dans l'obscurité : les nains avaient déjà retroussé leurs manches. Tant que la rampe et les portes de la ville ne seraient pas restaurées, l'accès à la capitale serait bloqué et aucune denrée ne pourrait circuler. Ils avaient certes fait des provisions en prévision d'un long siège, mais elles ne seraient pas éternelles et il fallait penser à rétablir les échanges au plus vite. Les dragons dépêchés sur place avaient déjà évacué le cadavre du dragon de jade tombé dans la trappe de la cour extérieure et ils prêtaient leur concours aux bâtisseurs qui s'efforçaient de remettre en place la plate-forme écroulée.

— Alors là ! si on m'avait raconté ça, je ne l'aurais jamais cru ! s'exclama Thorinn en avisant la scène. Des dragons travaillant de concert avec des nains ! Comment es-tu parvenu à accomplir un tel exploit, Thelvyn ?

— Je leur ai promis que le roi de Rocklogis les

paierait cent couronnes d'or chacun pour leur peine, lui répondit son ami avec le plus grand sérieux.

Devant la mine décomposée de Thorinn, il ne put réprimer son hilarité. Le nain maugréa quelque juron bien senti.

— Dis-le tout de suite, si tu veux ma mort, espèce d'inconscient !

— En fait, les dragons ont parfaitement compris la terrible menace que représentent les Maîtres, reprit Thelvyn en s'efforçant de prendre un air compassé. Ils ont aussi compris que, s'ils les laissaient asservir les autres races, ils se retrouveraient tôt ou tard à leur merci. Et puis, l'entraide est une véritable découverte pour eux. L'expérience est si insolite qu'elle pique leur curiosité !

Kharenndaën lui lança un regard noir. Elle aurait voulu protester, mais elle devait bien admettre qu'il n'avait pas tout à fait tort. Il arrivait certes que certains dragons d'or offrent leur assistance à quelques rares aventuriers d'autres races, si leur quête ou la cause qu'ils défendaient leur semblait digne d'intérêt. Mais, pour la plupart, les dragons ne se montraient guère secourables, pas même entre eux.

Thelvyn et sa compagne tournoyaient lentement au-dessus de la cité pour laisser à Thorinn le temps de choisir un terrain d'atterrissage adéquat. Kharenndaën descendit progressivement vers la place du marché, aux portes de la basse ville. La population s'était jointe aux soldats pour fêter la victoire et la Grand-Plaza était noire de monde. Tous s'égaillèrent à l'approche des deux dragons, leur laissant un tel espace qu'une escadrille entière aurait pu s'y poser. Thelvyn toucha le sol au moment où Thorinn sautait à terre, sous les ovations de la foule. Certains se précipitèrent vers eux, dès que les dragons eurent replié leurs ailes, mais la majorité resta à l'écart, les yeux écarquillés, pointant l'index sur Thelvyn, dans un brouhaha d'exclamations admiratives et de murmures impressionnés. Ce dernier s'en amusa secrètement. Je me demande si c'est pour moi ou pour le Collier des Dragons, se dit-il en réprimant un sourire ironique.

Thorinn leva le poing vers la foule : le salut du vainqueur.

— Les Maîtres ont fui. Leurs armées ont été déboutées. Rocklogis est libre ! Les dragons nous ont apporté la victoire !

Cette harangue provoqua un tonnerre d'applaudissements, puis, à la grande stupéfaction de Thelvyn, les nains commencèrent à scander en chœur le nom du Roi-Dragon. Ça a du bon de porter une carapace, finalement, songea-t-il. Au moins, on ne me voit pas piquer un fard ! Du bout du museau, Kharenndaën lui releva la tête pour l'inciter à se redresser.

Au même instant, l'assemblée s'écarta pour livrer passage au Roi Daroban accompagné de son fils aîné. Daroban portait encore son armure, mais Dhorinn s'était changé et semblait avoir pris un peu de repos, probablement à son corps défendant. Il s'appuyait sur une canne et marchait avec raideur. Le silence se fit comme le roi des nains s'arrêtait devant Thelvyn.

— Salutations, Roi-Dragon, Seigneur des nuées, déclara-t-il.

— Salutations, Roi Daroban, Seigneur des cavernes, répondit Thelvyn. Je ne voudrais pas gâcher les réjouissances, mais, si nous avons remporté une bataille, nous sommes loin d'avoir gagné la guerre. Elle ne fait que commencer et elle n'est pas près de se terminer. Maintenant que les Maîtres ont vu de quoi les dragons sont capables, nul doute qu'ils seront mieux armés lors de leur prochaine offensive. Nous devons nous tenir prêts à les accueillir.

Daroban branla du chef avec gravité.

— Vous avez ma parole que les nains feront tout ce qui sera en leur pouvoir pour vous prêter assistance. Nous savons désormais que, si les dragons tombent, Rocklogis tombera aussi. Qu'attendez-vous de nous ?

— J'ai déjà convié les représentants de toutes les nations de ce monde à se réunir autour de moi à Braejr pour participer à un grand conseil de guerre. Je voudrais que vous nommiez un mandataire qui puisse y assister, quelqu'un en qui vous avez toute confiance et qui parlera en votre nom, quelqu'un qui aura un pouvoir décisionnaire et dont les engagements seront ceux du royaume tout entier. Il faut, dès à présent, vous faire à l'idée que vous devrez mettre de côté tout préjugé envers ceux qui vont devenir vos alliés, du moins jusqu'à ce que notre ennemi soit vaincu. Nous devons tous faire front commun, les nains et les elfes, les humains et les dragons, sinon notre défaite sera inéluctable.

Daroban opina, la mine sombre.

— Je crois savoir que ce sont les Immortels eux-mêmes qui vous ont choisi pour être notre protecteur et notre chef. Vous avez fait preuve d'un sens du devoir et d'une bravoure exemplaires et je m'en remets à vous pour assurer notre défense. Je désigne donc mon fils Thorinn pour représenter le peuple nain à votre conseil et pour vous servir au mieux de ses possibilités. Qu'il soit désormais votre compagnon et, autant que faire se peut, votre conseiller.

— Parfait. Je vais laisser ici un petit détachement de dragons qui resteront sur place tant que tous les envahisseurs n'auront pas été chassés de votre territoire. Après leur départ, deux d'entre eux demeureront à Dengar en permanence pour délivrer les messages urgents, patrouiller dans les montagnes et sonner l'alarme à la moindre alerte.

Je dois, dès à présent, répartir mon armée en différents points de Mystara et préparer mes guerriers à contrer la prochaine offensive des Maîtres, d'où qu'elle vienne. Mais assez joué les oiseaux de mauvais augure. Pour l'instant, sachons profiter de ce moment de répit pour célébrer dignement la victoire, car nous ne sommes pas encore au bout de nos peines.

Une joyeuse clameur salua ce discours, puis la foule commença à se disperser. Les nains se remettaient déjà à l'ouvrage. Thelvyn poussa un grand soupir de soulagement. Si les nains acceptaient de travailler aux côtés des dragons et même de se plier à son autorité, la coalition semblait en bonne voie.

— Te joindras-tu à nous, Thelvyn ? lui demanda Thorinn. Nous donnons une grande fête au palais ce soir.

— Non, je suis désolé. En tant que Roi-Dragon, je ne peux plus me permettre de changer d'apparence. De toute façon, je dois encore m'entretenir avec mes conseillers et je partirai pour Braejr à l'aube. Seras-tu prêt ?

— Tu me trouveras ici.

Un concert d'acclamations salua le départ des deux dragons. Ils montèrent en flèche au-dessus de la cité illuminée avant de prendre un large virage pour descendre en vol plané vers la vallée. En arrivant, Thelvyn avait vu de nombreux feux de camp au pied du plateau, là où les derniers dragons demeurés à Dengar s'étaient installés pour la nuit. Il espérait que Markhaën ou Jherdar seraient du nombre. Mais, faute de les trouver, il prit ses quartiers dans une petite trouée, à l'écart de ses guerriers, comme il seyait au Roi-Dragon et à sa compagne, en pareilles circonstances. De jeunes recrues s'empressèrent auprès d'eux, leur allumant une belle flambée et déposant à leurs pieds deux élans fraîchement rôtis.

Les heures passaient et Thelvyn commençait à sérieusement regretter d'avoir refusé l'invitation des nains. Quand Markhaën revint enfin, il était plus de minuit. Kharenndaën s'était endormie, mais Thelvyn n'avait pas quitté son poste, assis devant le feu à regarder la lune. Perdu dans ses pensées, il méditait sur les épreuves à venir. Le grand dragon d'or se posa juste à côté de lui.

— Les Maîtres ont vidé les lieux, lâcha-t-il avant même d'avoir replié ses ailes. Ils sont rapides et ils nous ont donné du fil à retordre, mais la centaine de dragons que vous aviez postés dans la Cordillère Wendarienne les a interceptés. Sept ont tout de même réussi à nous échapper en empruntant un transcosme qu'ils ont détruit derrière eux. Apparemment, c'est le seul passage qu'ils aient utilisé. En tout cas, l'ampleur de la base qu'ils avaient implantée à proximité le laisse à penser. Des dizaines de milliers de soldats sont partis de là pour établir plus d'une centaine de camps dans les contreforts avant d'envahir les steppes sur une ligne de front de près de cent vingt lieues de long.

Thelvyn hocha lentement la tête.

— Les nains avaient estimé leurs effectifs à environ deux cents, mais ils reconnaissent eux-mêmes qu'ils n'avaient aucun moyen fiable de les dénombrer.

— Ils ont surestimé l'adversaire. Nous n'en avons pas trouvé plus de quatre-vingts en tout et pour tout. Tant que nous jouirons d'une telle supériorité numérique, nous n'aurons aucun souci à nous faire.

— Je ne compterais pas trop là-dessus, si j'étais vous. A combien se montent nos pertes ?

— Nous avons environ deux cents blessés. Et encore, leurs jours ne sont pas en danger. Mais, à ma connaissance, nous n'avons pas perdu un seul de nos guerriers, répondit Markhaën avec fierté. Comme je vous le disais à l'instant, ils ont croulé sous le nombre. Et puis, nous les avons pris au dépourvu. Il y a tout de même quelque chose qui m'intrigue. Quand Kharenndaën et vous les avez combattus dans leur propre monde, est-ce qu'ils étaient aussi puissants ? Parce que, dans ce cas, je dois avouer que je vous avais sous-estimés, non seulement vous, mais ma petite sœur aussi.

Thelvyn rit de bon cœur, mais Kharenndaën se redressa brusquement, bombant le torse, le regard flamboyant de colère.

— Tu sembles oublier que les clercs du Tout-Puissant sont rompus aux arts du combat. Cela dit, et pour satisfaire ta curiosité, quand nous les avons affrontés pour nous emparer du collier, je n'ai pas trouvé les Maîtres plus vifs ou plus pugnaces que n'importe quel dragon d'or dans la force de l'âge.

— Ils semblent nettement plus puissants ici, concéda Thelvyn. Quoique les autres ne m'aient pas paru aussi dangereux que lui, leur chef était au moins trois fois plus fort qu'il n'aurait dû l'être. Et je voudrais bien savoir pourquoi. Est-ce le résultat de quelque sortilège ? Est-ce celui qu'ils appellent le Très-Haut qui décuple leurs forces sur le champ de bataille ? Est-ce leur retour sur leur terre d'origine qui leur insuffle un regain d'énergie ? N'oublions pas que les dragons de gemmes sont le résultat d'une expérience tentée par des sorciers dragons pour s'élever au rang des Immortels. Ils ont certes échoué, mais nous ignorons quel genre de mutation ils ont subi...

Il se tut, poursuivant en silence ses sombres méditations.

— Ce qui ne vous a pas pour autant empêché d'en venir à bout, lui fit observer Markhaën.

— Grâce au Collier des Dragons, oui. Au moins je sais à quoi il sert, maintenant : il entre en action dès que je suis face aux Maîtres et me procure la force et les pouvoirs nécessaires pour me mesurer à eux.

— Le Collier des Dragons a toujours été censé accroître les pouvoirs du Roi-Dragon, lui rappela Kharenndaën.

— Oui, mais personne ne m'a jamais dit comment il fonctionnait, insista Thelvyn. Si seulement il pouvait accroître aussi mon pouvoir de persuasion ! Demain, il me faudra convaincre des gens qui s'entendent comme chien et chat de faire cause commune et de coopérer en bonne intelligence. Sans compter que je devrai leur faire accepter la présence de plusieurs centaines de dragons sur leur territoire. J'aurais bien besoin d'un peu de magie pour réussir une telle gageure !

— Laissez donc Thorinn Terreur des Ours leur parler de l'invasion de Rocklogis, lui suggéra Markhaën. Ça devrait leur ouvrir les yeux.

Thelvyn et Kharenndaën partirent dès l'aube. Ils survolèrent les Altan Tepes et les Terres Brisées septentrionales : itinéraire le plus direct pour atteindre Braejr. Pendant toute la durée du trajet, Thelvyn se demanda s'il ne perdait pas son temps. Quand il avait quitté Braejr quelques jours auparavant, Darius Glantri lui avait promis de recourir à la considérable influence de Thyatis pour faire pression sur les autres nations et les inciter à envoyer un représentant à son conseil de guerre. Il n'avait malheureusement aucun moyen de savoir si le Thyatien avait rencontré le succès escompté. Il espérait seulement qu'il avait réussi à réunir un minimum de mandataires et que ces derniers étaient parvenus à mettre de côté rivalités et griefs passés pour trouver un terrain d'entente.

L'invasion de Rocklogis avait déjà dû leur venir aux oreilles et leur avait probablement donné à réfléchir. Thelvyn jouissait déjà du soutien inconditionnel des nains. Or, il les avait comptés parmi les plus difficiles à convaincre. Cependant, ils étaient les seuls à avoir pu estimer de visu le danger et ils avaient quelques bonnes raisons de se montrer reconnaissants. A supposer que les autres lui accordent leur appui, ils le feraient sans doute avec plus de réserve. Peut-être commençait-il à raisonner un peu trop comme un dragon, mais il se disait qu'il était nettement plus simple d'occire un ennemi que de persuader un allié.

Il s'attendait que leur arrivée déclenchât un mouvement de panique. Les Flaems ne portaient pas les dragons dans leur cœur et la subite apparition de deux d'entre eux au-dessus de la capitale flaemoise, en plein jour, aurait dû, pour le moins, provoquer un véritable branle-bas de combat. Le silence qui les accueillit avait quelque chose d'alarmant. Il n'avait pas encore eu l'occasion de s'assurer que sa carapace était à l'épreuve des flèches et le moment ne lui paraissait pas particulièrement bien choisi pour le vérifier. Il n'entama pas sa descente vers la cour du manoir sans quelque appréhension, s'apprêtant déjà à entendre le cri strident d'un griffon. Quand il se fut posé non loin de l'entrepôt et eut replié ses ailes sans avoir perçu ne serait-ce qu'un couinement, il commença à se demander si, honteux de ses piteux résultats, Darius n'avait pas préféré plier bagage.

Thorinn n'avait pas encore mis pied à terre que déjà la porte de l'entrepôt s'entrebâillait pour livrer passage à une tête de dragon. Remis de sa stupéfaction, il reconnut Seldaëk, le jeune dragon d'or, disciple de Kharenndaën, qui avait accompagné Messire George dans sa quête du Collier des Dragons l'année précédente. Le vieux chevalier lui-même apparut sur le perron au même moment, Solveig et Darius sur ses talons.

— Thorinn ! s'exclama la guerrière en apercevant le nain qui venait avec un soulagement non dissimulé de retrouver la terre ferme. Rocklogis est donc sauvé ?

— Oui, grâce au Roi-Dragon. Les Maîtres ont presque tous été tués, leurs armées sont démantelées et leurs soldats, éparpillés. Mais notre brave ami, ici présent, ne va pas manquer de me rappeler que la guerre est loin d'être gagnée et que le pire est encore à venir.

— Il semble que tu n'aies pas besoin de moi pour t'en souvenir, rétorqua Thelvyn avant de se tourner vers Darius Glantri. Nous avons effectivement remporté la bataille, mais c'est surtout parce que j'ai réussi à faire croire au Très-Haut que les dragons avaient refusé de me suivre. Désormais, il sait à quoi s'en tenir et je suis sûr qu'il ne va pas tarder à prendre sa revanche. Et, cette fois, il risque de frapper fort, très fort. Nous devons nous tenir prêts à riposter. J'espère que vous avez de bonnes nouvelles à m'annoncer quant à la réunion de notre petit conseil.

— Je peux effectivement vous remonter le moral, répondit le Thyatien avec un sourire encourageant. Si Thorinn Terreur des Ours est ici pour représenter les nains, alors notre assemblée est au complet. Les Alphatiens eux-mêmes ont envoyé un délégué, un brave type, très affable et soucieux de se faire bien voir, quoique un peu nerveux de se retrouver en territoire flaemois.

— Je veux leur parler dès que possible. Disons dans une heure, si ce n'est pas trop demander.

Il jeta un coup d'œil vers Seldaëk qui s'était assis sur le seuil de l'entrepôt, n'osant pas avancer comme s'il craignait de se faire remarquer.

— Tu as déménagé les griffons, on dirait, fit-il à l'intention de Solveig.

— Nous les avons logés dans les écuries de la porte nord. Nous en étions arrivés au point où nous ne savions plus où les mettre. J'ai fait nettoyer l'entrepôt et vous le retrouverez tel qu'il était quand vous l'avez quitté l'an dernier. Je l'ai également fait remeubler à l'identique, alors vous serez peut-être un peu à l'étroit. La couche n'est pas très large, je veux dire.

— Nous ne prenons pas beaucoup de place, rétorqua Kharenndaën d'un ton détaché. En revanche, je crains, Messire George, que vous ne deviez trouver une autre solution pour votre petit camarade.

— Nous avons également fait aménager plusieurs antres pour vos messagers dans un hangar, près de l'ancien palais, reprit Solveig. Ce petit nid a été expressément réservé au Roi-Dragon et à sa compagne. Si vous avez besoin de quoi que ce soit, n'hésitez pas. Un élan, pour le déjeuner ? Une ou deux jeunes vierges, peut-être ?

— Qu'est-ce que tu voudrais que j'en fasse ? lâcha Thelvyn, abasourdi.

— En guise de dessert, bien sûr, fit Kharenndaën en se pourléchant les babines d'un air vorace.

Thelvyn la dévisagea avec une expression horrifiée, avant de réaliser qu'il s'était fait gruger. Il bougonna un juron. Sa mine renfrognée ne fit qu'accroître l'hilarité générale.

— Vous n'aviez donc jamais entendu parler de cette légende qui veut que les dragons se repaissent d'innocentes pucelles ? le taquina Darius.

— Eh bien, pour en trouver deux ici, je vous souhaite bien du courage ! répliqua Thelvyn en se dirigeant d'un pas martial vers l'entrepôt. (Il se retourna brusquement en coulant un regard en douce vers Kharenndaën.) Je ne dis pas ça par expérience personnelle, remarquez.

En fait, cette humeur badine lui seyait à merveille. Les choses étaient plus avancées qu'il n'avait osé l'espérer. Non seulement Darius avait réussi à convaincre les plus grandes puissances d'envoyer un représentant à Braejr, mais tous étaient déjà présents et apparemment prêts à discuter. Le Roi Jherridan avait mis des années à essayer de former une coalition, d'abord contre Alphatia, puis contre les dragons. Sans succès. S'il savait qu'Alphatia et les dragons font maintenant cause commune, il se retournerait dans sa tombe ! songeait Thelvyn. Lui-même avait été plus ou moins banni du monde civilisé, l'été précédent, et voici qu'à présent les plus importantes nations de Mystara se réunissaient en conseil de guerre autour de lui, prêtes à lui conférer l'autorité suprême ! Il n'était pas tant surpris de la façon dont les choses avaient tourné que de la rapidité avec laquelle le changement s'était opéré.

Quelque temps plus tard, Kharenndaën et lui arpentaient les rues de Braejr pour gagner l'ancien palais — devenu, depuis, le Parlement des Hautes-Terres — où les mandataires avaient été logés. C'était la première fois qu'il retournait au palais depuis que sa bataille avec les pyromages félons l'avait amputé d'un bon tiers. L'édifice était presque entièrement restauré, mais Thelvyn ne put guère en avoir qu'un bref aperçu puisqu'il ne s'avança guère au-delà du Grand Hall. Une partie de sa vie s'était jouée entre ces murs : d'abord, quand il avait été conseiller de Jherridan Maarsten, puis quand il était devenu roi des Hautes-Terres. Il dut se faire violence pour résister à l'envie de changer d'apparence pour faire le tour du propriétaire.

Solveig les avait devancés pour réunir les délégués. Comme aucune des salles d'audience n'aurait été assez grande pour accueillir les dragons, il avait été décidé que la réunion se tiendrait à l'extérieur. Thelvyn prit place au centre de la cour pavée qui s'étendait comme un large patio devant le Hall d'Honneur et présentait l'avantage d'offrir aux représentants des bancs de pierre pour s'asseoir. Kharenndaën se retira sous les arbres, près du mur. Quand l'assemblée fut confortablement installée, tout le monde se mit à parler en même temps, ou, plus exactement, tous les délégués se mirent à mitrailler Thelvyn de questions auxquelles il s'efforça de répondre avec autant de précision que de concision.

Pendant ce temps, il examinait ses interlocuteurs de près et pesait chacune de leurs paroles avec circonspection. Il essayait d'estimer jusqu'à quel point les nations qu'ils représentaient étaient prêtes à s'engager et quel appui il pouvait concrètement en attendre. Il voulait aussi jauger les individus eux-mêmes pour déterminer quel poids auraient réellement leurs décisions auprès des dirigeants qui les avaient dépêchés. Les seuls sur lesquels il pouvait vraiment compter n'étaient autres que Solveig et Darius Glantri qui avaient déjà l'autorité nécessaire pour parler au nom de leurs Etats respectifs. Thorinn semblait certes détenir la même influence, mais Thelvyn n'était pas convaincu que les nains seraient toujours aussi désireux de coopérer quand l'invasion de Rocklogis ne serait plus pour eux qu'un mauvais souvenir.

Quant aux autres, le Roi Celedrìl d'Alfheim détenait assez de pouvoir pour se passer de l'aval de ses conseillers sans risquer d'être contesté et il était manifestement en faveur d'une alliance. Messire Derrick de Darokin était également partisan de la coalition. Il apporterait son soutien au Roi-Dragon comme il l'avait apporté au Chevalier-Dragon, l'été précédent. Le mandataire traladarien ne semblait pas très bien comprendre ce qu'il faisait là, mais se rangerait à l'avis de la majorité, peut-être pour s'éviter la peine de prendre une décision ; ce qui, de toute évidence, était au-dessus de ses forces. Les émissaires des Emirats d'Ylaruam et des Jarls des Terres Nordiques ne s'étaient toujours pas remis d'avoir vu passer le danger d'aussi près. Les Steppes d'Ethengar et le royaume de Rocklogis avaient des frontières communes avec leurs territoires : ils l'avaient échappé belle. Bien qu'ils soient tous deux manifestement déterminés à défendre leurs terres, Thelvyn doutait qu'ils puissent lui apporter un soutien efficace. Fragiles confédérations de tribus qui s'entre-déchiraient constamment, ces lointaines contrées orientales semblaient déjà trop accaparées par leurs conflits intérieurs pour parvenir à s'entendre sur une stratégie de défense commune.

Les Territoires d'Heldann avaient refusé d'envoyer un représentant, arguant avec hauteur qu'ils étaient parfaitement à même de se défendre tout seuls. Quoiqu'il ne vît pas la fondation d'une coalition internationale d'un trop mauvais œil, le délégué du royaume de Iérendi demeurait très réservé. Son île lui paraissait trop loin du champ de bataille pour risquer quoi que soit. Quant à celui des Guildes du Minrothad, il ne se sentait pas davantage concerné, mais s'alignerait sur la politique thyatienne : on ne contrariait pas d'aussi puissants voisins.

Thelvyn n'était pas vraiment surpris. Il n'avait pas imaginé les choses autrement. En fait, la seule véritable inconnue dans cette affaire était encore l'Ambassadeur Serran, émissaire d'Alphatia. Thelvyn fut quelque peu déconcerté par son enthousiasme. Comme il en avait été informé antérieurement, il trouva l'homme très amical et éminemment soucieux de lui plaire. L'Ambassadeur Serran déclara avec conviction que son peuple suivrait le Roi-Dragon sans hésitation. Peut-être les Alphatiens étaient-ils mieux placés que les autres pour comprendre à quel point la situation était critique ? Ils avaient combattu les dragons l'année précédente dans une guerre désastreuse qu'ils avaient eux-mêmes provoquée et estimaient sans doute que tout ennemi redouté par les dragons devait être assurément fort redoutable.

Dans ces conditions, Thelvyn n'eut aucun mal à convaincre le conseil d'adhérer à sa stratégie de défense. Tous savaient déjà qu'ils devraient assumer leur propre sécurité nationale. Il leur faudrait prendre toutes les dispositions nécessaires en vue d'une éventuelle invasion et se tenir prêts à résister assez longtemps pour laisser le temps aux dragons de s'organiser pour intervenir. Par chance, les emplacements que Thelvyn avait choisis pour établir ses camps retranchés se trouvaient précisément sur le territoire des nations qui se disaient prêtes à accueillir les dragons à bras ouverts. La garnison septentrionale serait tout naturellement à Brise-Bise même. Etant donné sa position centrale, la cité oubliée de Darmouk ferait également un bastion idéal. Plusieurs centaines de dragons seraient également stationnées dans les montagnes occidentales de l'Empire thyatien. Après cela, il n'en resterait plus qu'une ou deux centaines de disponibles pour assurer aux Alphatiens un minimum de tranquillité d'esprit. Tout le reste serait regroupé dans l'Ouest.

Thelvyn était persuadé que la prochaine offensive viserait la région occidentale de Brün. Les Maîtres avaient concentré leurs actions dans les Hautes-Terres depuis que les Flaems avaient posé le pied sur Mystara. Il soupçonnait d'ailleurs que les Flaems auraient un rôle déterminant à jouer. C'est pourquoi il avait prévu de poster plusieurs centaines de dragons dans la Cordillère Wendarienne, entre la Frontière flaemoise et le Wendar méridional. Une autre garnison serait placée dans le nord de Darokin, près du Lac Amsorak. Messire Derrick proposa même de stationner des régiments de la puissante Armée de Darokin dans les forts de la frontière nord pour venir en aide aux

Flaems en cas d'invasion. Le Roi Celedrìl d'Alfheim promit de mobiliser deux mille rôdeurs qui prendraient positon dans les territoires des elfes au sud des Hautes-Terres.

— Alors, tu crois vraiment que c'est ici que les Maîtres vont porter leur prochaine attaque ? s'enquit discrètement Solveig, une fois le conseil dissous et les autres membres de l'assemblée abandonnés à leurs propres apartés.

— Peut-être pas la prochaine, lui répondit Thelvyn. Il n'est pas impossible qu'ils lancent des raids un peu partout pour nous affaiblir et nous éparpiller, mais je suis sûr qu'ils vont bientôt envahir les Hautes-Terres. Ce pays a toujours été au centre de toutes leurs manœuvres depuis plus d'un siècle et même avant que les Flaems n'arrivent ici. Et c'est dans les Hautes-Terres que s'est jouée ma destinée. Les Maîtres savent parfaitement qu'ils ne pourront pas conquérir Mystara sans s'être d'abord débarrassés de moi. Or, c'est ici qu'ils me trouveront.

— C'est bien ma veine ! soupira Solveig avec une grimace. A croire que les Hautes-Terres sont ton champ de bataille favori ! Je commence à comprendre pourquoi nous t'avons mis dehors l'an dernier.

— Les Flaems ont besoin de moi, Solveig. Les Maîtres les manipulent comme des marionnettes depuis trop longtemps. Sans moi et sans l'aide des dragons, ils ne pourront jamais leur échapper. Même si je partais d'ici, les Maîtres les utiliseraient pour me faire revenir, j'en suis certain.

— Eh bien, au moins je sais ce qui m'attend, fit la guerrière en coulant vers le dragon d'or un regard entendu. Vu la façon dont les Maîtres opèrent, j'ai de bonnes raisons de penser que nous avons au moins un traître parmi nous. Peut-être pas au sein même de notre cercle, mais assez près tout de même pour pouvoir divulguer nos plans au fur et à mesure que nous les élaborons.

Thelvyn hocha la tête.

— Je suis tout à fait de ton avis. A vrai dire, j'y compte bien. J'ai l'intention de tendre aux Maîtres le même piège que celui auquel nous devons notre première victoire : dire ce que je veux qu'ils entendent chaque fois que je pressens la présence d'un de leurs espions dans les parages. En fait, c'est moi qui les incite à attaquer les Hautes-Terres dès maintenant. Pourquoi exposer inutilement d'autres nations puisque la bataille finale aura lieu ici, de toute façon ? Je veux faire savoir aux Maîtres que je les attends de pied ferme.

— As-tu déjà ta petite idée sur l'identité du traître en question ?

Thelvyn jeta un coup d'œil aux délégués qui s'étaient rassemblés par petits groupes pour discuter devant les portes du Hall d'Honneur.

— Je suspecte l'Ambassadeur Serran ou, tout au moins, quelqu'un de haut placé en Alphatia. Comme les Flaems, les Alphatiens ne sont pas de ce monde. A la lumière des présents événements, leur stratégie de conquête peut prendre une tout autre signification : elle pourrait parfaitement n'être que le prélude à une invasion des Maîtres. Ne t'es-tu pas demandé pourquoi ils se sont entêtés à faire la guerre aux dragons l'an passé, alors qu'ils n'avaient manifestement aucune chance de l'emporter, allant même jusqu'à envoyer leur flotte au massacre alors qu'ils avaient déjà été acculés à la capitulation une première fois ? A quoi ça leur a servi, si ce n'est à faire sortir les dragons de leur tanière ? Les dragons sont toujours restés à l'écart du monde et leurs secrets ont toujours été bien gardés. Pourtant, à cause de cette guerre contre Alphatia, ils ont été obligés de dévoiler leurs cartes...

— Mais alors, si je te suis bien, ça veut dire que

nous risquons de nous retrouver avec toute l'armée alphatienne sur le dos ?
  — C'est fort probable.
  — Fichtre ! Tes dragons ne seront pas de trop !
  — Je crains surtout qu'ils ne soient pas assez...

LEXIQUE

Académie (de Magie du Peuple Flaem) : Haute Ecole de pyromagie flaemoise. Située à Braejr, capitale des Hautes-Terres. Dirigée par Alessa Vayledaar.

Aéromage : élémentaliste de l'air. Désigne tout magicien alphatien.

Alenndhaë : vieux sorcier vivant à Brise-Bise. Ami de Markhaën (Eldar).

Alessa Vayledaar : pyromagicienne de septième niveau. Choisie par Byen Kalestraan pour espionner le Chevalier-Dragon, elle lui succéda à la tête de l'Académie après sa mort (Flaem).

Alfheim : la Forêt d'Alfheim, patrie des elfes au sud des Hautes-Terres.

Alphatia : petit continent insulaire d'Orient où se sont établis les premiers Alphatiens — venus d'un autre monde détruit par la guerre qui les opposa aux ancêtres des Flaems — et à partir duquel ils ont construit leur puissant empire constitué de dix-huit dominions, royaumes semi-indépendants unis par une même soif de conquête.

Alphatiens : habitants d'Alphatia, puissant empire colonialiste. Ennemis des Flaems.

Ambassadeur Serran : ambassadeur d'Alphatia.

Amsorak : le Lac Amsorak, à la frontière sud des Hautes-Terres, sur les berges duquel le dragon noir Murodhir a établi son repaire. Le Lac Amsorak est relié aux Monts Amsorak par la rivière Amsorak.

Arbenndaël : Grande Prêtresse du Tout-Puissant, mère de Thelvyn, morte moins d'une heure après la naissance de son fils (dragon d'or/Eldar).

Balar : Général Balar, fils de Balic, solide guerrier du Clan Torkrest, commandant de Fort Denwarf (nain).

Bellisaria : grande île au sud-est d'Alphatia.

Blackmoor : empire disparu, patrie du premier Chevalier-Dragon et des puissants sorciers qui ont forgé sa légendaire armure.

Bois-Renard : enclave sylvestre du Wendar dans laquelle se niche Ombrelac.

Braastar : la plus ancienne et la plus vaste cité des Hautes-Terres. Première capitale du royaume flaemois.

Braejr : capitale des Hautes-Terres (habitants = Braejrois).

Brise-Bise : cité interdite, fief secret des dragons, aux confins du Normonde.

Byen Kalestraan : ancien Supérieur de l'Académie de Magie du Peuple Flaem, il fut un puissant pyromage et le plus proche conseiller du Roi Jherridan Maarsten avant de l'assassiner. Chef de la conspiration organisée pour le renverser et éliminer le Chevalier-Dragon, il s'était allié à une bande de dragons noirs renégats responsables du vol du Collier des Dragons.

Celebrìnhìth : nom elfique signifiant Brume d'Argent. Communauté de clercs voués au culte du Tout-Puissant. Ermitage situé dans la forêt d'Alfheim, royaume des elfes.

Celedril : roi d'Alfheim (elfe).

Château Karrak : forteresse gardant la route qui relie Rocklogis aux Emirats d'Ylaruam.

Clan Syrklist : clan de marchands auquel appartient le souverain de Rocklogis.

Clan Torkrest : un des six clans entre lesquels se répartit la communauté des nains de Rocklogis. Détenteur du pouvoir militaire du royaume.

Collier des Dragons : artefact d'un pouvoir fabuleux et d'une splendeur inégalée. Offert par les sorciers de Blackmoor aux dragons en gage de paix au terme de

Darik : co... Chevalier-Dragon, il ceindra le cou... Torkrest). ...gon. Thyatis.
Darius Glantri : Capitaine ...dragons d'or, compagne de la Flotte Impériales thyatiennes. ...rak (nain du Clan Dragon dans le conflit qui opposa les Flaems ...alier-gons, il s'est pris d'amitié pour Thelvyn. Compagnon de Solveig Pluie d'Or.
Darmouk : cité oubliée édifiée par les ancêtres des nains, ancien fief de Kardayeur dont Thelvyn a hérité après la mort du roi renégat foudroyé par le glaive du Chevalier-Dragon.
Daroban V : alias Doric, fils de Kuric, souverain de Rocklogis, père de Thorinn et de Dhorinn (nain du Clan Syrklist).
Darokin (République de) : patrie de Messire George et du Mage Perrantin.
Dengar : capitale de Rocklogis, royaume des nains.
Dhorinn : fils de Doric, prince héritier de Rocklogis, frère de Thorinn (nain du Clan Syrklist). Le mauvais état de santé de ce farouche guerrier, gravement blessé dans la terrible bataille des Terres Brisées, compromet sérieusement son accession au trône.
Doric : fils de Kuric, père de Dhorinn et de Thorinn. Roi de Rocklogis sous le nom de Daroban V (nain du Clan Syrklist).
Dragons de gemmes : dragons vivant dans un monde parallèle et qui doivent leur nom à leur étrange carapace faite de pierres précieuses ou semi-précieuses (rubis, émeraude, jade, cristal, ambre, onyx...). Se font appeler « les Maîtres ».
Drak : cousin éloigné des dragons pouvant adopter forme humaine ou demi-humaine. Les draks se subdivisent en drakhumains (ou draks terriens) ; drakelfes (ou draks sylvains) et draks des neiges (ou draks polaires).

Eldars : souche la plus anci... ...engar. Guerriers puissants prêtres-sorciers... ...se-Bise. Oubliés de tous, les de...

Ethengars : habita... ...u sud de Rocklogis. nomades (hu... pied duquel est construite Dengar,

Evemur : b... ocklogis.

Everast ... Rocklogis.

E... ... : du peuple Flaem.

Flaems : habitants des Hautes-Terres (humains).

Fort Denwarf : citadelle surveillant le Pas de Denwarf, à la frontière nord de Rocklogis.

Fort Evekarr : citadelle des nains surveillant la voie marchande de l'Est.

Frontière : région frontalière en cours de colonisation au nord des Hautes-Terres.

Grande Pluie de Feu : cataclysme accompagnant la chute de Blackmoor qui a changé la face du monde mystarien.

Guerre du Chevalier-Dragon : guerre ancestrale au cours de laquelle le premier Chevalier-Dragon, défenseur des sorciers de Blackmoor, faillit exterminer les dragons.

Guilde des Mages du Peuple Flaem : cénacle des pyromages. Gardiens de la Loi flaemoise, ils gouvernaient les Hautes-Terres aux côtés du roi avant que le Chevalier-Dragon ne renverse la monarchie pour établir un gouvernement parlementaire.

Harl Gairstaän : Commandant en chef de l'Armée des Hautes-Terres (Flaem).

Hautes-Terres : contrée du nord-ouest de Brün. Patrie des Flaems. Passé du statut d'archiduché à celui de royaume, gouverné d'abord par Jherridan Maarsten puis par Thelvyn Œil de Renard, le pays est désormais dirigé par un parlement, lui-même présidé par un Premier Ministre : Solveig Pluie d'Or.

Ierendi : puissant royaume maritime composé de plusieurs îles situées au large des côtes méridionales de Traladara, à la longitude d'Alfheim.

Ile du Levant : avec Bellisaria, une des îles qui s'étend au large du continent alphatien (côte sud).

Immortel : dieu.

Jherdar : Porte-Parole des dragons rouges au Parlement de la Nation des Dragons.

Jherridan Maarsten : défunt roi des Hautes-Terres assassiné par Byen Kalestraan.

Kaguyar : dieu des nains.

Kaïhatu, du clan du Cheval Rouge : porte-parole des Ethengars (humain).

Kardayeur : le plus puissant des rois renégats. Terrassé par le Chevalier-Dragon à Darmouk, son fief (dragon rouge).

Kharenndaën : Grande Prêtresse du Tout-Puissant. Envoyée par le Parlement des Dragons pour servir le Chevalier-Dragon, elle resta à ses côtés plus de cinq ans avant de devenir sa compagne. Sœur de Markhaën. Dragon d'or pouvant prendre l'apparence de l'elfe Selliànda ou d'une Eldar.

Kurdal : cité de Rocklogis, sur les rives du Lac Klintest.

La Prophétie (du Tout-Puissant) : annonce le retour du Chevalier-Dragon et prédit qu'il tiendra entre ses mains la destinée de la Nation des Dragons.

Maîtres : nom que se donnent les dragons de gemmes.

Markhaën : Premier Porte-Parole au Parlement de la Nation des Dragons, frère de Kharenndaën (dragon d'or).

Mer Bellisariane : mer dont les eaux tempérées baignent la côte sud du continent alphatien.

Messire Derrick : ambassadeur de Darokin (humain).

Messire George Kirbey : ex-Chevalier de l'Ordre des Routes de Darokin devenu marchand d'antiquités après avoir perdu la main gauche au combat. Grand aventurier, protecteur de Thelvyn dont il a fait son héritier (drakhumain).

Murodhir : roi renégat soudoyé par Kalestraan pour voler le Collier des Dragons (dragon noir).

Ombrelac : sanctuaire du Tout-Puissant, situé dans le Wendar, à Bois-Renard.

Parlement (de la Nation) des Dragons : la plus haute instance de la Nation des Dragons où siègent les Porte-Parole des dragons rouges, verts, noirs, bleus, blancs et or. Présidé par le Premier Porte-Parole Markhaën.

Pas de Denwarf : profond défilé des Altan Tepes reliant le nord de Rocklogis aux Steppes d'Ethengar.

Pas de Sardal : défilé emprunté par la Route de Sardal qui relie Rocklogis aux Emirats d'Ylaruam et, au-delà, à l'Empire de Thyatis (voie marchande du Sud).

Perrantin : dit Perry. Magicien, ancien compagnon d'aventure de Thelvyn et vieil ami de Messire George (humain).

Port-Major : premier port militaire de l'Empire d'Alphatia, situé sur la côte sud du continent alphatien. Port de commerce florissant attirant les navires marchands du monde entier.

Pyromage : magicien flaemois spécialisé dans la magie du feu.

Radiance : source à laquelle les pyromages puisent leurs pouvoirs magiques.

Rebelles : faction sécessionniste de jeunes dragons belliqueux prônant le recours à la force et ignorant délibérément les décisions du Parlement.

Renégats : puissants dragons bannis de la Nation des Dragons n'agissant que pour leur propre compte dans l'unique but de détruire et de tuer.

Résidence des Maîtres : bâtiment central de l'Académie de Magie du Peuple Flaem où résident les pyromages qui enseignent à l'Ecole de Magie et les plus éminents membres de l'Académie.

Rocklogis : royaume des nains.

Roi-Dragon : sauveur mythique attendu par les dragons depuis plus de trois mille ans, il est le seul à pouvoir ceindre le Collier des Dragons, emblème légitimant sa souveraineté. D'après la légende, sous sa férule, les dragons retrouveront la splendeur de leur glorieux passé.

Saërna : Mère Prieure de tous les ordres voués au culte

du Tout-Puissant, doyenne des dragons (dragon d'argent).

Seldaëk : jeune clerc, adepte du Tout-Puissant. Compagnon de Messire George dans la quête du Collier des Dragons (dragon d'or).

Sellianda : Grande Prêtresse elfe dont s'éprit éperdument Thelvyn au cours de la quête de l'armure du Chevalier-Dragon, pour apprendre, quand il la retrouva cinq ans plus tard, qu'elle n'était autre que Kharenndaën, le dragon d'or qui ne l'avait jamais quitté au cours de ces cinq longues années de séparation.

Skothar : continent d'Extrême-Orient.

Smaggeft : cité de Rocklogis, sur les rives du Lac Klintest.

Solveig Pluie d'Or : guerrière barbare des Terres Nordiques, ancienne compagne d'aventure de Thelvyn et associée de Messire George. Devenue Premier Ministre du Parlement des Hautes-Terres, elle gouverne désormais le Peuple Flaem. Alias Valéria Dorani.

Stahl : cité de Rocklogis, située au nord du Lac Stahl.

Steppes d'Ethengar : vaste contrée peuplée de farouches guerriers nomades, bordée par la Cordillère Wendarienne, au nord, et Rocklogis, au sud.

Syrklist : un nain du Clan Syrklist.

Taëryn : page du roi des Hautes-Terres, puis serviteur personnel de Solveig depuis l'abdication de Thelvyn.

Terra : un des Immortels, déesse de la nature.

Terres Nordiques : territoire des barbares et terré natale de Solveig Pluie d'Or.

Thelvyn Œil de Renard : alias Thelvaën, dragon d'or ensorcelé dès la naissance sous la forme d'un Eldar. Après avoir assumé son rôle de défenseur sous l'armure du second Chevalier-Dragon et ceint la couronne des Hautes-Terres, il poursuit sa mission en tant que Roi-Dragon, protecteur et souverain des dragons.

Thorinn Terreur des Ours : fils cadet de Doric (alias Daroban V). Appelé à monter sur le trône de Rocklogis à sa majorité si l'état de santé de son frère aîné, Dhorinn, empêche ce dernier de porter la couronne. Avec Solveig Pluie d'Or et Messire George Kirbey, un des premiers compagnons d'aventure de Thelvyn (nain du Clan Syrklist).

Thyatien, thyatienne : de Thyatis.

Thyatis : capitale du puissant Empire de Thyatis, situé au sud des Emirats d'Ylaruam et à l'est de Traladara.

Tout-Puissant : un des Immortels, dieu des dragons.

Traladara : terre ancestrale qui tient son nom des pionniers qui s'installèrent dans la région située au sud de Darokin et à l'ouest de Thyatis, près de quinze siècles avant le couronnement du premier empereur thyatien : les Traldars. Leurs descendants se désignent sous l'appellation de Traladariens.

Transcosme : passage d'origine magique permettant de relier deux mondes à travers l'espace et le temps.

Très-Haut : mystérieuse entité vénérée par les dragons de gemmes.

Valéria Dorani : fille adoptive de la Maison de Doranius, première Maison de Thyatis. Alias Solveig Pluie d'Or.

Wendar : contrée sylvestre au nord de la Cordillère Wendarienne, peuplée de tribus elfes vivant sous la protection des dragons.

Ylaruam : terres désertiques appartenant à une confédération de six émirats située entre l'Empire de Thyatis, au sud ; Rocklogis et les Terres Nordiques, au nord ; la Mer de l'Aurore, à l'est, et Darokin, à l'ouest.